WARRIORS

貓戰士

幽暗異象

六部曲之V

艾琳・杭特（Erin Hunter）著
高子梅 譯

烈焰焚河

River Of Fire

晨星出版

特別感謝基立・鮑德卓

櫻桃落：薑黃色母貓。
錢鼠鬚：棕黃乳白相間的公貓。
琥珀月：淺薑黃色母貓。
露鼻：灰白相間的公貓。
暴雲：以前叫法蘭奇，灰色公虎斑貓。
冬青叢：黑色母貓。
蕨歌：黃色公虎斑貓。
栗紋：暗棕色母貓。
葉蔭：玳瑁色母貓。
雲雀歌：黑色公貓。
火花皮：橘色母虎斑貓。見習生：嫩枝掌。

見習生（六個月大以上的貓，正在接受戰士訓練）
嫩枝掌：綠色眼睛的灰色母貓，導師：火花皮。

貓后（懷孕或照顧幼貓的母貓）
黛西：來自馬場的雜黃褐色長毛母貓。
煤心：灰色母虎斑貓。（生了金色虎斑小公貓小拍、斑點虎斑小母貓小點、條紋虎斑小母貓小飛）
花落：雜黃褐色和白色相間的母貓，有花瓣狀的白色斑塊。（生了黃白小公貓小莖、薑黃色小母貓小鷹、深薑黃色小母貓小梅、小公貓小殼）
藤池：深藍色眼睛的銀白相間色母貓。

長老（退休的戰士或退位的貓后）
灰紋：長毛的灰色公貓。
蜜妮：藍色眼睛的條紋灰母虎斑貓。

本集各族成員

雷族 *thunderclan*

族長　棘星：琥珀色眼睛的暗棕色公虎斑貓。

副手　松鼠飛：綠色眼睛的暗薑黃色母貓，有一隻腳爪是白色。

巫醫　葉池：琥珀色眼睛、有白色腳爪和胸毛的淺棕色母虎斑貓。

松鴉羽：藍色眼睛的盲眼灰色公虎斑貓。

赤楊心：琥珀色眼睛的暗薑黃色公貓。

戰士　（公貓，以及沒有子女的母貓）

蕨毛：金棕色的公虎斑貓。

雲尾：藍色眼睛的白色長毛公貓。

亮心：帶著薑黃色斑點的白色母貓。

刺爪：金棕色公虎斑貓。

白翅：綠色眼睛的白色母貓。

樺落：淺棕色的公虎斑貓。

莓鼻：乳白色公貓，尾巴只剩短短一截。

罌粟霜：雜黃褐色母貓。

獅焰：琥珀色眼睛的金色公虎斑貓。

玫瑰瓣：深乳色母貓。

薔光：暗棕色母貓，後腿癱瘓。

百合心：嬌小，藍色眼睛，雜黃褐色和白色相間的母貓。

蜂紋：淡灰色公貓，有黑色條紋。

鴿翅：綠色眼睛的淺灰色母貓。

蕁水花：淺棕色公貓。

見習生 **鰭掌**：棕色公貓。導師：花心。

露掌：身材結實的灰色公貓。導師：馬蓋先。

花掌：銀色母貓。導師：焦毛。

紫羅蘭掌：黃色眼睛的黑白相間母貓。導師：兔跳。

蘆葦掌：導師：貝拉葉。

螺紋掌：黑白色公貓。導師：刺柏爪。

蛇掌：蜂蜜色的母虎斑貓。導師：褐皮。

流蘇掌：有棕色斑塊的白色母貓。導師：哈利溪。

礫石掌：黃褐色公貓。導師：鼠尾草鼻。

花蜜掌：棕色母貓。導師：雀皮。

躁掌：黑白相間的公貓。導師：斑願。

貓后 （懷孕或照顧幼貓的母貓）

微雲：體型嬌小的白色母貓。

雪鳥：綠色眼睛的純白色母貓。

長老 （退休的戰士或退位的貓后）

鹿蕨：聽力喪失的淺棕色母貓。

橡毛：體型較小的棕色公貓。

鼠疤：棕色公貓，背上有條很長的疤。

天族 *skyclan*

族長　**葉星**：棕色和奶油色相間的母虎斑貓，眼睛琥珀色。

副手　**鷹翅**：黃色眼睛的暗灰色公貓。

巫醫　**斑願**：淺棕色的雜色母虎斑貓，腿上有斑點。見習生，躁掌。

水塘光：有白色斑點的棕色公貓。

戰士　**雀皮**：暗棕色公虎斑貓。見習生，花蜜掌。

馬蓋先：黑白相間的公貓。見習生，露掌。

梅子柳：暗灰色母貓。

鼠尾草鼻：淺灰色公貓。見習生，礫石掌：黃褐色公貓。

哈利溪：灰色公貓。見習生，流蘇掌：有棕色斑塊的白色母貓。

花心：薑黃色和白色相間的母貓。見習生，鰭掌。

沙鼻：矮壯的淺棕色公貓，腿部薑黃色。見習生，嫩枝掌。

貝拉葉：綠色眼睛的淺橘色母貓。見習生，蘆葦掌。

花楸爪：薑黃色公貓。

褐皮：綠色眼睛的雜黃褐色母貓。見習生，蛇掌。

刺柏爪：黑色公貓。見習生，螺紋掌。

爆發石：棕色公虎斑貓。

草心：淺棕色母虎斑貓。

焦毛：暗灰色公貓，其中一隻耳朵有被砍過的痕跡。見習生，花掌。

紫羅蘭光：黃色眼睛的黑白色母貓。

薄荷皮：藍色眼睛的灰色母虎斑貓。

河族 *riverclan*

族長　**霧星**：藍色眼睛的灰色母貓。

副手　**蘆葦鬚**：黑色公貓。

巫醫　**蛾翅**：有斑紋的金色母貓。
柳光：灰色母虎斑貓。

戰士　**錦葵鼻**：淺棕色公虎斑貓。
豆莢光：灰白相間的公貓。
閃皮：銀色母貓。見習生，夜掌。
黑文皮：黑白相間的母貓。

長老　**苔皮**：雜黃褐色和白色相間的母貓。

風族 *windclan*

族長 **兔星**：棕白相間公貓。

副手 **鴉羽**：暗灰色公貓。

巫醫 **隼翔**：毛色斑駁的灰色公貓，身上的白色斑點很像隼的羽毛。

戰士 **夜雲**：黑色母貓。見習生，斑掌。

金雀尾：藍色眼睛的淺灰白相間母貓。

燼足：灰色公貓，有兩隻暗色腳爪。見習生，煙掌。

雲雀翅：淺棕色母虎斑貓。

羽皮：灰色母虎斑貓。

呼鬚：暗灰色公貓。

見習生 **煙掌**：灰色母貓。導師：燼足。

斑掌：棕色斑點母貓。導師：夜雲。

長老 **白尾**：體型嬌小的白色母貓。

月池
被遺棄的
兩腳獸窩
符號說明
部族
雷族
河族
影族
風族
天族
星族
北方
舊雷族小徑
雷族營地
天空橡樹
湖
風族營地
斷半橋
兩腳獸地盤
轟雷路

綠葉
兩腳獸地盤
兩腳獸窩
兩腳獸小徑
兩腳獸小徑
空地
影族營地
天族營地
半橋
小轟雷路
綠葉
兩腳獸地盤
半橋
貓兒視角
小島
小河
河族營地
馬兒地盤

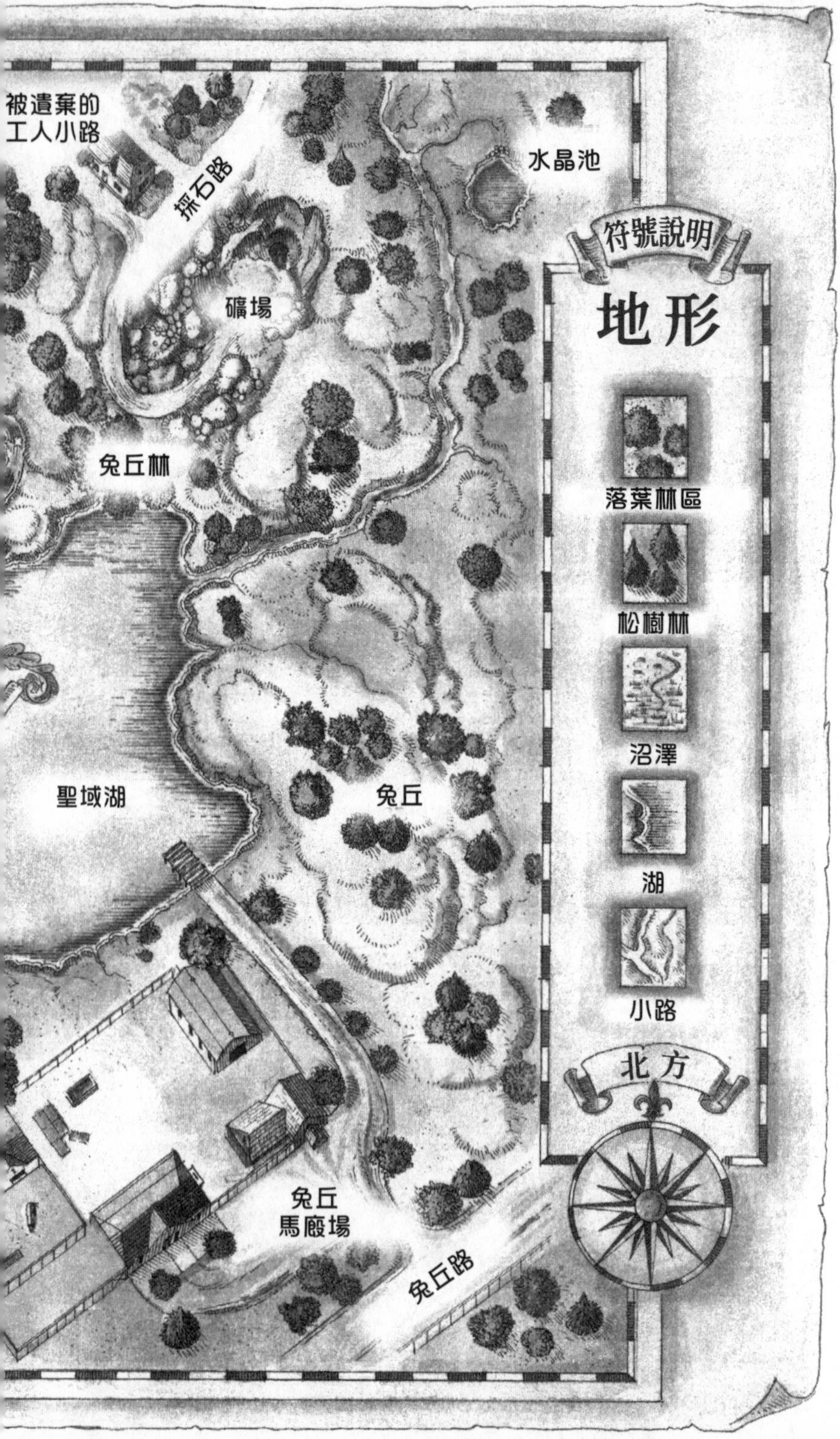

被遺棄的
工人小路
採石路
水晶池
符號說明
礦場
地形
落葉林區
松樹林
沼澤
湖
小路
兔丘林
聖域湖
兔丘
北方
兔丘
馬廄場
兔丘路

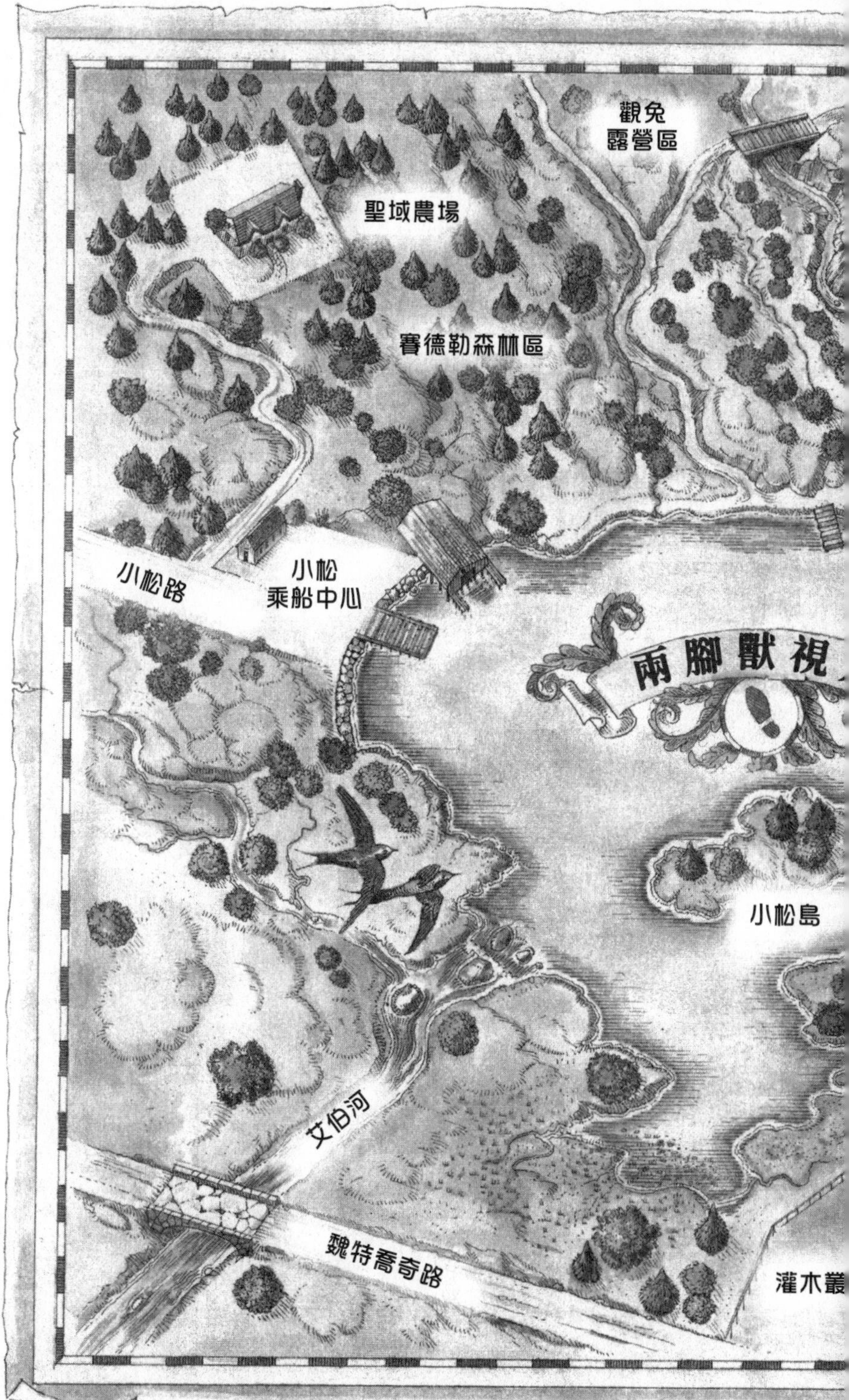

觀兔
露營區
聖域農場
賽德勒森林區
小松路
小松
乘船中心
兩腳獸視
小松島
艾伯河
魏特喬奇路
灌木叢

序章

和煦的微風拂過草地，帶來獵物的氣味和新葉季清新的草木氣味。陽光明媚，蔚藍天空有白雲飛掠而過。一條潺潺小溪沿著緩坡順流而下，在坡底豁然注入一方水塘，塘邊長滿燈心草。

一群貓兒坐在水塘邊，還有幾隻貓兒沿著水岸昂首闊步地來回走動，毛髮有森森白霜，腳下和眼裡星光閃爍。

「我真不敢相信會有這種事！」一隻乳黃色的母貓悲痛地說道。「當初我想盡辦法要回影族而丟了性命，」她的聲音發抖，「卻沒想到再也沒有影族了。」

一隻豐滿的白色母貓用鼻口輕輕搓揉她的肩膀，黑色耳朵微微顫抖。「我懂，曦皮，」她環顧她的族貓們，難過地低聲說道。「也許這都怪我們。也許是我們活著的時候不夠努力，沒有為影族好好奮戰。」

一隻體型纖細的銀色貓兒發出不屑的嘶聲，她在附近不安地來回踱步了許久，這時停下腳步，朝她的族貓們轉身，憤怒地用前爪撕扯著地上的草葉。「蜂鼻，妳錯了，」她齜牙咧嘴。「我們根本拯救不了一個不想被拯救的部族。要怪就只能怪罪魁禍首：那個現在自稱是花楸爪的花楸星。」

「針尾，妳說得倒簡單。」一隻毛髮打結的灰色老母貓，坐在離他們一兩條尾巴之遠的大圓石上，虎瞪著一雙琥珀色的眼睛。「又不是只有他錯判了暗尾的真正意圖。你們當中還不是有幾個曾自許是暗尾的門徒？」

「哼，黃牙，妳別自以為什麼都懂。」針尾語氣嘲諷地駁斥道。

「我見過的場面可比你們毛頭小夥子多得多了。」黃牙聲音低沉到宛若胸口深處的悶雷。「我以前也是沒料到碎星的上任會對我的部族造成多大的傷害，結果我錯了。」

黃牙的岩石下方坐著一隻白色公貓，他出聲說道：「我以前很信任花楸星，」他舔一舔黑色的前爪，再用前爪拍拍自己的耳朵。「我以為他可以在我之後當一位稱職的族長。不過他又能怎麼辦呢？畢竟那時有半數的族貓背叛他，追隨暗尾。」

曦皮悲傷地點點頭。「黑星，你說得沒錯。我知道我們也有錯。」

「如今僅存的影族貓都跑去加入天族了，」蜂鼻低聲道。「但葉星和她的天族貓真的能容下他們嗎？當初我們應該在我們還有機會的時候奮力一搏的。」

「你們說的都是廢話！」針尾瞇起綠色眼睛喵聲道。「其實不管有沒有暗尾，做族長的一定要夠強悍，才能凝聚族貓們的向心力。我們就是因為花楸爪太軟弱了，才會受到暗尾的誘惑。現在暗尾死了，照理說一個強悍的族長應該要重建部族才對。花楸爪好歹當初也從星族接收了九條命，結果他現在竟然推脫責任說『哦，對不起，我不要九條命了』，哪有貓兒這樣的啊？」

黑星長嘆一口氣，搖了搖頭。「的確沒有……至少也不該這樣推脫責任。」他承認道。

「結果現在所有族貓都過得痛苦不堪，」針尾嘶聲道。「這都怪那隻疥癬貓……」

「夠了！」一個陌生的聲音響起。

他們全都轉頭，望見坡頂站著一隻貓，輪廓就映襯在天空下。她在他們的注視下腳步堅定地緩緩走來，穿過草地。星光如水波漾在她豐厚的黑色毛髮。

「她是誰？」針尾低聲問道，怒目瞪著新來者。

「我不知道，」黑星一臉不解地回答。「我在影族裡沒見過她。」

陌生貓在貓群前面停下來，無視正豎起頸毛、不斷抽動尾尖的他們。

「你可能沒見過我，」她語氣冷靜地對黑星說道，「但我見過你，而且見過很多次，我是影星，影族的首任族長。」

貓兒們本能地退後一步。曦皮倒抽口氣，其他貓兒也都驚訝地竊竊私語。黃牙恭敬地垂下頭，連針尾也是一臉敬畏。

「你們不該只顧著指責別隻貓兒，」影星繼續說道，目光嚴厲地看著針尾。「影族的下場不能只怪花楸爪的領導無方或領地的喪失。影族始終是五大部族之一。」

影族貓互看彼此，神情不安。

「妳為什麼特地前來告訴我們這件事？」黃牙最後問道。

「當年我和其他首任族長各自帶領族貓找到棲身的家園……也許是高地、森林、河流、或沼澤……全都是最適才適性的居住環境，於是才有五大部族共存共榮的今天。」影星解釋道。「唯有團結一氣，這五個雖分家卻彼此相通……猶如五瓣的星狀花……的部族才能生存下去。現在不只是影族祖靈……其他部族的祖靈也一樣，都有責任去告訴仍在世間的貓兒們，」她接著說道，那兩隻眼睛炯亮的顏色宛若陽光穿透綠葉所呈現的色澤。「五大部族一個都不能少！一定要拯救影族！」

「可是來不及了。」曦皮難過地說道。

「我們已經降下預言給各部族。」黑星指出。「但他們置之不理。」影星甩打尾巴。「如果救不回第五個部族，後果恐怕不只是風暴來襲而已。」她喵聲道。「最後下場怕是連其它部族也會跟著滅亡。若世間的部族貓都死了，星族也不復存在。」

星族戰士們驚愕不已，現場一片靜肅，他們從沒想過星族也可能有末日。

最後是針尾打破沉默。「如果是這樣，」她抬起腳爪順順自己的鬍鬚，「那我們最好快點去傳話吧……」

第一章

「妳看那棵樹！」鰭掌驚嘆道。「好大哦！妳覺得上面會不會有松鼠？」

嫩枝掌停下腳步，看見鰭掌快步跑向一棵大橡樹，身子搖搖晃晃地站在多瘤的樹根上，她不免懊惱，卻只能強忍住。現在的她心緒浮躁，焦慮不安到腳爪跟著微微刺癢。她不想再多做逗留，只想快點抵達雷族營地。

要是他們不願接納我們，那怎麼辦？

但嫩枝掌還是回答了他：「當然會有松鼠。」語氣故作冷靜，試圖揮卻不安的情緒。「不過我們現在沒有要狩獵，別忘了，我們得趕在天黑之前抵達雷族。」

太陽已經西斜，林地染上一層紅霞，拉出長長的樹影。自從嫩枝掌和鰭掌離開天族營地之後，已經耗掉了大半個下午，還不是因為鰭掌一路上忙著到處探索，才會拖慢了腳步。

「我等不及了。」鰭掌從樹根上一躍而下，穿過草地，衝向嫩枝掌。她連忙後退，以免被他撞上，結果臉還是被鰭掌的尾巴掃到。

「嘿，你小心點好不好！」她怒瞪他。

「對不起，」鰭掌又突然轉向，跑到嫩枝掌前面，害她為了閃開差點被自己的腳絆倒。

「妳覺得他們看到我們會很開心嗎？」

嫩枝掌一想到馬上就要見到久違的雷族貓，不免滿心期待。**我曾經努力地想要當個**

天族戰士，她心裡想，**但我的心始終在雷族身上。我很高興我終於決定回來了……更開心的是，鰭掌也決定跟我一起走。雷族當然會歡迎我們。雷族畢竟是我的家。**

「我相信他們會的。」她告訴鰭掌。

「有關雷族的傳言是真的嗎？」鰭掌問道。這時他們並肩走著，鰭掌張開嘴巴，打了一個大呵欠。「他們真的很愛發號施令嗎？老愛指揮別的貓兒該怎麼做嗎？」

嫩枝掌不確定要怎麼回答這個問題。她知道其他部族的確是這樣看雷族貓，可是她在雷族住了好幾個月，她知道這問題不是那麼好回答。

再說，現在有一件事更令她掛心。雖然她告訴過鰭掌，她相信雷族會很高興見到他們，但她還是忍不住擔憂她和她朋友走進營地時，他們會作何反應。**他們會很高興吧？自從我選擇跟我父親一起離開後，他們一定都很想念我。**

嫩枝掌的父親鷹翅是天族的副族長，因此大家都以為她會跟著她父親和妹妹紫羅蘭光在剛安頓好的天族定居下來。

但我畢竟不是在天族長大的，她告訴自己，**我花了好長一段時間才終於明白自我還是小貓時，雷族就在我的生命裡扮演了很重要的角色。**

他們才繞過荊棘叢，一股熟悉的氣味便朝嫩枝掌迎面撲來，她張開下顎，小心地嗅聞。

「那是什麼味道？」鰭掌問道。「是獵物嗎？我餓了。」

「不是，」嫩枝掌回答，「是雷族邊界的氣味記號。我們快到家了！來吧！」

她往前跳躍，鰭掌也滿腔熱情地跟在旁邊跑。他們離邊界越來越近，雷族氣味越來越濃。等他們抵達氣味記號線時，嫩枝掌又聞到另一股熟悉的氣味，這次是一隻貓兒的味道。

「是火花皮！」她大聲說道。「以前天族貓借住在雷族營地時，你應該有見過她。她是赤楊心的姊姊。她就在這附近。火花皮！」她大聲喊道，跳到邊界線上一座小圓石上面。「嘿，火花皮！」

蕨葉叢一陣抖動，葉叢一分為二，只見火花皮衝進空地。但令嫩枝掌驚訝的是，火花皮的橘色虎斑毛髮竟豎得筆直。她在邊界剎住腳步，如臨大敵地拱起後背，腳爪悉數出鞘。

「嫩枝掌！妳在這裡做什麼？」她質問道。「妳為什麼離天族的營地這麼遠？妳的導師也沒隨行？是天族遭受攻擊了嗎？又是惡棍貓嗎？」

「不是，不是，什麼事也沒發生。」嫩枝掌向她再三保證，覺得火花皮這麼大驚小怪，實在有點好笑。「天族好得很。」

火花皮這才放鬆情緒，原本蓬起的毛髮服貼了下來，但卻瞇起眼睛來回打量嫩枝掌和鰭掌。「那你們來這裡做什麼？」她問道。

嫩枝掌感覺得到自己做的這個決定又將是一個很大的挑戰，它會像是頭頂上有一大團烏雲聚攏，隨時會降下滂沱的風暴。**但沒有回頭路了，**她心想，**經過這件事之後，葉星不可能再接納我，但萬一雷族也趕我離開，那該怎麼辦？**

「我要回家，」她回答道，同時從圓石上跳下來。這真的很難說出口，活像嘴裡塞了滿滿的獵物，很難吐出來。「我想回雷族，我想當雷族貓。」

「我也要跟她一起回去。」鰭掌開心地補充道。

火花皮抽動耳朵。「就這樣？」她以諷刺的口吻問道，「哪有貓兒像妳這樣說來就來，說走就走的？沒這回事。嫩枝掌，妳已經做了決定，就必須堅守妳的承諾。而這隻天族貓……跟雷族一點關係也沒有，他憑什麼認為他可以加入我們？」

嫩枝掌突然覺得自己像被一隻巨爪狠狠劃過，痛徹心扉。不管她曾抱著什麼期待，但絕對不是這種當面被拒的場面。**我還以為火花皮是我朋友，**她垂下頭，勉強用平靜的語氣回答對方。

「我知道當初我選擇跟天族離開，一定傷了很多雷族貓的心，」她開口道，並暗自祈禱自己不會說錯話。「我犯了一個天大的錯誤，我不應該離開。可是我相信妳應該能理解我當時的心情有多亂。」

火花皮沒有回答，但尾尖抽動了一下……然後又一下。

「跟天族住了一陣子之後，我才明白我其實是雷族貓。」嫩枝掌急著解釋。「雷族才是我真正的歸屬所在。」

「我不確定棘星會認同妳的看法。」火花皮低吼。

「我必須跟他談一談。」嫩枝掌跟她保證道。「我只是希望能有機會讓他知道我的感受。要是棘星不願意讓我回來，那我也認了。」

但她卻在心裡反問自己，**萬一真的不讓我回來，星族啊，我該怎麼辦？**

「棘星怎麼可能拒絕像嫩枝掌這麼棒的貓！」鰭掌喵聲道，跟平常一樣充滿信心和朝氣。「嫩枝掌很棒的。」

火花皮怒目瞪著棕色小公貓。「你又是誰啊?你來這裡做什麼?」

「我叫鰭掌，」他似乎對火花皮的強勢完全不以為意，反而把頭抬得高高的，伸直短短的尾巴，一無所懼地面對雷族戰士。「天族剛來湖邊時，我們見過面啊，妳還記得嗎?」

「我現在記起來了，」火花皮再度瞇起眼睛。「但你還是沒有回答我，你來這裡做什麼?」

「我想跟嫩枝掌一起當雷族貓，」鰭掌很有信心地說道。「雷族裡的每隻貓兒都是響叮噹的英雄……湖邊的部族貓都知道，你們很強!我想加入你們，跟你們一起冒險犯難。」

火花皮似乎對鰭掌的恭維不為所動。「好吧，」她惱火地彈動尾巴。「我帶你們回我們的營地。你們兩個走在我前面，保持一條尾巴的距離，我才好看著你們。別想亂動歪腦筋哦。」

「我們又不是什麼壞蛋！」嫩枝掌憤憤不平地說道，氣到毛髮都豎了起來。「妳以為我們會想動什麼歪腦筋嗎?」

「妳不用發火！」火花皮反駁道。「我只是以防萬一。」

萬一？我還萬二咧！嫩枝掌悻悻然地想道。

✦✦✦

嫩枝掌與鰭掌相偕穿過邊界，往熟悉的岩坑方向前進，但一路上始終覺得火花皮投來的懷疑目光令她很不舒服。她心情益發沉重，只能盡量不去想它，只是火花皮的敵意對她的信心造成了很大的打擊。

等我們到了營地，一切都會沒事的，她向自己保證，**棘星會明白的，他必須明白！**

等他們抵達岩坑入口前面那一大片的荊棘圍籬時，太陽已經下山，暮色捎來了落葉季初來乍到的寒意。火花皮這時趕緊從見習生旁邊擠到前面去，帶路鑽進通道。

「跟我來！」她口氣簡慢。

嫩枝掌走進岩坑，所有的雷族貓好像都在營地裡。她一看到這麼多張熟悉的面孔，心立刻溫暖了起來：櫻桃落和錢鼠鬚正在生鮮獵物堆旁分食獵物，花落跟煤心坐在育兒室入口，小貓們在她們腳邊活蹦亂跳，相互角力。灰紋和蜜妮在榛樹叢的長老窩前面懶洋洋地伸著懶腰。葉池和松鴉羽則在巫醫窩的荊棘簾幕那兒商討事情。

火花皮甩動尾巴，示意兩名見習生再走進來一點，然後要他們停在原地。「你們在這裡等。」她命令道。

嫩枝掌看著她跑過坑地，跳上亂石堆，爬上高聳岩，消失在棘星的族長窩裡。

「希望一切順利。」嫩枝掌喵聲道。

「當然會順利，」鰭掌用鼻口輕輕搓揉她的肩膀。「如果棘星不讓妳回來，那一定是他腦袋裡長蜜蜂了。」

嫩枝掌還來不及回答，就被正從戰士窩裡鑽出來，往荊棘隧道走去的栗紋瞧見他們，於是停下腳步。

「嘿！」她喊道。「嫩枝掌來了欸。」

她驚詫的叫聲驚動了營地裡所有的雷族貓。廣場上的貓兒全都跳起來，還有很多貓兒從戰士窩裡鑽出來。他們將嫩枝掌和鰭掌團團圍住，站在他們中間的嫩枝掌被這些熾熱的目光和詢問的眼神給包夾得喘不過氣來。

「我剛還在想怎麼會出現一股似曾相識的味道。」蕨毛對嫩枝掌親切地點點頭。「嫩枝掌，真高興見到妳。」

「妳為什麼來這裡？」蕨歌問道。

「天族出事了嗎？」獅焰伸出爪子。「你們需要我們幫忙嗎？」

嫩枝掌用力吞吞口水，緊張地豎起毛髮。大家都在等她回答。「沒有，天族很好。」嫩枝掌答道。「只是我離開他們了。我想回來，回雷族來。」

她話才一說完，全場突然肅靜了大約兩三拍心跳的時間，然後就有貓兒陸續地驚訝問道：

「回來？妳不是住在天族嗎？」

「那妳的父親和妹妹怎麼辦？」

「跟妳來的這隻天族貓是誰啊？」

站在貓群最前面的莓鼻不屑地抽動鬍鬚，低頭看她。「當初是妳選擇離開的，現在又想回來？」他質問道。「妳是要我們怎麼信任妳？」

幾隻貓兒此起彼落地附和。

嫩枝掌真巴不得地上有洞讓她鑽進去，還好她瞄到巫醫窩那裡有貓兒走過來。赤楊心從貓群裡擠了進來，站在她旁邊，嫩枝掌這才多少如釋重負。

感謝星族！是赤楊心把我帶大的，他一定懂我的想法。

「我們當然可以信任她，」赤楊心喵聲道。他暗黃色的毛髮豎得筆直，直接對嗆莓鼻。「我們當然希望她回來！她在雷族長大，本來就是我們的一份子。」他看著嫩枝掌，琥珀色的眼睛充滿暖意，完全支持她。

嫩枝掌聽到赤楊心說她「是我們的一份子」時，那當下的感覺就像太陽破雲而出。但她知道有些族貓對她還是頗有戒心，所以只能藏住喜色，低頭看著自己的腳爪。不過赤楊心的這番肯定的確令她感到溫暖。

自從離開雷族後，我就一直很想念赤楊心。

「嫩枝掌！」

frac地盡頭傳來威武的吼聲。嫩枝掌抬頭看見棘星站在高聳岩上，火花皮隨行一旁。他用尾巴示意嫩枝掌。「妳上來這裡，」他下令道。「我們單獨聊一下。」

嫩枝掌不安地和鰭掌互看一眼。**我把他獨自留在這裡行嗎？**

這時赤楊心輕輕推了她一把。「去吧，」他喵聲道。「我會照顧鰭掌。」他對年輕的公貓說：「我們去幫你找點獵物吃，你一定餓了。」

「我快餓死了。」鰭掌熱切地說道。

嫩枝掌放下心來，快步穿過營地，爬上亂石堆。火花皮從她旁邊經過跳下亂石堆，什麼話也沒說，卻極不友善地瞪了她一眼。

「來我的窩穴吧。」棘星要剛爬上高聳岩的嫩枝掌跟他進族長窩。

嫩枝掌跟了進去，對於自己竟被雷族族長邀來私下會談，覺得很不自在，感到格格不入。還好棘星看起來並沒生氣，他站在那裡低頭看著她，眼裡盡是憂色。

「火花皮跟我說妳想回雷族，」他說道。「嫩枝掌，妳必須明白一件事，很少有貓兒像妳這樣搞不清楚自己究竟屬於哪個部族。」

他這番話多少激起了她的不滿。「但又有哪隻貓兒的成長背景是像我這樣複雜？」她反問棘星。「先是從小就失去自己的父母和部族，被迫跟親生妹妹分開，後來又找到她以為早就喪命的父親？我承認我當時是很困惑，但我現在明白我的歸屬何在。我回來這裡，不就是證明我對雷族的忠心嗎？我已經準備好要當雷族的戰士了。」

棘星語氣平靜。「我並不懷疑今天妳對雷族的忠心，」他喵聲道，「但事情沒有那麼簡單。戰士守則要求我們只能忠於一個部族。如果妳一直在兩個部族之間搖擺不定，妳怎麼知道自己究竟想效忠哪個部族？」

他暫停一下，在臥鋪上坐了下來，然後用隻腳爪示意嫩枝掌坐到他對面去。

「我記得以前我還在舊森林裡當見習生的時候，」他開口道，「也遇過一件類似的事：灰紋離開雷族，去了河族，因為他和一隻叫作銀流的河族母貓有了小貓。她死後，河族宣稱小貓是河族的，但灰紋認為他有責任跟小貓住在一起，撫養他們長大。」

「灰紋……」嫩枝掌倒抽口氣，她很難想像那隻身體硬朗、忠心耿耿的老貓竟也有過別族的伴侶貓。

棘星點點頭。「後來河族入侵，試圖從雷族手中奪走陽光岩，灰紋不願意幫他們奪取我們的領地，於是河族將他放逐。當時的雷族族長藍星接納他回來雷族，卻也引發了一陣子的緊張，因為大家都搞不清楚究竟該信任誰。」

「但最後解決了，不是嗎？」嫩枝掌直言說道。「現在大家都很信賴灰紋，再說……」她接著說，雖然她不想太激動，但頸毛還是豎了起來，「天族怎麼可能入侵雷族，這想法太鼠腦袋了！」

嫩枝掌話一說出口，才想到自己只是個見習生，怎麼可以罵她的族長是鼠腦袋。**完了，我看我真的不用回來了！**

但棘星只是抽動了一下耳朵，沒有太大反應。「我知道他們不會……但妳一聽到這說法，反應就這麼大，可見得妳對妳父親和妹妹所在的天族還是有感情，妳身上仍有天族的血脈。」

「但我已經試過去融入天族，」嫩枝掌反駁道。「結果發現我根本不屬於那裡。」

棘星猶豫了一下，若有所思，最後長嘆一聲。「我看得出來妳是很認真的。」他終於說道。「我很樂於讓妳回到雷族，但是……」他聲音越說越小。

嫩枝掌原本對族長前面那句話懷抱很大的希望，但聽到後面就又沒把握了。「但是什麼？」

「妳的處境跟灰紋不太一樣，」棘星告訴她。「灰紋當時在兩個部族之間搖擺不定的時候，已經是成年的戰士，不是見習生。但妳卻是在戰士命名大典前選擇離開雷族，所以還不算是雷族的戰士。嫩枝掌，我願意相信妳對雷族的忠心不二，但我認為妳得先在這裡接受見習生的訓練……這也算是某種試用期，好確定妳真的想成為雷族戰士。」

嫩枝掌乍聽之下一肚子火，她以前在雷族早就完成了見習生的訓練，後來加入天族後，又上了一陣子見習生的課程，她本來以為這次回來後，棘星會馬上封她為戰士。

又要做見習生的工作？她心想，**看來我從長老身上抓到的壁虱數量多到真的可以打敗天下無敵手了。**

但嫩枝掌知道眼前她必須忍下這口氣。她已經很感激雷族族長給的機會了。她更知道自己沒有選擇。葉星不會再讓她回去的。

再說，她心想，**就算再多當幾個月的見習生，但跟以後都能留在雷族的時間比起來，又算得了什麼呢。**

「好吧，棘星，」她附和道。「能再度接受藤池的指導，也不錯。」她總算鬆了口氣，哪怕又得繼續當見習生，但至少棘星沒趕她回去。

「哦，恐怕不行，藤池不能再當妳的導師，」棘星喵聲道。「她現在在育兒室，快要生了，是蕨歌的孩子，所以我得再幫妳找個新導師……」

嫩枝掌等不及想知道新導師是誰，甚至緊張到腳都微微刺癢。**櫻桃落可能也不錯，不然白翅也行……**

「有了……」棘星得意地喵嗚一聲。「我想找火花皮來教妳，最適合不過了。」

不會吧，星族！嫩枝掌差一點就喊出來。**火花皮根本不想我留下來。**但她想棘星或許是故意試探她。「好啊，」她喵道，語氣試圖熱絡。「我一定會很努力。」

「那就好。」棘星站了起來，尾巴示意嫩枝掌跟他一起出來站到高聳岩上，然後步下亂石堆，回到空地。大部份的族貓仍在原地等候。當他們的族長帶著後面的嫩枝掌現身時，現場一片竊竊私語。他們團團圍住棘星和嫩枝掌。這時棘星也把鰭掌叫過來。

「雷族的貓兒們，」棘星開口喊道。「你們也都看到了，嫩枝掌回來了。我決定讓她留在雷族繼續完成她的見習生課程。」

嫩枝掌環視四顧，看見多數族貓都露出喜色歡迎她回來，這才鬆了口氣，但也看到有幾隻貓兒眼帶疑色。

「所以她還是見習生？」露鼻咕噥道。

這時棘星朝鰭掌轉身。「鰭掌，你要我們拿你怎麼辦呢？」他問道，但又像在反問自己。

嫩枝掌頓時感到內疚，她剛剛忘了問棘星，鰭掌該怎麼辦？**棘星不會趕他回去吧？**

鰭掌一無所懼地站在族長面前，迎視他的目光。「我想當雷族戰士。」他大聲說。「我聽說過火星許多事蹟，還有雷族貓是多麼可敬和英勇。你們是林子裡最厲害的部族，我等不及想成為你們的一份子。」他亢奮到甚至跳了一下。「拜託你讓我加入！」

嫩枝掌聽到有貓兒竊竊私語地稱讚這隻年輕公貓的熱血。

「棘星，讓他加入吧。」灰紋喊道。「我們需要像他這樣的熱血貓兒。」

「是啊，他挺有潛力的，拒他於門外，未免太可惜了。」松鼠飛補充道，綠色眼睛盯著鰭掌瞧，半帶興味，半帶欣賞。

「我不知道……」刺爪則是一臉疑色。「我們應該這樣來者不拒嗎？」

「沒錯，」雲尾彈動尾巴地說道。「你們看，自從各部族廣開大門，有誰想進營地，就讓他們留下來，結果咧？出了這麼多事！」

資深戰士的這番話令嫩枝掌不由得想到暗尾和他那一幫惡棍貓所帶來的破壞……以及當初她帶著僅剩的天族貓回到雷族營地時所引發的混亂。她納悶雲尾是不是刻意針對她，不過白色公貓的目光始終盯著族長。

「也許天族貓還不知道自己是不能這樣隨意更換部族的。」亮心嚴肅地說道。「鰭掌，你確定？」

鰭掌瞪大眼睛。「我確定，」他慎重其事地說道。「我想成為雷族的一份子。」

「現在是非常時期，」棘星若有所思地說道。「部族之間起了很大的變化，我們也必須有所改變。也許星族要我們接納鰭掌不是沒有道理……而且他看起來也對自己的決定很有信心。」

「我們可以先暫時答應他。」櫻桃落開口說道，「考驗他一陣子，看他表現得好不好再決定。」

「我一定會表現得很好，」鰭掌瞪大眼睛，很有自信地掃視貓群。「我保證。」

棘星點點頭。「那好，鰭掌，你就先暫時當我們的見習生，但你必須對雷族完全效忠，你辦得到嗎？」

鰭掌高興到說不出話來，忙不迭地點頭答應。

「鰭掌，從此刻起，你就是雷族的見習生。」棘星大聲宣布：「雲雀歌，你是一位盡忠職守的戰士，就由你來擔任他的導師，將戰技與經驗傳承給他。」

年輕的黑色公貓聽見族長讚美他，選定他擔任導師，表情不免顯得詫異。他上前一步，恭敬地垂下頭。「棘星，我不會令你失望的。」

鰭掌趕緊穿過貓群，站在雲雀歌前面，伸長脖子與他互觸鼻頭。「太棒了！」他大聲說道。

「鰭掌！鰭掌！」雷族貓為他齊聲歡呼。嫩枝掌感覺得到鰭掌很受大家的歡迎，心裡忍不住一絲妒意。**他們歡迎鰭掌加入雷族的程度甚至超過對我的歡迎？**

棘星朝她轉過身來，她緊張地倒抽口氣。「我還需要儀式嗎？」她問他。「我意思是，有必要嗎？我已經有過一次，哦，不，兩次。」她補充道，只是最後那幾個字的聲音小到不行。

「妳必須服從命令。」火花皮在兩三條尾巴外的地方對她不客氣地喊道。

完了，嫩枝掌心想，**等火花皮知道棘星做何打算時，恐怕會很不高興。**

「沒錯，妳是有過一次見習生的命名大典，」棘星喵聲道，聲音不溫不火。「但妳現在需要一位新的導師。」

「太酷了！」鰭掌大聲說。「我們要一起當見習生欸。」

「是啊。」嫩枝掌回答，她真希望自己也像她朋友那麼帶勁兒。她轉身對棘星點頭答應，暗自懊悔剛剛竟出言反駁族長，**我真的不該一開始就把場面搞得這麼難看。**

「那麼從現在起，」棘星開口道。「嫩枝掌就是雷族的見習生了。」棘星繼續說道：「火花皮，妳是一位英勇又忠誠的雷族戰士，我相信妳會把妳的所學悉數傳授給嫩枝掌。」

「什麼？」火花皮睜大眼睛看著嫩枝掌，頸毛豎得筆直，但又馬上察覺到自己不該違逆族長的決定，哪怕他是她的父親。「遵命，棘星，我會盡我全力。」說完後就嘆了口氣。

嫩枝掌緩步走到火花皮面前，迎視新導師那雙惱怒的目光，與她互觸鼻頭。她下定決定地在心裡對自己說道，**我要證明給妳看，我會是有史以來最棒的見習生。**

典禮一結束，棘星就回去自己的窩穴，其他族貓也解散離開。大部份貓兒都回到戰士窩，準備就寢。

嫩枝掌發現自己被單獨留在營地中央，頓時有點失落，彷彿自己根本不屬於這裡。

但她堅定地告訴自己，**我相信我這次回來是做對了決定，只是我從沒想到會是這樣的場面，我還以為會不一樣……**

雲雀歌正在離她只有幾條尾巴外的地方跟鰭掌說話。他正在安排明天的行程，打算帶鰭掌去參觀領地。鰭掌跳上跳下，完全掩飾不了他的興奮。

不知怎麼搞的，她朋友的熱絡態度反倒令嫩枝掌頓時對自己沒有把握了起來。她遠遠望著他，想等那股熱情重新回到自己身上，卻只覺得一切了無生趣。

哦，星族啊，現在這是我的家了，但為什麼回來後，我還是不覺得特別開心呢？

第二章

紫羅蘭光用嘴緊緊含住一大把羊齒植物的莖梗，穿過靠荊棘補強過的蕨叢通道，將莖梗拖進營地。現在已經快日正當中。她天剛亮就開始忙著鋪設影族裡的臥鋪。

這根本是見習生的工作，她暗地裡埋怨，**但有太多事要做，新的見習生又都太年輕……**

她從沒想過讓影族貓住進天族會這麼麻煩。擴大戰士窩，騰出空間給新住進來的戰士，就是其中一件大費周章的工程。而她的父親鷹翅更是忙得不可開交。鷹翅鼓勵天族貓和影族貓一起合作，但問題是他們毫無默契可言，總是一不小心就會礙到彼此。

我真想大聲抱怨，她悶悶地想道，**但要跟誰抱怨呢？他們都不會聽的。**

有時候她很想把這些多出來的工作全怪在影族頭上。可是紫羅蘭光想到不只是影族或天族得面對這些問題，湖邊所有擊敗暗尾和惡棍貓的貓兒們也都在努力地重新調適。她知道她必須盡力幫助影族貓適應新的生活，因為湖邊領地得靠這些倖存下來的戰士來固守。

但是跟影族貓又住在一起的感覺好怪哦，她一邊想，一邊用力拖拉著羊齒植物。她想起她小時候住在影族裡，總有點不知所措，後來她在影族當了見習生，她的親姊姊卻住在雷族裡。

那時我們根本沒有自己的選擇，是他們找到了我們，所以得由他們來決定我們必須

分住在不同的部族……

小時候，花楸星曾把嫩枝掌強留在影族營地，時間只有短短幾天，當時紫羅蘭光很開心地與她姊姊同睡一個窩穴，心想姐妹倆總算團圓了，她以為嫩枝掌也是這麼想。沒想到嫩枝掌最後選擇回去雷族。雖然最近她們又一起加入了天族，但嫩枝掌最後又決定要回雷族，不肯受封為天族的戰士。

這是嫩枝掌自己做的選擇……

紫羅蘭光不願再多想嫩枝掌，因為每次想到她姊姊兩次捨她而就雷族，就令她感到心痛。

紫羅蘭光甩甩頭，決定不再被這些消沉的意念左右，專心地拖著那捆羊齒植物穿過營地。可是她一瞄見樹躺在溪邊一塊平坦的岩石上，便又惱怒了起來。他曬著太陽，金黃色的毛髮在陽光下閃閃發亮，看起來昏昏欲睡的。

我覺得他一個早上的姿勢都沒動過。

紫羅蘭光已經累到不想再好聲好氣了，於是扔下嘴裡的羊齒植物。「你什麼時候才要移動你的屁股，」她對樹嘶聲吼道，「歡迎你下來幹點活兒！」

樹轉頭看她。紫羅蘭光立刻後悔剛剛的口出惡言。樹的琥珀色眼睛顯得猶豫不決。

「樹，你聽我說……」她有點尷尬，不確定自己該說什麼。

還好葉星打斷了她。「樹……你過來一下，我有話跟你說。」

紫羅蘭光轉頭看見葉星站在營地盡頭那株雪松木的窩穴外面。樹站了起來，紫羅蘭光也扔了嘴裡的臥鋪材料，跟在後面穿過營地。她刻意保持距離，不想讓獨行貓有壓力，也不希望葉星覺得她多管閒事。

但我就是多管閒事！她對自己承認。

等她趨近時，竟發現有幾隻貓兒也在附近徘徊，包括天族的巫醫貓斑願在內，她看得出來對方也跟她一樣眼帶好奇。

「我說樹啊，」葉星開口道。「你也花了不少時間考慮自己在天族的去留，你到底決定好了沒？」

樹搖搖頭。「我還不確定這裡適不適合我，」他回答道。紫羅蘭光感覺得到他語氣的緊張。「我是很喜歡你們天族，」他突然瞥了紫羅蘭光一眼。「可是我這一輩子一直是隻獨行貓，天曉得我能不能適應部族貓的生活。」

紫羅蘭光頓時感到失望，就像腳掌不小心踩到刺一樣。

她仔細地觀察葉星，好奇天族族長臉上有無惱怒的神色或者是失去耐性的表情。但葉星還是像平常一樣鎮定。「我們很感激你之前的協助，但我們不可能一輩子把你當訪客留在這裡。你必須做出選擇。也許你可以試著從戰士的見習生開始做起，」她提議道。「看看你是不是喜歡這工作。如果喜歡，也許就能正式加入天族。」

樹舔了舔身上的胸毛。「我不確定欸，」他喵聲道。「見習生的工作好像不怎麼有趣。」

我們不是為了有趣才當見習生的，好嗎？紫羅蘭光心想。

從葉星的表情來看，她也跟她有一樣的想法。儘管葉星表現出理解的神情，但紫羅蘭光還是可以從她那不停抽動的鬍鬚和一再伸縮的腳爪看得出來她很沮喪。

「樹，不管我們再怎麼喜歡你，」她告訴他。「我們也不可能讓你什麼事都不做地繼續留在這裡，這對其他貓兒不公平。我希望你明白這一點。」

紫羅蘭光無法解釋為何自己的胸口像被爪子突然緊緊揪住一樣？**為什麼我在聽到葉星暗示樹可能必須離開時，會這麼惶惶不安？我根本跟他不太熟。**可是她知道她真的很在乎，哪怕這種在乎並不理性。

樹還沒來得及回答，斑願就上前一步，對葉星恭敬地垂首說道：「別忘了樹看得到異象，所以也許他的天命是成為巫醫貓。」

湖邊的巫醫貓還不夠多嗎？紫羅蘭光心想。

葉星看起來有點猶豫，於是聳個肩，朝樹轉身。「或許斑願說得沒錯。星族向來會挑選一些貓兒來擔任巫醫，既然你看得見異象，也許已被祂們挑中。所以你願意花點時間和斑願一起工作嗎？看看是不是能以巫醫貓見習生的身份在這裡落地生根？我相信如果這是星族為你做的安排，祂們一定會讓你知道的。」

「好吧，我試試看。」樹回答，不過紫羅蘭光覺得他的語氣聽起來不怎麼熱絡。

「老實說，葉星，」他繼續說道。「我真的不是有意要占天族的便宜。」

他的這句話多少令葉星感到滿意，於是點點頭，揮動尾巴，讓他離開。

樹轉身朝他的窩穴走去，紫羅蘭光跟在他旁邊，想回頭拿她的羊齒植物。

「你覺得斑願的說法是對的嗎？星族真的想安排你成為巫醫貓嗎？」她問道。

樹搖搖頭。「我不確定，」他承認道。「巫醫貓老在談一些陰陽怪氣的事，再說我還得記住那麼多藥草和療法，而且必須近距離地接觸病貓，」他皺起鼻子。「好噁哦……我不確定這是我想要的生活。我情願躺在石頭上曬太陽。」

我們難道不想嗎？紫羅蘭光心想道，不過奇怪的是，他的這套說法竟令她多少寬了心，彷彿在炎熱的天氣裡舔了一口冰涼的水。

她朝她放羊齒植物的地方轉身，但又突然轉了回來。「樹，」她喵聲道。「我想問你一件跟異象有關的事。」

「問吧。」樹親切地說道。

「你最近有再看到針尾嗎？」紫羅蘭光緊張地等他回答。樹曾協助影族貓跟那些被暗尾害死的族貓們溝通過，也幫助紫羅蘭光從此不再耿耿於懷於針尾的死。原來針尾一點也不怪她，從來就不怪她，這讓紫羅蘭光終於卸下心上的一塊大石頭。但是她還是很想念她的朋友。樹擁有異能可以看見死去貓兒的魂魄，這多少讓她覺得自己永遠不會和針尾斷了聯繫。

樹想了一下，隨即搖搖頭說道，「沒有，我已經有一陣子沒見到她了，也許她去星族了。」

她跟樹道了別之後，又回頭去拉那坨羊齒植物，想拖進戰士窩裡，但心裡仍不免懷疑他剛剛說的是真的嗎？**我希望是真的，要是針尾可以在天上保佑我，那就太好了，也**

許卵石光也可以。

這念頭令她心裡好過了一點，彷彿她的母親和她的朋友從來沒離開她過一樣，還是她生活的一部份。但這時又出現了一個念頭，害她的尾巴又垂了下來，**如果我和嫩枝掌分住在不同部族，卵石光能同時庇佑我們兩個嗎？**

✦✦✦

「你得把藥草放在岩石上曬乾才對啊，」斑願喵聲道。「難道還有別的方法嗎？」

「當然有，可以掛在樹枝上曬乾啊。」水塘光回答。

紫羅蘭光正在老雪松木樹根下方的巫醫窩外閒晃。晨光滲入營地，清爽的微風吹亂了她的毛髮。她看著族貓們，結果發現斑願正惱火地抽動著鬍鬚。

「我們這裡的做法是放在岩石上曬乾。」斑願很堅持。

水塘光一臉不解。「我不懂為什麼不能照我自己的方法做。而且這是黃牙教我的方法，她是星族貓耶。我們在湖邊都是這樣處理的，這是代代相傳的做法。」

斑願的頸毛豎了起來。「黃牙教你的方法不見得就是最好的方法，」她嘶聲道。「你現在是天族貓，你得照天族的方法做。」

紫羅蘭光瞄見樹坐在離斑願一條尾巴外的地方。他跟著斑願受訓已經有四分之一個月，但紫羅蘭光看得出來他並不樂在其中。

「等一下，」樹喵聲道，打斷兩隻正在氣頭上、互瞪著彼此的巫醫貓。「如果最後的結果都一樣，有必要這麼在乎方法是什麼嗎？」

結果兩隻巫醫貓都轉頭過去，瞪著樹，後者倒是看起來一派輕鬆，毛髮服貼在身上，尾巴動也不動，彷彿搞不懂這有什麼好吵的。他真的一點都不在乎斑願和水塘光之間的爭執嗎？樹看得到異象，這代表他天生就是巫醫貓的命，但哪怕如此，他還是不適合當部族貓。

他最後還是會決定離開的，她告訴自己，並試圖不去理會胸口被掏空的感覺，**不過就是又一隻貓兒棄我而去，無論他有意還是無意。**

水塘光和斑願還在爭執，紫羅蘭光聽得有點煩，毛髮都豎了起來。既然不想再聽下去，她索性轉身離開，心想也許可以去參加狩獵隊。她往戰士窩走去，想看有誰在附近，結果被她父親鷹翅攔下。

「妳還好嗎？」他問她，一臉關切，眼帶疑色。

「我很好啊，」紫羅蘭光跟他保證。「我只是有點累，最近營地裡紛爭很多，我想你應該也注意到了。」

鷹翅朝巫醫窩的方向看了一眼，然後點點頭。「要把兩個部族合而為一本來就不容易，這不是光靠讓所有貓兒都搬進同一座營地就能解決的。」

就在這時，葉星從她窩穴前的地衣簾幕裡鑽出來，在雪松木的樹根上找了個位置坐下。「請所有已經能捕捉獵物的成年貓都到高樹根底下集合開會！」她喊道。

貓兒們紛紛從戰士窩裡現身，以葉星為中心參差圍坐了半圈，又過了一會兒，見習生也從檜柏叢的低矮枝葉底下爬出來參加集會。斑願和水塘光不再爭執，前後從巫醫窩的入口走過來坐在長老旁邊。樹是最後才閒晃到鷹翅和紫羅蘭光這邊坐下來。

等到大家都坐定了，葉星目光掃過所有族貓，最後落在影族前任族長身上。「花楸星，你想上來跟我一塊召開會議嗎？」她問道。

貓兒們不約而同地轉頭去看花楸爪，等著聽他怎麼回答。

薑黃色公貓垂下頭。「葉星，我不想干涉妳的領導，」他喵聲道。「我現在是天族戰士，不再是花楸星，我叫花楸爪。」

這番話令其中一隻舊影族貓失望地低吼，紫羅蘭光轉頭去看，想知道是誰，但看不出來。

葉星對花楸爪感激地點頭致意，接著開始指派當天的任務。紫羅蘭光納悶她怎麼不讓副族長代勞這件事，然後才想到也許是因為族裡最近太多紛擾，最好還是由族長親自下令比較妥當。

「花楸爪，」她喵聲道，「我希望你帶一支巡邏隊到影族的舊領地去，也順道把留在那裡的臥鋪材料帶回來。」

「什麼？」花楸爪的伴侶貓褐皮跳了起來，玳瑁色毛髮豎得筆直，綠色眼睛閃著怒光。「這是見習生的工作。花楸爪好歹也當過族長。」

「我沒有冒犯花楸爪的意思，」葉星向她保證。「只是你們對舊營地比較熟悉。」

「我可以啦，」花楸爪說道，尾巴擱在褐皮肩上。「我已經不是族長了，而且我也想出點力，像其他貓兒一樣有點貢獻。」

紫羅蘭光注意到，花楸爪在對褐皮說話時，始終一臉內疚地迴避著褐皮的目光。她想也許在解散影族的這件事情上，最令他耿耿於懷的莫過於他令他的伴侶貓失望了。

「謝謝你，花楸爪，」葉星喵聲道。「我很感激你有這份心。褐皮，妳可以陪他去，紫羅蘭光也隨行。」她繼續說道，同時朝她轉身。「妳以前也住在影族，所以也很熟悉那地方。」

「遵命，葉星。」紫羅蘭光回答道。

「也許我也可以去幫忙。」鷹翅提議道。

紫羅蘭光瞇起眼睛看了她父親一眼。**我現在是戰士了，可以自己去巡邏，不用你來罩我。**

可是她沒開口。葉星猶豫了一會兒，點頭答應。「當然好，鷹翅，能多探索一下新領地，也是件好事。」

花楸爪抬起尾巴，召集隊員，四隻貓兒隨後往營地外走去，留下葉星繼續分派其他任務。

他們一走進林子，鷹翅便慢下腳步，並用耳朵示意要紫羅蘭光過來他旁邊。

「讓花楸爪和褐皮走在前面。」他低聲道。

「你不想跟他們一起巡邏嗎？」紫羅蘭光問道，很訝異她父親對舊影族貓竟然存有敵意。

「不是，不是妳想的那樣，」鷹翅回答。「他們是伴侶貓，所以可能想私下說點話，」他猶豫了一下，才又說道。「等你長大一點就會懂了。」

紫羅蘭光神經頓時緊繃，**伴侶之間的事，我才不想跟我父親聊呢！**

但鷹翅沒再多說什麼，剛好這時他聽見樺樹的殘枝枯葉底下有動靜，立刻撲了過去，直接叼了隻老鼠回來。

「抓得好！」紫羅蘭光大聲叫好，很高興總算可以改變話題。

紫羅蘭光讓花楸爪和褐皮先走，等鷹翅埋好那隻老鼠，打算回程再取。他們埋好後，便加快腳步追上去，直到那兩隻舊影族貓在視線裡再度出現。

他們一跨進影族的舊領地，紫羅蘭光便走到她父親前面，緩步趨近花楸爪和褐皮，想聽他們到底在說什麼。她發現自己沒辦法完全信賴他們，所以她相信就算她聽見他們在抱怨葉星或設計想陷害她，她都不會感到驚訝。

花楸爪和褐皮肩並肩地邊走邊聊，顯然沒察覺到有別隻貓兒可能偷聽到他們的談話。紫羅蘭光盡可能保持距離，不想被他們發現她在偷聽。這裡的松樹林長得很密，地上厚厚的針葉掩蓋了她的腳步聲。

「這真的是你想要的嗎？」紫羅蘭光剛好聽到褐皮這樣問花楸爪。「永遠解散影族？別忘了，我們是五大部族之一，我相信如果你願意承認自己錯了，不該解散影族，我們的族貓都會支持你的。」

花楸爪不敢迎視褐皮的目光。「沒有了虎心，這一切都不再有意義。」他回答道，聲音充滿憂傷。「我從以前就不夠強悍，早在虎心離開之前，水塘光就告訴過我他曾在異象裡看見……所以我不知道影族要怎麼繼續走下去。」

紫羅蘭光很想知道他們到底在說什麼，但又覺得自己不該打擾他們，她抽動著尾巴，進退兩難，但聽見他們倆的對話對葉星沒有敵意，很是高興。只是花楸爪剛剛那番話令她想起曾經在影族有的過往回憶。儘管她現在只想成為天族戰士，但無可否認地，她還是對影族的消失感到悲痛。她知道那些年輕的影族貓恐怕比她更難過，畢竟她在天族還有親屬。

但要是花楸爪不想當族長，他們又能怎麼辦呢？

紫羅蘭光感覺得到地平線上有烏雲正在聚攏，她突然感到一陣寒意，彷彿身上被霜覆蓋，她總覺得很怪，像是要出什麼事一樣，但又一點頭緒也沒有。這座森林突然之間變得陌生了起來，似乎有什麼不祥的預兆。

她轉過身，看見鷹翅正繞過一棵松樹。「我們已經巡邏過了，所以可以回營地了嗎？」她朝正朝她走來的鷹翅說道。「如果影族舊營地裡還有臥鋪的話，花楸爪和褐皮他們會帶回來的。」

鷹翅好奇地看她一眼。「我們的工作還沒做完，」他說道。「別忘了，葉星是要我們跟著花楸爪和褐皮一起去影族的舊營地。」

紫羅蘭光頓時有點不好意思，毛髮豎了起來。「對哦，」她喵聲道，「只是……」

她察覺到她父親正盯著她看。「妳為什麼這麼急著回去？」他問道。

不知怎麼搞的，紫羅蘭光就是不敢抬頭看他。她沒有回答他的問題，哪怕心裡明白答案是什麼。因為每當她想到天族的生活還不是很安定，有些貓兒似乎住得不太習慣，她就會突然緊張樹說不定哪一天就離開天族了。

會不會我回到營地，就發現他已經走了？

第三章

赤楊心從長草叢裡鑽過去，他正要去風族邊界上的小河那裡，剛剛才下過雨，他的毛髮溼氣很重。他幾乎沒注意四周森林裡的聲音，因為他滿腦子都在擔心正在雷族營地裡肆虐的腸胃疾病。過去這四分之一個月來，已經有好幾隻貓兒染病，昨天晚上就連蕨毛、白翅和小梅都掛了病號。赤楊心尤其擔心那隻小貓，她向來身體很好，但年紀畢竟太小，無力對抗病魔。

除此之外，他也擔心煤心的小貓：小拍、小點和小飛。他們今天白天才第一次跑出育兒室玩，急著想探索營地。要是也像小梅一樣染病了，恐怕沒有抵禦疾病的能力。

星族啊，拜託讓我今天找到水薄荷吧，赤楊心祈禱，**我們真的很需要它。**

可是當他抵達小河旁邊的邊界時，卻發現那裡根本沒有水薄荷。也許這種疾病也在風族營地肆虐。他盡量不在心裡埋怨隼翔採走了所有藥草，索性改變路徑，走到他們跟河族共有的邊界上，因為那裡也會有水薄荷。

兔星一定不想去惹河族。自從河族關了邊界，斷絕了與其它部族的聯繫之後，就沒有貓兒知道霧星和她的族貓到底在想什麼。

赤楊心沿著河岸，朝上游方向緩步前進，終於看到幾株珍貴的藥草，生長的位置都離水邊很近，他必須小心地在河邊彎下身子，才有辦法摘到它們。

他一安全地爬回岸上，便趕緊帶著這幾株藥草趕回營裡。這時頭頂上方的烏雲再度集結。赤楊心抬頭看了一眼，總覺得心裡不安。雨點斗大地滴了下來，砸在他頭上。

我好像有半個月沒有真正見到太陽，他心想道，**以前從來不曾這樣。**

他的巫醫直覺告訴他，這些烏雲不會只光下雨而已。**天色這麼黑，恐怕是暴風雨的前兆。**莫非逐漸陰暗的天色就是在實際預告預言的即將成真？這片烏雲似乎前所未見地陰暗與厚重，裡面塞滿了雨水。赤楊心有種在劫難逃的感覺，彷彿有什麼災禍正隨著烏雲逼近森林，部族就要大禍臨頭。

我感覺得出來要出事了……

✦✦✦

「你為什麼一直在嚼香芹根？」松鴉羽質問道，同時用腳爪用力戳赤楊心的肩膀。「病貓們需要的是水薄荷！你還在當見習生嗎？」

赤楊心把已經咬成塊狀的香芹根呸在羊蹄葉上，很想嘆氣。自從有越來越多的貓兒生病，松鴉羽的脾氣就變得更暴躁了。但赤楊心很瞭解他，所以根本不以為意。

「我們沒有水薄荷。」他冷靜直言。他之前就把找到的那一點點水薄荷全給了小梅。「難道你要我從耳朵裡變出來嗎？」

「不用，」松鴉羽嘟囔道，「我只是以為你會去外面找，直到找到才回來。」

赤楊心瞥了巫醫窩入口的荊棘簾幕一眼。外面正在下大雨。但如果可以找得到他們迫切需要的藥草，那麼就算被大雨淋溼，他也心甘情願。

赤楊心用取笑的語氣對松鴉羽說：「事情都已經多到做不完了，你可不可以不要再像小貓一樣無理取鬧啊。」然後又想了一下，接著說：「你也知道邊界那條小河幾乎沒有水薄荷了，我們恐怕得另外找替代品了。」

「那你要把香芹根嚼得更細一點啊，」松鴉羽用腳爪戳戳那坨香芹根，口氣煩躁地補充道。「這麼大塊，白翅怎麼可能吞得下去，連見習生都明白這道理。」

赤楊心忍住脾氣，沒出言反駁松鴉羽是因為被他臨時打斷，他才沒繼續嚼爛。「我們應該討論一下那個預言，」他決定改個話題，心想反正有這麼多貓兒得治療，松鴉羽就不會到處亂跑，或許他們可以找機會好好討論一下這件事。「現在影族解散了，河族又關閉了邊界……」但星族說得很明白，他們需要五族共榮。

但松鴉羽心不在焉地揮揮尾巴，「我現在管不了那個了，」他回應道。「快點把所有貓兒都醫好，讓他們全回到自己的工作崗位上，這件事還比較重要。」

葉池正躺在小梅旁邊輕輕舔她，因為小梅一直嗚咽地喊肚子痛。

這時這位巫醫貓抬起頭來。「赤楊心，這病傳染得太快了，我看我們得把薔光搬到育兒室去。因為萬一她被感染了，恐會危及生命。」

薔光本來正在臥鋪裡打瞌睡，聽見葉池的話突然醒來。「別擔心我，」她喵聲道。「我不會有事的。」

「不行，葉池說得對，」赤楊心大聲說道。「這主意很好。」

他說話的同時，不免也想到白翅，白翅的病情最嚴重，她似乎是因為太過想念那失蹤了一個多月的女兒鴿翅而變得沒有求生意志。赤楊心每天都得費盡唇舌地鼓勵她把藥草吃下去。

「育兒室會變得很擠哦。」松鴉羽指出。

原來巫醫窩再也沒有空間容納病貓，赤楊心只好把病貓全送進見習生窩，只留下小梅，然後叫嫩枝掌和鰭掌搬到育兒室去住。

「還有空間，」他低聲道。「更何況見習生在那兒也可以多少幫忙照顧。而且薔光搬過去後，我就可以把白翅搬過來專心醫治她。」

松鴉羽只是嘟囔了一聲，沒再吭氣。

赤楊心把頭探出荊棘簾幕，雨水冰冷地打在臉上，他眨著眼睛，環目四顧，瞄見獅焰正叼著一隻松鼠從這兒經過，金色毛髮被雨水打得全黏在身上，毛色變得暗沉。

「嘿，獅焰，」赤楊心喊道。「我需要你幫忙。」

「沒問題，」獅焰含著嘴裡的獵物說道。「管它是什麼忙，反正我全身都溼了，也沒差。先等我把獵物放進生鮮獵物堆裡。」

「你再找隻貓兒過來一起幫忙。」赤楊心在他後面喊道。

過了一會兒，獅焰帶著蜂紋來了，他是薔光的哥哥。赤楊心想他們剛剛八成一起去狩獵，因為他也跟獅焰一樣全身溼透。

「不准你們把身上的水甩在我這裡哦。」松鴉羽不客氣地說道。

「要我們幫什麼忙？」獅焰問赤楊心，完全不理會松鴉羽的惱怒口氣。

赤楊心跟他們解釋薔光得搬進育兒室，蜂紋一聽，立刻警覺地瞪大眼睛。

「你是說她可能被感染？」他問道，然後不待回答便立刻展開行動。「她當然不應該跟病貓們住在一起，我們快把她搬走。」

「看在星族的份上，」薔光對她哥哥嘶聲吼道。「你有必要這麼大驚小怪嗎？我的後腿是不能動，但我身體好得很。就算生場病也不會讓我就一命嗚呼。」

「反正我們還是要把妳搬走。」赤楊心喵聲道，希望兩隻貓兒都冷靜下來。「凡事小心一點總比事後懊悔好。」

赤楊心跟獅焰合力把薔光抬起來，讓蜂紋背在背上，然後從兩邊扶著她，蜂紋扛著她緩步走出窩穴，一路踩過廣場上的大小水窪，走到營地另一頭的育兒室。

「你應該謝謝我，」薔光在她哥哥耳邊說道。「是我在上面幫你擋雨欸。」

育兒室裡看起來有點擠，赤楊心忙著幫這兩隻公貓把薔光塞進通道，進入荊棘叢裡，這裡頭住著花落、煤心和她們的小貓們，還有大著肚子、就快臨盆的藤池，以及向來待在育兒室裡幫忙貓后照顧小貓的黛西。兩名見習生不在育兒室裡，赤楊心猜他們可能跟導師出去受訓了。

「她當然應該來我們這兒住，」黛西聽到赤楊心的解釋時，這樣回答。「歡迎妳，薔光，妳看，那兒有床臥鋪給妳，底下已經墊了舒適的厚青苔。」

「是啊，有妳在這兒真是太好了，」花落是薔光的姊姊，她喵聲說道。「我們的小貓可以幫忙妳運動哦。」

「是啊，我們可以幫忙。」小鷹興奮地吱吱尖叫。

「我們很厲害的。」小飛附和道。

所有小貓都朝薔光衝來。黛西伸出尾巴攔下他們，不讓他們爬到她身上。「小貓們，動作輕點。」她喵聲道。「你們一次全部衝來，薔光沒辦法應付的。」

「不會，可以啦。」薔光告訴她。「來吧，小貓們。誰要玩青苔球？」

「我！」

「我！」

「還有我！」

葉池這主意實在太好了，赤楊心喵嗚叫了一聲，心裡這樣想道。

安頓好薔光，赤楊心便跟獅焰和蜂紋走出育兒室，這時花落伸出腳爪攔他。

「小梅怎麼樣了？」她問道。

「她很好。」赤楊心告訴她，但又暗地裡希望自己的說法完全屬實。「我離開的時候她還在睡。」

花落在臥鋪裡不安地蠕動著。「我應該去陪她的。」

「不，這是妳最不應該做的事。」赤楊心溫和回答。「萬一妳被感染了，把疾病帶到育兒室怎麼辦？」

花落突然渾身發抖。「那太可怕了。赤楊心，你說得對。」她嘆了口氣。「但我心裡好苦。」

「我懂，我們現在正在為她做最好的治療。」赤楊心向她保證。朝巫醫窩走回去的赤楊心，心裡其實不是很踏實。最好的治療應該是用水薄荷來治療病貓才對，但他們只剩一片葉子了。

「赤楊心，」他一到巫醫窩，葉池就叫住他。「我們得再出去多摘點水薄荷回來。那是目前為止對這種病最有療效的藥草。」

她的想法跟赤楊心的不謀而合。但他拿不定主意。「這表示我們得去河族一趟。可是河族現在並不友善。」

「我知道啊。」葉池反駁。「可是我們的貓兒一直好不起來，要阻止這種疾病的擴散，就一定要用水薄荷才行。」

赤楊心知道她說得沒錯。他思考了一下，決定親自去河族一趟，這個決定令他精神提振了起來。

我可以去看看他們過得怎麼樣，搞不好還可以說服他們重返部族。這樣就不會只有三個部族了。

「我去找棘星。」他喵聲道。

赤楊心在生鮮獵物堆旁找到他，棘星對他的提議想了一會兒。

「好吧，」他最後同意道，「但要帶兩名戰士同行，因為霧星目前不願意被外界打擾。」

「可是巫醫貓本來就可以自由穿越邊界啊。」赤楊心直言道。

「就算如此，」族長喵聲道。「赤楊心，我們還是希望你能毫髮無傷地回來，不會被河族的巡邏隊撕成碎片。所以你不能自己去。」

「我跟他去。」

赤楊心被他姊姊的聲音嚇了一跳，他轉過身來，看見火花皮站在他後面，正和嫩枝掌叼著獵物要去生鮮獵物堆那裡。

「可以嗎？棘星？」她追問道，同時把田鼠放在生鮮獵物堆上。

赤楊心看見棘星點頭答應，滿心期待了起來。要是能跟他姊姊一起去河族探險，那就太好了。尤其這代表嫩枝掌也會跟他們一起去。

我一直很擔心嫩枝掌，她老是一副鬱鬱寡歡的樣子。現在終於有機會可以觀察一下她跟火花皮相處得如何，最近有沒有好一點。

「我們走吧，」火花皮說道，同時恭敬地對族長垂頭致意。「赤楊心，你可以在路上告訴我們此行的目的。」

✦✦✦

火花皮帶隊橫過邊界的小河，穿過風族領地，盡量挨著湖邊走。雨已經停了，湖上刮起一陣溼涼的風，湖面微微振動。天空仍被烏雲籠罩，不過已有絲縷陽光滲過雲層灑將而下。

「妳還好嗎？」赤楊心和嫩枝掌肩並肩地走在火花皮後面，他趕緊趁機問她。

「還好，謝謝。」嫩枝掌回答。

這麼敷衍的回答一點也不像她。赤楊心確信她一定有心事。

「妳跟火花皮相處得還好嗎？」

嫩枝掌聳聳肩。「還好啦。」

現在赤楊心終於確定這中間出了問題，但是他還來不及追問嫩枝掌，火花皮就大喊：「有風族巡邏隊。」

赤楊心抬頭看見三隻風族貓從高地魚貫下來。他們一趨近，他便認出其中的羽皮、呼鬚和雲雀翅。他們加快腳步，從旁邊繞過來，在水邊攔下雷族貓。

三隻雷族貓緊緊地挨著彼此，嫩枝掌亮出爪子，火花皮頸毛豎得筆直，隨時準備應戰。

「放輕鬆點，」赤楊心低聲道。「我們又沒做錯什麼。」

剛停下腳步的風族貓還好看起來都沒有敵意。「你們好，」羽皮喵聲道，很有禮貌地垂頭致意。「你們是來找兔星的嗎？」

「不是，我們要去河族。」赤楊心回答，心裡暗自慶幸他姊姊願意由他來代表發言。「我們要去那裡採集水薄荷。在我們邊界的小河這邊，已經找不到了。」

三隻風族貓表情內疚地互看彼此。「對不起，」羽皮回答，一臉不好意思地伸舌舔舔身上的虎斑灰毛。「我們風族有貓兒肚子不舒服，所以可能被我們摘光了。」

「別這樣說。」赤楊心要她別自責。「只是我們也有一樣的病號，所以真的很需要水薄荷。」

「我們有一支邊界巡邏隊告訴我，在河族的河岸那裡，還有水薄荷，而且是長在我們風族邊界這邊。」呼鬚插嘴道。

赤楊心點點頭。「我們就是要去那兒，相信我們應該可以在不驚擾河族的情況下摘些水薄荷回來。」

「我們可以跟你們一起去嗎？」呼鬚問道。「我們自己也得多存點藥草。」

「是啊，隼翔會很開心的，」雲雀翅補充道。「雖然大部份的貓兒病情都好轉了，但先備一些起來也無妨。」

赤楊心一直隱約聽到火花皮在旁邊低聲嘶吼，自己其實也巴不得風族貓去別地方摘藥草。但他知道此刻去爭論這一點並無意義。

「你們當然可以一起來，」他喵聲道。「火花皮，妳覺得可以嗎？」

「應該可以吧。」火花皮回答。「萬一有河族貓找麻煩，六隻貓總比三隻貓好。」

「不過有巫醫貓同行，應該不會有麻煩。」呼鬚說道。「至少……」

他的聲音越說越小，其他貓兒也都互看彼此，表情不是很確定。赤楊心心想，**誰知道河族貓會做何反應**。不久前，風族也曾關閉邊界，不願與其他部族分享他們領地裡的藥草。

於是兩方隊伍共同朝河族出發，盡量挨著水邊走。這時風已經停了，湖面平靜無波。沒有風雨欲來的跡象，但湖水看起來還是陰冷灰暗。赤楊心依舊覺得惶惶不安，老是揮之不去，像是身上沾到了狐狸屎一樣。

他們快走到馬場時，羽皮突然停下腳步，嗅聞空氣。「這裡的馬味好濃哦。」她低聲道，神情有點不安。「我在想我們是不是應該改走別條路。」

「不用啦，幹嘛改道？」火花皮反對。赤楊心心想他姊姊可能是不願聽從風族貓的指揮才會斷然拒絕。「那些馬不是都被關在圍場裡嗎？只要我們不去驚擾牠們，牠們怎麼會找我們麻煩？我們只要偷偷溜過去就行了。」

赤楊心總覺得好像應該聽從羽皮的話，畢竟風族貓比其他部族貓更瞭解馬場的狀況。但他沒有吭氣，因為他很高興走這裡至少就不用繞路，可以更快抵達水薄荷那裡。

但就在貓兒們沿著馬場前進時，竟不妙地聽到類似雷聲的隆隆聲響。

不知道是什麼東西正朝我們衝過來！赤楊心想道，總覺得地面正被某種巨掌踩踏到微微震動。好像有什麼動物潛藏在小灰和香菜住的那棟穀倉後面，此時此刻正朝他們這邊衝過來。

所有貓兒都停下腳步，朝穀倉的方向瞪看，原來是一頭動物正冒然地衝向他們。赤楊心目不轉睛地盯著牠，發現那是一匹馬，體型比他見過的馬兒都小，但肌肉結實，更朝貓群奔馳而來，巨大的腳蹄所到之處，草皮土塊四散飛濺。

「是一匹小馬！」一呼鬚倒抽口氣。

在貓群和那匹小馬中間隔著一道發亮的網狀圍籬，但在草地上奔馳的牠，看上去好像會躍過圍籬，再不然也可能直接撞破，衝出來。

「快散開！」火花皮尖聲大喊。

貓兒們立刻往四面八方奔逃。赤楊心跳進沼澤，結果陷在水深及腹的泥沼裡，全身被蘆葦耙過。那當下，他根本不知道其他貓兒逃到哪兒去了。

赤楊心回頭瞥看，發現小馬在網狀圍籬的後面及時剎住腳步，鼻子不停噴氣。牠甩甩頭，沿著圍籬又快跑了幾步，最後停下來，開始低頭吃草。

赤楊心這才明白這匹小馬可能不是故意要嚇他們，**也許牠根本沒看到我們，純粹只是在玩，就像我們的小貓一樣**。不過他還是很慶幸還好有那道網狀圍籬攔住牠。

赤楊心費了一番功夫才從黏乎乎的泥沼裡爬上湖岸，這時其他貓兒也都回來了。火花皮甚至比他還髒。雲雀翅誤踩到尖銳的小石子，走路一拐一拐的。羽皮剛剛衝到湖裡，現在正全身發抖地站在淺水處，直到確定危機解除，才涉水而出，惱怒地嘶聲作響，身子一甩，水珠像雨點似地全灑在其他貓兒身上。

「我身上髒到再也洗不乾淨了！」火花皮大聲說道。

「等一下我們找處長草叢讓妳在裡頭滾一下好了。」嫩枝掌說道，她身上只沾到一點泥漿而已。

火花皮哼了一聲。「我看我會髒到下個新葉季了。」

「我們走吧。」赤楊心嘆了口氣，催促大家快走，**經過這一番折騰，最好還找得到水薄荷**。

兩支隊伍繼續沿著湖岸走，經過可通往大集會小島的那座樹橋，最後終於抵達河族邊界上的小河。

「有水薄荷欸！」嫩枝掌興奮地大叫。「很多欸！我去摘一些。」她往前一躍，朝兩岸茂盛的水薄荷叢跑過去，尖長的莖梗上清晰可見水薄荷開出的小紫花。

「小心點！」火花皮在她後面喊道。

嫩枝掌鑽進水薄荷叢裡，開始摘取，小心地從底部咬斷。其他貓兒也跟在後面慢慢走過去。羽皮負責幫風族摘藥草，呼鬚和雲雀翅則在旁邊監看河對岸的河族動靜。

赤楊心正往附近的水薄荷叢走去，嫩枝掌突然驚叫一聲，赤楊心轉身剛好看見河邊的她一個踉蹌，還好火花皮及時一把抓住她的頸背，將她拖了上來。

「笨毛球！」火花皮厲聲道，居高臨下地甩打著尾巴。「我不是告訴妳要小心嗎？這下水薄荷都掉進河裡了。」她對正匆匆趕來的赤楊心大聲說道，迴音傳了好幾條狐狸身之遠，赤楊心擔心這迴音再加上嫩枝掌的尖叫聲，恐怕會驚擾到河對岸的河族。

「沒關係，這裡還有很多。」赤楊心指出。「嫩枝掌，妳還好嗎？」

嫩枝掌點點頭，看起來可憐兮兮。「對不起，」她喵聲道。「我只是想幫忙多摘點，一不小心就在岸邊踩空了。」

「妳啊，以後做事不要這麼莽莽撞撞！」火花皮還是一臉惱怒，不過赤楊心猜她只是擔心見習生可能受傷、甚至淹死。「妳給我乖乖待在旁邊，赤楊心，你快去摘藥草。」

赤楊心朝水薄荷叢走去，但還沒走到，便聽見河族領地那邊出現窸窣聲響，他抬頭一看，發現兩隻河族貓正從對岸的蘆葦叢裡走出來。

「你們在幹嘛？」帶頭的閃皮停在水邊，隔著河面怒瞪赤楊心和其他貓兒，銀灰色毛髮豎得筆直。「難道還要我提醒你們邊界早就封閉了嗎？麻煩你們把水薄荷放回原地，立刻離開，免得我找幫手來驅趕你們。」

「不好意思哦，」火花皮反駁道，同時上前一步，站到赤楊心旁邊。「妳有看到我們站在河族的領地上嗎？就算我們要請求他族同意，也是向風族提出。再說這是巫醫貓的工作。我們本來就有權為我們的病貓前來這裡採集藥草。這難道不是戰士守則規定的嗎？」

閃皮神情不安，與她的族貓黑文皮互看了一眼。「拜託你們不要惹麻煩好不好？」她喵聲道。「快走吧。」

赤楊心不免好奇霧星的戰士們是不是也不太認同封閉邊界的做法，所以神情才會如此不安。他用尾巴拍了拍火花皮的鼻口，要她克制一下自己的脾氣。

「我們瞭解你們的難處，」他開口道，同時向河族貓恭敬地垂下頭。「不知道你們願不願意讓我們過河，去跟霧星解釋為什麼我們離你們的領地這麼近？」

「我們又不需要他們來批准。」火花皮在他後面低聲吼道，可是赤楊心沒理她。

「當然囉，雖然你們的邊界關了，」他繼續說道，「但為了防止病情的擴散，也為了所有貓兒著想，我相信你們應該是會同意我們前來這裡採集藥草。」

兩名河族戰士互看一眼，小聲商量。赤楊心很想聽到她們到底在說什麼，但什麼也聽不到。

兩隻河族貓最後直起身子。「好吧，」黑文皮喵聲道。「赤楊心，你可以跨過邊界，但其他戰士必須等在這裡。」

「不行，」火花皮抗議道。「赤楊心，不要單獨去他們的營地。天知道他們會幹出什麼事來。」

閃皮冷冷地瞪她一眼。「河族向來尊重巫醫貓。」她嘶聲道。

「我可以的，火花皮。」赤楊心向她保證。「我不怕河族。再說，要是霧星看見有兩個部族的戰士同時進入她的營地，恐怕會誤會我們打算攻擊他們。」

火花皮怒瞪著她弟弟。「好吧，如果你這麼鼠腦袋的話……萬一出了什麼事，可別怪我哦。」

赤楊心緩步上前，看著眼前那條河，水流很急也很深，而且河面太寬，他根本無法直接跳到對岸，於是瞥了河族貓一眼，但總覺得她們的眼神像是在等看好戲。

「哦，對了，你不會游泳。」黑文皮喵嗚道。「沒關係，你到上游一點的地方，那裡比較容易過河。」

赤楊心照著指示做，對岸的兩隻河族貓也跟著往上游走。大概走了幾條狐狸身的距離後，才看見一處河面的水中央有塊大岩石突起於水面之上。

「你可以從那裡過來嗎？」閃皮揮動尾巴指著那塊岩石，這樣問他。

「可以，謝了！」赤楊心回答道。**哦，星族啊，拜託保佑我，別讓我跌下去**。

他咬著牙，繃緊全身肌肉，從岸邊往前一躍，輕鬆跳上岩石。但第二次的跳躍就有點難度了，因為著力的那塊岩石很平滑，起跳時，腳爪打滑，那一瞬間，他以為自己會跳不到對岸，但還好前腳紮實地落在乾燥的河岸上，他用力戳進爪子，再把後腿撐上來，站穩腳步，面對河族戰士。

「我過來了。」他喵聲道。

河族營地前面還有一條小河，但這條比較淺，直接涉水過去就可以。他一爬上岸，就看到河族貓朝他聚攏過來，他們見到來自別族的貓兒，都驚訝地豎直耳朵。

「待在這裡，」黑文皮指示道。「我去找霧星來。」

赤楊心等在岸邊，被河族貓的目光瞪得很不自在。還好沒多久，就瞄見霧星從戰士群裡鑽出來，站在他面前。

「你好，」河族族長喵聲道，並微微點頭致意。「赤楊心，你來這裡做什麼？你又不是不知道我們封閉了邊界。」

「妳好，霧星。」赤楊心很有禮貌地打招呼。他解釋雷族和風族現在都有同樣的疾病肆虐，他和風族貓是如何來到邊界的小河，目的是要採集水薄荷。「我向妳保證，我們只會待在邊界的對岸，」他說道。「絕對不會踏入你們的領地，或採集你們領地上的藥草。」

霧星的藍色眼睛若有所思地望著他。「可是你們差點就越過邊界。」她最後說道。

赤楊心頓時緊張了起來，像是肚子被爪子突然劃過一樣，**她會認為我們是在挑釁嗎？**他心想。**我們根本沒有入侵領地的想法！唉，她愛怎麼想就怎麼想吧……反正我這次是絕對不會空手而回的……希望這不代表我們得不惜一戰。**

「不過我能體諒你們目前的迫切需求，」霧星繼續說道。「我也不希望有任何貓兒生病。你們就帶著水薄荷回去吧。」

「謝謝妳，我們……」

「但下次再想要走近我們的邊界時，」霧星打斷他。「請務必三思而後行。不要忘了，邊界已經封閉。」

我想我現在懂妳的意思了。這時赤楊心注意到河族的其中一位巫醫貓柳光也在貓群裡。她不安地蠕動著腳，那雙亮綠色的眼睛洩露出不悅。**至少這裡有隻貓兒並不認同河族族長的做法。**

赤楊心沒有大聲說出自己的想法，反而以最恭敬的態度向霧星鞠躬。「霧星，謝謝妳的慷慨，」他喵聲道。「雷族非常感激妳的好意。願星族照亮妳的前路。」

霧星沒有回答，赤楊心只得轉身準備離開，但腳步顯得遲疑，心裡像被壓著一塊大石頭，總覺得不吐不快，於是又轉過身來。

「霧星，妳還沒有改變心意嗎？」他懇求道。「妳不知道影族瓦解了嗎？他們現在都加入了天族。在我看來，五大部族的分崩離析像傳染病一樣害影族也染病身亡。但若每個部族都很強大，對大家都有利。」

河族族長挺起身子，微風中藍灰色的毛髮如波起伏，藍色眼睛目不轉睛地看著他。赤楊心感覺到他提供的消息起了作用。他屏住呼吸，靜靜等候，希望她能回心轉意。

過了一會兒，霧星放鬆緊繃的身子，垂下肩膀。「我們的邊界目前封閉，」她再次強調。「雖然河族現在閉關自守，但我還是對影族的遭遇感到遺憾。不過這不關河族的事。」她遲疑了一下，然後又補充道。「就先這樣吧。」

她揮了揮蓬鬆的尾巴，示意赤楊心離開。

赤楊心收起失望的心情，離開營地。他一直認為霧星是族長裡頭最講道理的一位，他剛剛差點以為他說服了她。

暗尾對她部族的傷害實在太深了，但是星族預言裡的風暴要是正朝我們襲來，下場會是什麼呢？

閃皮和黑文皮走在兩側，護送他回到他可以取道大岩石過河的那處邊界。他的族貓和風族貓都在那裡等候。「怎麼樣？」火花皮追問道。「霧星怎麼說？」

赤楊心用耳朵指指那兩隻河族貓，後者還在對岸監視他們。「小心妳說的話，」他小聲說道。「別再惹出事端。」接著故意大聲地說：「她說我們可以帶著水薄荷回去。」

「我就知道。」呼鬚在嘴裡低聲說道。

六隻貓兒趕緊把能帶走的水薄荷全摘下來，而且盡量摘離水邊最遠的水薄荷。

「我們可能就只能摘這一次了，」赤楊心警告他們。「因為霧星告訴我不可以再回來。」

他們把藥草全數整理好，沿著湖岸走回去。赤楊心知道閃皮和黑文皮一直在河邊監視他們，直到他們離開。

風族貓的隊伍在馬場的盡頭跟他們分道揚鑣，爬上通往風族營地的坡地。赤楊心則和他的隊員往岩坑的方向走去。一路上，他們大多不發一語。赤楊心試著保持樂觀。

也許我沒有成功說服霧星，但至少現在我們有藥草可以治病貓了。

但赤楊心才從荊棘通道裡鑽出來，走進營地，就瞄見松鴉羽朝他跑過來。

「你們去哪裡了？」盲眼貓質問道。「為什麼去這麼久？有更多貓兒病倒了……最麻煩的是連松鼠飛也病了。」

第四章

「不，不對，我們再練一次。」火花皮喵聲道。「妳應該用後腿撐起來，然後用前腿連揮兩次，但爪子要暫時先收起來。」

我做的動作跟妳講的完全一樣啊，嫩枝掌很想嘆氣。自從黎明時分，她就跟著鰭掌和雲雀歌在上戰技課。但她覺得無聊透了。**我第一次當見習生的時候就都學過這些戰技了，**她懊惱地想道，**幾個月前就全學會了，為什麼還要再來一遍啊？**

「嫩枝掌！」火花皮惱怒的聲音把她從沮喪的思緒裡驚醒。「準備好了嗎？」

雲雀歌正在教鰭掌，嫩枝掌只好假裝自己對這些技法仍感興趣，也用後腿撐起身子，對著空氣揮了兩拳。

「嗯……還不錯。」火花皮在嫩枝掌揮完拳，四腳落地時，這樣評論道。

還不錯？根本是完美好不好？

嫩枝掌懷疑火花皮這種不情不願式的讚美，純粹是因為她到現在都還在不爽自己是被迫當她的導師。**可是如果她不要這麼堅持一定得跟雲雀歌和鰭掌一起上課，或許會比較好一點。我真希望她能教我一些我還沒學會的事。**

嫩枝掌很想知道火花皮到底什麼時候才能釋懷她再次更換部族的這件事？嫩枝掌能理解自己先前的作為太不尊重雷族和戰士守則，但她現在不一樣了……她長大了，也比較有腦袋了……不再是以前的小貓，也不再像第一次當藤池的見習生那樣幼稚。她相信她現在足以勝任雷族戰士的工作。

我一定要向其他族貓證明這一點。

鰭掌還在上課，嫩枝掌在旁邊旁觀，聽見雲雀歌正在教他如何利用尾巴來平衡，但這對這隻年輕公貓來說很難辦到，因為之前的一場意外害他少了半截尾巴。雲雀歌的那些指令嫩枝掌已經熟到幾乎可以逐字背出，在練習的時候，也可以不加思索地自動施展出來。

真討厭，火花皮是不是為了測試我的定力才故意這麼做？

「嫩枝掌！」火花皮的聲音還是一樣嚴厲，心煩自身處境到毛髮都豎了起來的嫩枝掌趕緊讓毛服貼下來。「等妳像隻笨兔子一樣瞪完那棵樹之後，可不可以麻煩妳再練習一下那幾招？」

嫩枝掌嘆口氣。**看來今天早上是不會好過了。**

✦✦✦

正午剛過，嫩枝掌一回到營地，就去幫自己找吃的，結果發現生鮮獵物堆上幾乎沒剩什麼東西。她戳了戳乾癟的老鼠和另一隻瘦巴巴的黑鳥，但都引不起她的食欲。**我好餓哦！狩獵隊都到哪兒去了？**

嫩枝掌環顧四周，嗅聞空氣，心想大部份的族貓目前應該都在營地裡。她知道因為染病情況嚴重，所以族裡只剩少數幾隻貓可以出外狩獵。有些病貓雖然已經康復，但仍然虛弱，只能在營地四周走動，無法出外狩獵。但至少松鼠飛已經好多了，但仍沒有體力重回副族長的職務。

要不我出去狩獵，抓幾隻好吃的獵物回來，也許這樣就能說服火花皮，我已經夠資格當戰士了。這方法值得一試。

嫩枝掌沒有多想，她看了一下四周環境，發現附近貓兒不是在打盹兒就是在休息以恢復體力，根本不會理會一個小咖的見習生在做什麼。火花皮和雲雀歌已經進了戰士窩，連鰭掌也不見蹤影。

但是通道入口有刺爪正警戒地豎直耳朵在守衛。嫩枝掌知道見習生是不准私自單獨出營的，但她又不想費力跟他多做解釋。刺爪可能會問她有沒有得到導師的准許。她又不想騙資深的戰士。

於是嫩枝掌朝穢物地的出入口走去。她皺著鼻子，小心繞過穢物地，偷偷摸摸鑽進矮木叢，出了營地。

她正覺得鬆了一口氣，以為計謀得逞時，後面突然響起笑聲。「妳要偷偷摸摸去哪裡？」

嫩枝掌霍地轉身，看見鰭掌就站在離她一條尾巴外的地方，滿臉期待地看著她。

「你在這裡做什麼？」她問道，「快回營地去，不要告訴他們你有看到我。」

她雖然這樣說，但其實清楚鰭掌根本不會聽她的話。年輕的棕色公貓跑到她旁邊，興奮地尖起嗓子。「妳是要去探險對吧？我可以去嗎？」

嫩枝掌嘆口氣。她早就知道她擺脫不了鰭掌。**再說，要是這次我能抓點獵物回來，同時也把見習生照顧得很好，更能證明我有資格當上戰士**，她心想。

「好吧，」她嘆口氣。「但是你不要太吵哦，你會嚇走森林裡的獵物。」

「是哦？」鰭掌壓低音量，嫩枝掌這才鬆了口氣。「我們要去狩獵嗎？好酷哦！」

他走在嫩枝掌旁邊，他們相偕往林子深處走去，一路上都刻意放輕腳步。因為烏雲的關係，森林裡顯得陰涼，但林地上仍有破雲而出的陽光灑下的斑駁光影。嫩枝掌不時停下來嗅聞空氣，尋找獵物，同時也小心提防貓兒的氣味，深怕撞見他們。

鰭掌先發現獵物，有隻老鼠正在橡樹下方的殘枝敗葉底下亂扒，他立刻蹲伏下去，慢慢趨近，但就在他近到可以撲上前去時，竟不小心踩到枯葉，窸窣聲響驚動了老鼠，朝樹根處逃之夭夭。

「什麼老鼠大便啊！」鰭掌氣急敗壞。

但在旁邊觀察的嫩枝掌早就好整以暇地做好準備，她猛地一躍，直接泰山壓頂在那隻老鼠身上，前爪順勢一拍，老鼠的尖叫聲瞬間消失。

「謝謝星族恩賜獵物。」她喵聲道。

「嘿！妳好厲害！」鰭掌快步過來，聞了聞老鼠，「對不起，我沒抓到。」

「沒關係，」嫩枝掌用鼻子碰碰他的耳朵。「我們很有默契。」

兩隻貓兒繼續狩獵。她又抓了一隻老鼠和一隻地鼠，於是挖了一個洞，先把獵物埋好，準備等晚一點再回來拿。**我的計畫還蠻順利的**，她心想著，**火花皮一定會對我刮目**

相看的。

她環目四顧，發現離風族邊界很近。「也許我們應該到小河那裡，」她向鰭掌提議。「搞不好還可以找到一些水薄荷。」

鰭掌同意，但沒走多遠，嫩枝掌就瞄到一隻松鼠正從白蠟樹的樹幹下來，跑進前方的空地。牠不疾不徐地往前跳了幾步，停下來，坐直身子，捲起尾巴，顯然不知道有兩隻貓兒正伺機等候。

嫩枝掌用耳朵指一指那隻松鼠。「你留在這裡，不要出聲。」她低聲對鰭掌說道。

鰭掌眼睛發亮，熱切地點頭答應。

嫩枝掌偷偷摸摸地跟上去，肚皮輕輕拂過草地，漸漸拉近她跟松鼠的距離。但就在她快撲上去時，松鼠突然坐直身子，原來是風向變了，她的味道飄送了過去，嫩枝掌懊惱到咬牙切齒。

松鼠馬上拔腿奔向離牠最近的一棵樹，尾巴在後方急速擺動。嫩枝掌氣得大喝一聲，也追上去。她不死心地加快速度，全身肌力大爆發。

松鼠一溜煙地爬上樹幹，但嫩枝掌跑得太快，來不及剎住腳，衝過頭，腳下一個踩空，尖叫一聲，噗通掉進冰冷的河裡，被水覆頂。

那當下，嫩枝掌只能四肢無助地猛力拍水，她的身體撞到河底，她試著站起來，頭破出水面，但因為眼裡都是水，什麼也看不清楚，只覺得旁邊隱約有綠綠糊糊的東西，於是伸出兩隻前腳，試圖抓住。

她的爪子構到了岸邊的碎石泥巴，她一個使力，將自己撐出水面，費力地往上爬，最後癱倒岸邊，被水嗆得氣喘吁吁。

嫩枝掌在那兒躺了好一會兒，閉著眼睛，上氣不接下氣。這時她好像聽見鰭掌在遠處喊她。「嫩枝掌！嫩枝掌！」

「我沒事……」她哽咽地回答他。

但這時又有一個聲音響起，離她很近。「妳在這裡做什麼？」

嫩枝掌倏地睜開眼睛。起初只看見腳爪……許多隻灰色腳爪，在她旁邊圍成半圈。她的目光上移，竟看到風族貓，頓時嚇得心揪成一團。是羽皮帶著燼足還有他的見習生煙掌。三隻貓兒一臉敵意看著她，毛髮豎得筆直，利爪出鞘。

哦，我的星族啊，我竟然闖進風族領地。

「妳在這裡做什麼？」羽皮重覆問道。

「對不起，」嫩枝掌倒抽口氣。「我不是有意闖入的。」

她蹣跚站起，想甩掉身上的水，但又想，這一甩，一定會害風族貓被打溼。**到時絕對會很不爽我**，她心想道，只好繼續忍受身上溼答答的水。

「妳這一摔，害我們的獵物都被妳嚇跑了。」燼足嘶聲道。「我們本來在抓一隻鴿子，結果妳掉進水裡，聲音那麼大，把牠嚇飛了。」

那我下次掉進水裡盡量不要出聲好了，嫩枝掌倖倖然地想道，只不過嘴裡說出來卻是：「對不起！」

「對不起三個字能餵飽我們的肚皮嗎?」羽皮厲聲道。「你們兩個見習生到底來這裡做什麼?而且離營地這麼遠,又沒有導師隨行?」

嫩枝掌目光越過小河,望向鰭掌,只見他瞪大眼睛站在河對岸,一臉憂心。她巴不得他快點躲進矮木叢裡,免得也惹禍上身。

她不知道該如何回答羽皮。她不確定她是否該向他們承認她和鰭掌是偷跑出來狩獵,可是她又不想因此讓他們覺得雷族的導師很散漫,見習生才有機會偷溜出來。**這會破壞雷族的名聲……而且這樣一來,我的戰士封號恐怕再也拿不到了。**

「呃……我們只是出來一下,結果一分神,就走得太遠了。」她最後結結巴巴地說道。

她實在又氣自己,怎麼會把自己搞得像個愚蠢的見習生,等著風族貓放她一馬呢?但至少她的方法奏效了,羽皮的爪子收了回去,毛髮也服貼下來。連燼足和煙掌都退後一步,只是還是一臉提防地瞪著嫩枝掌。

「如果是這樣的話,」羽皮喵聲道。「我們會護送你們回雷族營地,確保你們不會又不小心分神,走錯路。」

「不用啦,」嫩枝掌趕緊拒絕,一臉驚慌。「我們會直接回去,我保證。」

「不行,我認為你們的族長必須知道你們剛剛發生的事,」羽皮表情不屑地揮動尾巴。「燼足,你跟我一起去。煙掌,妳先回營地,跟兔星報告事情經過,再回來這裡跟我會合,我們再繼續狩獵。」

見習生立刻穿過林子跑開。羽皮和燼足則往更上游的地方走去，直到來到一處可以一躍而過的窄河道。嫩枝掌只得跟著他們走。

羞憤難當的她與鰭掌在兩名風族戰士的押解下踏上回程，穿過林子。**棘星會怎麼說呢？**她在心裡反問自己，**還有火花皮？哦，星族啊，我怎麼這麼倒楣？**除此之外，她也懊惱沒辦法把剛剛抓到的獵物帶回來。**等我回去拿的時候，八成都被烏鴉吃掉了。**

嫩枝掌和其他貓兒回到岩坑時，刺爪還在守衛。他一看到風族貓便趕緊跳起來站好。「你們來這裡做什麼？」他質問道，爪子滑了出來。

羽皮很有禮貌地垂頭致意，沒有回應他的挑釁語調或其他圍觀的雷族貓所釋出的敵意目光。「不好意思，我們有事找你們的族長。」她喵聲道。

莓鼻立刻從貓群裡衝出來，穿過營地，朝亂石堆跑去。刺爪揮動尾巴，示意風族貓往營地裡面再走幾步，其他雷族貓則是繞著他們參差圍成一圈。

嫩枝掌站著不敢動，感覺寒意正滲進體內，她開始發抖，只希望其他貓兒不會以為她是因為害怕的關係。鰭掌緊挨著她，在她耳邊低語：「沒事的，妳放心。」

嫩枝掌真希望能跟他一樣樂觀。

她總覺得這等待似乎漫無止盡，好不容易終於等到棘星從貓群裡走出來，站在她面前。「怎麼了？」他詢問風族貓。「你們來這裡做什麼？」

「我們把你們的見習生給送回來，」羽皮解釋道，同時恭敬地垂下頭來。「這一位……」她補充道，同時耳尖指向她。「摔進邊界的河裡，結果從河族領地的那一頭爬上岸。我知道她不是有意侵入風族領地，但她害我們少抓到一隻獵物。」

「那是意外。」棘星的琥珀色目光一移向她，她立刻出聲辯解。

「我知道是意外，」羽皮喵聲道，「但也可能惹出更大的麻煩。風族裡有些戰士並不像我和爐足那麼寬容大量。又或者要是她不小心闖進河族領地呢？」

這太鼠腦袋了，嫩枝掌心想道，毛髮同時豎了起來。**我們雷族的領地根本沒有跟河族接壤，哪會有邊界，而且我只是在風族邊界附近而已，又沒有深入領地，我真不懂為什麼這麼小題大作，太不公平了。**

不過她知道在棘星冷靜地聆聽風族戰士的話時，自己最好還是閉緊嘴巴。他的表情深不可測，這讓嫩枝掌更緊張了。棘星謝過羽皮的好意。

「我會要求我的族貓一定要尊重邊界，」他承諾道。「下次雷族狩獵隊如果剛好在邊界附近狩獵，一定會帶一些獵物送去給風族，表達我們的歉意。」

嫩枝掌聽見他這麼說，胃緊張地揪在一起。她一直看著自己的腳，不敢抬頭。她感覺得到族貓們都盯著她看，像在指責她害他們得白白送獵物給風族。

她聽見風族貓在跟他們道別，然後就感覺到棘星用尾巴彈了一下她的肩膀。

「嫩枝掌，來我窩穴一下。」族長喵聲道。「我們需要談一談。」

嫩枝掌的心一沉。被火花皮責備是一回事，被族長責備更是糟糕十倍。她爬上亂石堆，跟著棘星去他的窩穴，四隻腳簡直沉重得跟石頭一樣。

「嫩枝掌，妳現在或許是見習生，」他開口道，同時在臥鋪旁邊坐下來。「但妳年紀已經夠大，經驗也夠豐富，怎麼還會做出這種蠢事？妳到底怎麼回事？」

他的每一個字都像出鞘的利爪劃向她。她寧願棘星對她大吼大叫地開罵，也不要像現在這樣以冷靜卻疲憊的語氣對她說話。

「對不起，」她喵聲道。「那真的是一場意外。」

「妳和鰭掌本來就不該私自離營。」棘星回答。「好了，嫩枝掌，妳老實告訴我，到底出了什麼問題。我知道妳為了回雷族，做了很大的犧牲，所以這證明妳一定是很想留下來。但為什麼妳的心就是定不下來呢？」

嫩枝掌嘆口氣，決定說出實話。**如果族長願意聽我說實話，或許還有轉機。**

「見習生訓練這件事……對我來說有點困擾，」她承認道。「火花皮堅持要我跟鰭掌一起接受最基礎的訓練，這一點我能理解，」她很快地說道。「也能接受。畢竟我也不認為自己該有什麼特殊待遇，只是……」

「這倒奇怪了，」棘星打斷她。「妳已經是第三度當見習生，火花皮怎麼還在教妳最基礎的東西，這似乎有點浪費妳的時間。」他的表情若有所思。「我會跟火花皮談一下。」他承諾道。「除此之外，還有其它事情讓妳感到困擾嗎？」

嫩枝掌默不作聲了一會兒，她沒辦法再刻意無視那件一直掛在心上的事，「預言！」她脫口而出。

棘星頓時瞪大眼睛，表情像是突然發現了什麼有趣的事。「什麼預言？」他問道。

「我知道赤楊心認定星族要求湖邊一定要五族共榮，」嫩枝掌回答。「可是影族瓦解了，河族又封閉了邊界，現在只剩下三個部族。我擔心如果我們不做點什麼，雷族可能會有可怕的遭遇。」

棘星看著她好一會兒都沒說話，臉上帶著一種被逗樂的神情。「星族的預言不是戰士們該煩惱的事……更何況是見習生。」他輕聲說道。「我們有巫醫貓幫我們詮釋星族的旨意。」他歪著頭。「我記得妳小時候常在巫醫窩裡跟在赤楊心後面轉。」他繼續說道。「妳想當巫醫貓嗎？」

我不要再去當見習生了！嫩枝掌心想道，於是堅定地搖搖頭。「我小時候以為自己喜歡當巫醫貓，」她回答道。「但現在我確定我還是比較適合當戰士。」

棘星點點頭。「我很感激妳這麼關心預言的事，」他告訴她。「這證明妳很有自己想法，也很為雷族著想。但雷族沒有權利去指揮別族該怎麼做。很不幸，影族有的問題得面對，但這只能靠時間來告訴我們未來可能發生的事，再說……」他繼續說，「妳現在要做的事是專心做好見習生的工作，這才是妳為雷族效命的最好方法，妳懂嗎？」

「我懂，」嫩枝掌回答。「我一定會盡全力。」

「很好，」棘星喵道。「妳可以走了，但麻煩幫我叫一下火花皮，請她來找我。」

嫩枝掌低頭離開族長窩。就在她步下亂石堆時，突然憂喜參半。**我會不會害我的導師惹上什麼麻煩？**

✦✦✦

第二天一大早，雲雀歌出現在育兒室入口，要接鰭掌去訓練。嫩枝掌跟著鰭掌走進營地，四處張望，尋找她的導師。

「火花皮呢？」她問道。

「我不知道欸，」雲雀歌回答，神情隱約不安。「我醒來的時候，她就不在戰士窩了，妳最好去找一下，我和鰭掌會等你們。」

喔，星族啊，嫩枝掌內疚地想，**棘星該不會因為我抱怨了幾句，就把她趕走吧？**

嫩枝掌在營地裡四處尋找。她把頭探進長老窩，灰紋和蜜妮還在裡面睡覺。她也跑進見習生窩裡找，大多數的病貓都窩在裡頭，卻完全不見火花皮的蹤影。

嫩枝掌走向巫醫窩，就在快走到的時候，突然聽見她導師揚高音調，語氣懊惱的聲音。「我沒時間搞這個，我得去幫見習生上課。」

然後嫩枝掌就聽見松鴉羽的吼聲，耳朵忍不住跟著抽動，但她聽不出來他在說什麼。她從荊棘簾幕鑽進去，結果發現火花皮坐在窩穴旁邊，正在舔一堆看起來像水薄荷的葉子。

「嫩枝掌，」她抬頭看見她的見習生，於是粗嘎著聲音說道：「我生病了，妳今天得找雲雀歌幫妳上課。」

「還有接下來幾天也一樣。」松鴉羽補充道。「妳把這些葉子都吃了之後，就回見習生窩去休息。」

火花皮很是懊惱地抽動耳朵，只能聽命行事，她的肚子鼓漲起伏，但還好沒把藥草吐出來。

「妳多保重，」嫩枝掌喵聲。「我晚點再來看妳。」

「慢走不送，」火花皮惱火地吼道，但兩眼無神，看起來筋疲力竭，完全不像嫩枝掌平常看見的那樣活力十足。「嫩枝掌，」嫩枝掌正要轉身離開，又被她喚住。「等我好了，我會教妳一點比較具有挑戰性的功課。但目前妳先暫時跟著雲雀歌和鰭掌一起上課吧。」

「我會努力的。」嫩枝掌承諾道。

她從巫醫窩離開，快步穿過營地，去找雲雀歌和鰭掌，他們正在荊棘通道的入口旁邊等她。

她告知他們火花皮病了，雲雀歌隨即一臉愁煩地看著巫醫窩一眼，好像很想親自去探望火花皮，但最後還是甩甩身子。「走吧，」他喵聲道。「今天早上我們要學狩獵技巧。」

嫩枝掌跟著雲雀歌和鰭掌走進林子裡時，早就做好這一整天都會很無聊的心理準備。雲雀歌要鰭掌練習狩獵前的蹲姿動作，嫩枝掌盡量耐住性子，哪怕她早就看出來鰭掌老是忘記尾巴不可以亂動的這件事。

最後她忍不住了。「鰭掌，你的尾巴老是動來動去，一定會被你的獵物發現的。」

「對哦，謝謝妳，嫩枝掌。」鰭掌趕緊收起尾巴。

「是哦，謝謝妳哦，」雲雀歌的聲音非常諷刺。「妳以為我沒注意到啊，他的腳都還站不好咧，我哪管得了他的尾巴啊？」但表情隨即放鬆了一點，不好意思地推了推嫩枝掌。「妳過來我這裡一下，」然後又回頭看了一眼鰭掌。「鰭掌，你再自己多練習一下，就假裝那片枯葉是一隻死老鼠吧。」

「你找我做什麼？」嫩枝掌問道，她跟雲雀歌走了幾條尾巴的距離，遠離正在忙著練習潛行追蹤的鰭掌。

「鰭掌若是跟妳一起受訓，對他來說不是件好事。」雲雀歌告訴她。「因為妳的程度比他好太多，這對他來講並不公平。他的學習熱誠很高，一直想學得跟妳一樣厲害。要是沒做到，恐怕會很沮喪，未來也會影響他的自信。」

你確定你很瞭解你的見習生嗎？嫩枝掌心想，**鰭掌的自信大到都可以填坑造山了。**

「我懂，」她對雲雀歌喵聲道。「所以你要我怎麼做？」

「也許妳可以暫時先回營裡，」雲雀歌決定道。「看看長老們有沒有需要妳幫忙的地方，或者去幫巫醫貓的忙。」

嫩枝掌垂下頭。「好的。」就在她緩步朝營地走去時，她聽見鰭掌的聲音從後面傳來，那語調很是洋洋得意。「嘿，雲雀歌，我剛宰了那片葉子。」

✦✦✦

回到營地的嫩枝掌，先拿生鮮獵物去給灰紋和蜜妮，接著順道探訪巫醫貓們。火花皮已經搬到見習生窩，跟其他病貓住在一起，白翅仍蜷伏在她的臥鋪裡，倒是小梅已經好多了，搬回育兒室跟她母親同住。

「嗨，需要我幫忙什麼嗎？」她詢問巫醫貓。

回答她的是赤楊心，「謝了，現在還不需要，若是有需要，我再叫妳。」

嫩枝掌失望地退回營地，很想找點事情做，不過有鑑於昨天的慘痛經驗，她不敢再偷溜出去狩獵。

她環目四顧，瞄見百合心在岩坑邊緣的一座大岩石上伸懶腰，於是緩步過去找她。百合心抬眼看見她，親切地眨眨眼睛。

「嗨，嫩枝掌，今天不用上課嗎？」

「不用，火花皮病了。」嫩枝掌回答道，但不想多解釋跟鰭掌一起上課所遇到的種種問題。

「這樣的話，妳上來陪我聊聊天好了。」百合心用尾巴示意她上岩石來。

她的親切招呼對嫩枝掌起了撫慰作用。她小時候剛來雷族時，就是由百合心取代她那無緣的母親在育兒室裡照顧她，嫩枝掌到現在都還覺得跟她很親。

她心想，**至少營裡有一隻貓兒很開心見到我**，只是她一想到百合心的伴侶貓雪灌木死於土石流的意外時，就不免為她感到難過，**那件事發生後，我都沒留在雷族安慰她。**

「妳的身體好一點了沒？」她記得百合心是第一批染病的貓兒之一，於是問道。

「好多了，只是復元得很慢。」她的養母回答。「我好想去森林裡跑一跑，活動一下筋骨，可是我一站起來，就搖搖晃晃的，連走到生鮮獵物堆那裡都不太行。」

「妳想要吃點生鮮獵物嗎？」

百合心搖搖頭。「不用了，謝謝，我不餓。」她用一種深不可測的眼神看著嫩枝掌，然後又說：「我看得出來妳不太好。妳在心煩什麼？」

嫩枝掌遲疑了一下，但養母的關愛目光終於讓她放膽說了出來。「我在雷族裡總覺得坐立不安，」她承認道。「我不想離開雷族……一點也不想……但是我又不確定我要怎麼在這裡立足，我知道我有點笨，可是……」她停頓一下，想先要讓自己的語調平穩下來。「我想是因為我以為族貓們會很歡迎我回來，結果好像沒有。」

百合心伸長脖子，用粗糙的舌頭舔著嫩枝掌的耳朵。「妳一點也不笨。」她溫柔地喵聲道。「但妳知道嗎？那是因為我們都太愛妳了，所以妳離開的時候，我們都很難過。不過現在我好開心，因為我覺得我的小貓們都回來了。」

嫩枝掌搓揉著百合心的肩膀。「還有紫羅蘭光的事，」她繼續說道。「我們之間的關係變得好怪，我不喜歡這樣。」

「她永遠都是妳妹妹。」百合心提醒她。

「我知道啊。可是我好希望雷族裡也有我的親屬，」嫩枝掌喵聲道。「那麼他們就會比較懂我，或者在遇到問題時會讓我覺得好過一點。」

百合心用尾巴繞著嫩枝掌的肩膀。「妳一定可以讓雷族再度信任妳。」她保證道。

「也許妳只需要向自己證明妳是屬於這裡的，而不是向其他貓兒證明。」

嫩枝掌垂下頭，與百合心互觸鼻頭，很感激養母對她的開導，現在她覺得好過多了。「謝謝妳。」她開心地喵嗚道。

這時一個洋洋得意的聲音從荊棘通道傳來。「嫩枝掌，妳看！」

嫩枝掌轉身看見鰭掌連跑帶跳地衝過營地，嘴裡叼著一隻田鼠。雲雀歌則緩步跟在後面。

「妳看！」鰭掌不斷地喊她，同時把田鼠丟在生鮮獵物堆上。「我自己抓到的哦！」

「你好棒哦！」嫩枝掌朝百合心點個頭，趕緊跑過去找她的朋友，查看那隻獵物。獵物雖然小，但鰭掌一臉驕傲，彷彿自己抓到了森林裡最肥的田鼠。

「雲雀歌，」他問他的導師。「我可以跟嫩枝掌一起分食嗎？」

雲雀歌看上去就跟他的見習生一樣開心。「當然可以。」

鰭掌兩眼發亮地從生鮮獵物堆裡叼起田鼠，然後跟嫩枝掌一起坐下來享用。嫩枝掌咬下第一口溫熱的鼠肉時，竟有一股幸福的感覺。只是她還是很好奇到底要怎麼做，才能向自己證明她對雷族的耿耿忠心。

第五章

「沙鼻，我要你帶一支邊界巡邏隊出去，」葉星喵聲道。「順道也查看一下影族的舊營地。紫羅蘭光，妳也跟著去。」

紫羅蘭光很高興加入巡邏隊，於是走上前去站在族貓旁邊。

這時葉星神情肅穆地看了樹一眼。「樹，半個月已經過去了，斑願告訴我，你好像對巫醫貓的工作不是很感興趣。」她繼續說。「所以我想也許你可以加入巡邏隊，看看適不適合當戰士？」

身材結實的黃色公貓正坐在貓群外緣，盯著天上飄移的雲朵兒看，完全沒有回應族長的問話。

「樹！」葉星又喊他一次。「你有聽到我說什麼嗎？」

樹嚇了一跳。「呃……對不起，妳剛說什麼？」

「我要你參加巡邏隊。」葉星回答，同時彈動耳朵，指向沙鼻和紫羅蘭光。

樹表情不太確定的樣子。「但這不是戰士們的工作嗎？」他反問道。「我又不是戰士啊。」

紫羅蘭光緊張地看著葉星，擔心族長會對樹失去耐性。他已經在天族住了一個多月了，但到現在都還沒決定自己到底適不適合當部族貓，或者想不想繼續待在這裡。

「就算你不認為自己是戰士，」葉星回答，無論眼神或聲音都還算冷靜。「如果你想繼續待在這裡，就得有所貢獻。這是所有貓兒都得遵守的規定。」

她最後這句話帶點挑釁，甚至有點嘲諷。紫羅蘭光不知怎麼搞地感到不安，她心想，**也許樹會說：「那就算了。」**說完瀟灑離開。**但我真的不想要他離開。**她無法想像再也見不到樹的日子要怎麼過。如果他又回去當獨行貓，那他和她就真的分道揚鑣了。

「哦……好吧。」樹的表情還是不怎麼確定。「可是我又不是戰士，會不會拖累巡邏隊啊？」

「不管怎麼樣，總得有個開始吧，」葉星明快地回答。「我相信憑你的直覺本能，應該辦得到。你就跟紫羅蘭光一組吧，去見識一下戰士的工作，也是件好事。」

「好，我會盡全力幫他。」紫羅蘭光語氣熱切，心想，**搞不好可以趁此機會說服他再待久一點……**

當沙鼻帶著巡邏隊走出蕨叢通道時，太陽正掠過樹頂，但幾乎被雲層遮蓋。而等到他們抵達邊界時，前一天的氣味記號線也都變淡了。

樹一路上老在晃來晃去，不是停下來打呵欠，就是梳理自己，沙鼻已經被他搞得有點毛。紫羅蘭光聽見沙鼻嘴裡嘀咕：「天知道葉星為什麼要容忍這隻貓？」

紫羅蘭光不得不承認樹的行為的確有點討厭。**如果他再不檢點一點，恐怕會待不下去。**她想幫他，讓他能拿出一點戰士的精神，於是主動教他如何重新標示氣味記號，但她總感覺到沙鼻一直盯著他們看。她對那隻矮壯的棕色公貓始終有點忌憚。他曾是嫩枝掌的導師，經常在抱怨嫩枝掌變節投奔雷族這件事。除此之外，他也是鰭掌的父親。紫羅蘭光知道自從他那活潑的兒子決定跟嫩枝掌一起離開天族後，他一直很想念他。

搞不好沙鼻認定我也有責任，畢竟嫩枝掌是我姊姊，紫羅蘭光心想道，**可是我也很**

想念嫩枝掌啊。

她試著揮卻那種被姊姊拋棄的淒涼感，可是當她的身體輕觸到樹的時候，胸口竟也有一種被掏空的感覺。

要是連我姊姊都不要我，憑什麼樹就會要我呢？

紫羅蘭光留樹在大圓石那裡標示氣味記號，自己則到一處土堤的幽黑洞口附近四處嗅聞，結果只聞到已經走味的兔子氣味。

「哦，我的星族老天！」

沙鼻的驚呼聲嚇了紫羅蘭光一跳，她趕緊回頭，結果看見樹沒在標示氣味記號，反而爬上大圓石上面，在破雲而出的陽光底下伸著懶腰。

「樹，快給我下來！」沙鼻喊道。「老實說，就連部族裡的小貓都比你有知識多了！」

樹一臉悠哉地從岩石上下來。「別緊張嘛，」他喵聲道。「幹嘛那麼急？我們有的是時間。」

「我們還有很多事要做……」紫羅蘭光說道，但隨即被沙鼻的吼聲打斷。

「我放棄了！樹，你愛幹嘛就幹嘛，我是不會在這裡等你整理完你的鬍鬚。紫羅蘭光，把氣味記號標好，我們去影族舊營地看一看。」

他說完轉身，根本不給紫羅蘭光時間多想，便氣沖沖地穿過松樹林。紫羅蘭光忙不迭地標好氣味記號，趕緊跟上去。結果令她意外的是，她竟然聽見樹也跟了上來。

她才剛追上沙鼻，便看見棕色公貓突然停下腳步，抬頭嗅聞空氣。

「怎麼了？」紫羅蘭光壓低音量問道，以為沙鼻覺察到什麼危險。「是惡棍貓嗎？」

沙鼻再度嗅聞空氣。「我不確定。」他回答道。「但前面一定有貓，就在邊界裡面，這表示他們越界入侵。」

紫羅蘭光也嗅聞著空氣。他們離影族營地不遠，一陣強風從那方向吹來，將味道飄送過來。

「你不覺得這味道似曾相識嗎？」她問沙鼻。

沙鼻搖搖頭。「對我來說很陌生。如果似曾相識，也許沒什麼好擔心的……不過越過邊界，跑進影族舊營地裡晃，總該有個原因吧？」他齜牙低吼。「而且肯定不是什麼好事。」

紫羅蘭光豎直耳朵，彷若正試著用耳尖找出獵物的方位。她繃緊全身肌肉，隨時準備應戰。「我們應該過去查看一下。」她低聲道。

沙鼻點了點頭。「跟我來。」

他動身出發，將身子貼平地面，腳步盡可能放輕，就像追蹤老鼠一樣。紫羅蘭光朝樹轉身。

「你最好留在這裡，」她告訴他。「我們也不知道待會兒會遇到什麼。」

「當然不行。」樹嘶聲道。「我才不會自己跑掉，留你們兩個獨自面對。」

紫羅蘭光沒時間跟他爭辯，趕緊追在沙鼻後面，還好地上鋪滿松葉，掩飾了她的腳步聲，而且現在的風向也不會把他們的氣味吹向營地和入侵者。樹緩步跟在旁邊。

他們一抵達那道可通往影族營地的岩坡時，沙鼻立刻抬起尾巴要他們停下來。「從現在起，不准出任何聲音。」他低聲道，同時狠瞪了樹一眼，接著說，「紫羅蘭光，要是出了什麼事，我要妳立刻跑回營地討救兵。妳的速度最快。」紫羅蘭光本來張嘴想抗議，但還是答應。

「好的，沙鼻。」

三隻貓兒一起爬上岩坡，來到坡頂，往下探看曾是影族營地的坑地狀況。這裡聞得到更濃的貓兒氣味。紫羅蘭光更加篤定自己聞過這味道。

正當他們低頭探看時，一隻金毛母貓出現在坑地盡頭，嘴裡叼著老鼠。她跳進營地，消失在曾是育兒室的荊棘叢裡。

「光滑鬚？」紫羅蘭光倒抽口氣。「她以前是影族貓，可是投效暗尾了。」她想起光滑鬚是如何惡毒地協助那隻可怕的惡棍貓首領，便不禁渾身冷顫，只能強忍住。「她是殺死針尾的幫凶。」

「那我們就不用對她客氣了。」沙鼻回答道。「下去解決她吧。」

他帶路步下坑地，紫羅蘭光尾隨其後，樹走在最後面。

「小心提防後面，」紫羅蘭光提醒他。「也許有同黨。」

但她話才說完，就聽到前面傳來警示的低吼聲。她趕緊衝過去，鑽進舊的育兒室，結果被眼前的景象嚇得愣在原地。光滑鬚就在裡面，蓍草葉也在，後者曾是影族貓，後來也成了暗尾的門徒，此刻正橫躺在青苔臥鋪上，圓滾滾的肚子顯示她快臨盆了。

沙鼻居高臨下地站在她們上方，利爪伸了出來，尾巴不停拍打。但他顯然不願攻擊一隻即將臨盆的母貓。光滑鬚蹲在他和蓍草葉中間，毛髮豎得筆直，齜牙低吼。

「紫羅蘭掌！」蓍草葉大聲喊道，驚恐地瞪大黃色眼睛。「到底怎麼回事？影族到哪兒去了？」

「這兩隻都是影族貓嗎？」沙鼻問紫羅蘭光。

「是啊，另一位是蓍草葉。」

紫羅蘭光總覺得不太對勁，光滑鬚和蓍草葉是最獲暗尾信任的其中兩隻影族貓。**她們來這裡做什麼？**她反問自己。

沙鼻還是沒收起爪子。「很好，」他喵聲道，「不過她們還是沒經過允許就擅闖邊界。」

「但你總不會去攻擊一隻懷孕的貓后吧？」樹問道，目光同情地望著蓍草葉，後者看起來很害怕也很困惑。

沙鼻遲疑了一下，隨即嘆口氣，態度稍微軟化。「不會，我不會做這種事。但也別指望我歡迎她們入侵邊界。畢竟她們是曾背叛花楸爪的影族貓。」

「不只這樣，」紫羅蘭光告訴他。「她們對暗尾忠心不二到甚至被他拔擢為他的門徒。她們更是幫凶，好幾隻貓兒都是她們幫忙溺死的。」她渾身顫抖，想到光滑鬚是如何衝向針尾，把她壓進水裡，試圖溺死她。**而針尾是我最要好的一位朋友。**

「我們離開暗尾了，」光滑鬚告訴他們。「我們後來才知道自己犯了大錯。我們回來找影族，我們想回家。影族到哪兒去了？」

「影族貓搬到別的營地了，」沙鼻簡單告知。「而且你們也不再是影族貓。」

「哦，求求讓我們留下來。」蓍草葉懇求道。「我們只想再回到影族當影族貓。」

「暗尾還在的時候，你們倒是樂見自己的族貓一個個死在他手上，」紫羅蘭光控訴蓍草葉。「就因為妳要臨盆了，便突然發現影族的好處了？」

蓍草葉從她旁邊退開。「不是這樣的，」她反駁道。「我跟光滑鬚和暗尾的餘孽住了一陣子，但我們越來越覺得不對勁，他們根本不關心彼此。」

「沒錯，」光滑鬚低吼道，她抬眼怒瞪著沙鼻，跳了起來，全身肌肉繃緊。「現在暗尾死了，但剩下的惡棍貓根本沒有同門弟兄的觀念。每隻貓兒都只為自己打算。」

「穗毛死了，」蓍草葉的聲音顫抖著。「他當時病了，我們努力地想要幫他，但其他貓兒都不肯幫忙找藥草，連……」她越說越小聲，最後整個鼻頭埋進前腳裡，全身都在顫抖。

「沒有貓兒願意醫治他，也不給他生鮮獵物吃。」光滑鬚繼續說道。「我已經盡力了，可是我救不了他，蓍草葉也是。最後他死了。」她悲痛地說道。

「我成了蕁麻的伴侶貓，」蓍草葉也開口道，很費力地克制住自己的情緒。「我懷的是他的孩子，可是我一想到要在那些惡棍貓當中撫養小貓長大，我就很害怕。我一直想到小時候在育兒室裡的情景，每隻貓兒都很疼愛我，我希望我的小貓也可以得到同樣的疼愛。所以我想回影族來。」

天族貓當下都沒有答腔，而是眼神提防地互看彼此。紫羅蘭光不知道該如何告訴著草葉她想要回來的那個影族已經不復存在。她注意到樹看起來也在煩惱此事，彷彿他到現在才明白影族的不復存在這件事有多嚴重。

他們沉默了好久，感覺像是沒有盡頭，直到光滑鬚坐了起來，毛髮服貼了許多，但眼裡閃著疑慮。「紫羅蘭掌，他剛剛那句話是什麼意思？」她看了沙鼻一眼。「他說花楸爪？他是指花楸星吧？」

「我現在叫紫羅蘭光了，」她回答道，同時看了沙鼻一眼，只見他仍低頭看著自己的腳，顯然不會幫忙她解釋。「天族回來湖邊定居了，」紫羅蘭光繼續說道，「至於影族……花楸星覺得自己沒有能力再領導一個幾乎不存在的部族，於是改回花楸爪的名字，至於其他影族貓都加入了天族。」

光滑鬚和著草葉驚愕地互看一眼。「可是……可是影族怎麼會不存在了呢？」著草葉結結巴巴地問道。

紫羅蘭光不知道該怎麼回答她。

「你們兩個最好想清楚現在該怎麼辦。」沙鼻厲聲說道。「現在是天族族長葉星在當家。我也不確定她會不會准你們加入部族。如果你們是想回到影族……也許你們需要重新考慮一下。」

著草葉和光滑鬚沉默了一會兒，有點不知所措。「那我們加入天族好了。」著草葉最後說道。

「是啊，自從我們離開後，經歷了好多可怕的事情，」光滑鬚喵聲道。「我們不曉得會演變成這樣，我們不是來這裡找麻煩的。」

她的聲音懇切到紫羅蘭光幾乎要相信她。可是她還是忘不了光滑鬚曾犯過的罪行。

「只要是部族都好。」光滑鬚繼續說道。「我們只想再當部族貓。」

「沒錯，」著草葉附和道。「我很抱歉曾背叛影族。但我現在知道這裡才是我真正的家。」

紫羅蘭光不確定她們值不值得被信賴。**我不敢相信著草葉就要生下惡棍貓的小貓了。我們真的能在部族的領地上撫養有一半惡棍貓血統的小貓嗎？**

但在此同時，她也無法否認這兩隻影族貓是很真心誠意地說想要回歸正常的生活。**不過我懷疑對影族貓來說，還有所謂的正常生活可言嗎？**

「我想我們可以先帶她們回葉星那裡。」紫羅蘭光向沙鼻提議。棕色公貓點頭答應，不過這時她突然明白，她其實也不太確定天族族長會有什麼反應。

✦✦✦

沙鼻帶隊走進天族營地，紫羅蘭光和樹殿後押解兩隻影族母貓。著草葉走沒多久就累了，但仍堅持繼續走，哪怕肚裡胎兒的重量害她走得很吃力，紫羅蘭光對她的意志和決心很是刮目相看。

蓍葉草從蕨叢地道裡一出來，便止住腳步，四處張望，四條腿不由得發抖。紫羅蘭光看得出來她很難接受眼前的事實，她正走進一座全然陌生的營地，進入一個全然陌生的部族。

花楸爪和褐皮正在營地盡頭靠近育兒室的一處安靜角落分享舌頭，看起來一點也不像是族長或資深戰士。蓍草葉瞪看了他們好一會兒，最後垂下頭。

「太可怕了……」她對自己嘶聲說道。「都是我害的……」

這時褐皮不經意抬眼，瞄到了這兩隻影族貓，綠色眼睛立刻射出怒火，當場跳了起來。「我想我聞到叛賊的味道了！」她齜牙低吼。

其他貓兒都還來不及作出任何反應，褐皮已經衝過營地，停在蓍草葉面前。她伸出利爪，單腳舉起，正要揮過去，卻瞬間止住，似乎現在才發現蓍草葉懷孕了。她放下腳爪，眼裡仍閃著怒光。「都是你們害的！」她呸口道。「你們這些叛徒。就因為你們，影族才會瓦解。」

營地裡的其他舊影族貓也都站了起來。雪鳥和焦毛趕緊跑過來站在蓍草葉的旁邊想幫她說話。紫羅蘭光這才想到蓍草葉是他們倆的孩子。刺柏爪也快步過來跟他的同胞手足……光滑鬚互觸鼻頭，爆發石也來了。更多舊影族貓圍了上來，表情驚詫，但都不發一語，等著接下來會發生的事情。

「惡棍貓後來變得很可怕，」蓍草葉趕忙開口，急著解釋。「我的導師穗毛死了，我才明白我錯了，我想回到影族生下我的小貓。」

「但現在已經沒有影族了。」葉星的聲音出現。「這裡是天族。」貓兒們全都轉頭去看葉星，她就站在雪松樹中空樹幹的族長窩窩穴前。她不疾不徐地跳下來，緩步走向團團圍住新訪客的貓群。

但她還沒走到，褐皮便從貓群裡衝過來找她。「不要讓她們加入天族，」她喵聲道。「她們是叛徒，她們連自己的族貓都敢攻擊和殺害。她們罪大惡極，絕對不能原諒……」

葉星抬起單隻腳爪，要褐皮別再說了，然後朝貓群走去，蓍草葉也擠了出來，渾身顫抖地站在天族族長面前。

「求求妳讓我們留下來，」她懇求道。「我們沒有別的地方可去，我們想在這裡生下小貓。」

「在妳背叛自己的族貓之前，就該料到會有這個下場。」褐皮吼道。

「不要再說了，」紫羅蘭光沒注意到花楸爪已經走了過來，站在他伴侶貓的旁邊，尾巴繞著她的肩膀。「不管蓍草葉和光滑鬚以前做過什麼，我都原諒她們。對部族來說互相憎恨是沒有好處的，只會讓大家再度陷入萬劫不復的深淵。我們應該……」

花楸爪突然止住，沒再說下去，表情尷尬地舔舔胸前的毛，顯然察覺到自己剛剛的談話太像是族長所發表的內容。他一臉內疚地看著葉星，又補了幾句：「當然，這裡是天族，這兩隻貓能不能留下來，要由妳來決定。」

葉星上前一步，瞇起眼睛看著兩隻新來的貓。「給我一個理由，為什麼我應該相信你們，」她喵聲道，「畢竟你們以前的確作惡多端。」

紫羅蘭光聽見有幾隻貓兒低聲附和，但站在蓍草葉旁邊的雪鳥和焦毛則是緊張地看著彼此。

「我們決定全力效忠天族，」光滑鬚向葉星保證，瞪大眼睛，懇切地哀求。「我們會盡一切努力來證明自己的決心。」

葉星似乎無動於衷。「看來你們願意效忠的是影族，而非天族。」她冷哼一聲。「而且如果我對你們以前的作為瞭解無誤的話，我甚至連你們今天說的話都不太相信。你們真的曾離開影族，投效暗尾嗎？」

兩隻母貓點點頭，看上去可憐兮兮。

「你們知不知道，」葉星繼續說道，語調突然變得如禿葉季的寒風那般冰冷。「在暗尾來到湖邊之前，也曾狡猾地混入天族，假裝是我們的朋友？後來和他的惡棍貓趁某天晚上連手摸黑攻擊我們，將我們趕出峽谷……趕出了家園。」

光滑鬚和蓍草葉驚惶地互看彼此。這是她們第一次聽聞天族的故事。

「我們無家可歸，」葉星表情決然地繼續說道，「流浪了好幾個月，想找到失散已久的其他部族，直到最近，才抵達湖邊，被贈予這片領地。你們知道曾有多少貓兒因暗尾的詭計而喪命嗎？」

兩隻貓兒搖搖頭。「不知道。」光滑鬚回答。

「太多了。」葉星冰冷回答。「就連你們的影族有很多貓兒也都是被暗尾害死的。所以我沒辦法再相信任何一隻曾經捨部族而追隨暗尾的貓兒。你們當初怎麼會做出這種事？」

「我那時候年紀還小，太愚蠢。」蓍草葉哭號道。「把一些莫須有的事全怪在花楸星頭上，但現在我終於明白，如果我當初忠於自己的部族，就不會淪落至此。」

「我當時認為自己的族長太弱了。」光滑鬚看見葉星把冰冷的目光轉移到她身上，趕緊接著說。

但這句話卻引發了褐皮和其他幾隻貓兒的怒火，花楸爪倒是沒有任何反應，反而低頭承認。

現場沉默了好一會兒。紫羅蘭光感覺到自己正屏息以待葉星的決定。**我也不知道自己希不希望她們留下來？**

葉星目光冷靜地看著兩隻貓兒，彷彿正在試著解讀她們的心思，接著她垂眼說：「對不起，現在對各部族來說實屬非常時期，我沒辦法接納任何一隻我無法完全信賴的貓。你們不能成為天族貓。」

貓群裡頭有多隻貓兒發出抗議的吼聲。雪鳥和焦毛挨近著草葉，像要保護她。刺柏爪的毛髮聳了起來，看上去好像只要有誰敢靠近他妹妹，他就會展開攻擊。

「我很抱歉，」葉星決斷地說道。「我希望你們兩位立刻離開天族的領地。如果你們真的想成為部族貓，或許可以去問問雷族或風族……但我這裡恐怕沒辦法。」

她話還沒說完，蓍草葉就發出痛苦的哀嚎。「可是這裡是我的家啊，我的親屬都在這兒，」接著她又低聲說道，「我絕對不可能去當雷族貓或風族貓。」

「那妳也絕對不可能當天族貓。」葉星冷靜回答。「沙鼻、馬蓋先，護送她們兩位到邊界。」

她選派的兩名戰士立刻走上前來，站在兩隻影族貓的兩側。沙鼻朝蕨叢通道扭頭示意，馬蓋先則推了光滑鬚一把。她憤怒地嘶聲回應，但沒有反抗。

那當下，紫羅蘭光以為幾隻舊影族貓會發動攻擊，尤其焦毛正憤怒低吼，甩動著尾巴，但終究沒有任何動作，只是眼睜睜看著他的女兒和光滑鬚被送走。

「那我的小貓怎麼辦？」蓍草葉在沙鼻的押解下走進通道，哭嚎聲傳了過來。「我沒有地方可以去……」

哭嚎聲漸漸消失，紫羅蘭光感覺得到空氣裡的張力，猶如暴風雨前的寧靜。

「妳怎麼可以趕她走？」雪鳥朝葉星轉身，眼神悲痛。「那是我的女兒……我本來以為她死了，妳卻把她趕走了，讓她在森林裡孤伶伶地生下小貓。」

刺柏爪也轉頭過來挑釁葉星。「現在在天族裡頭，也有幾隻貓兒曾經投效暗尾，」他直言道，憤怒到鬍鬚微微顫抖。「我就是其中之一，妳會不會有一天也要趕走我們？妳為什麼不相信貓兒是可以改變的？」

「她顯然不相信，」焦毛冷笑道，「我本來以為兩個部族的合併是對的，但這件事只證明了葉星沒有權利為影族貓做任何決定。她不是跟我們一起長大的，所以她不瞭解我們族貓之間的感情有多深厚。」

紫羅蘭光從沒像此刻一樣這麼害怕這場爭端恐怕會演變成一場全面性的決裂和爭戰。她四處張望，尋找鷹翅，希望她父親出手相助，卻遍尋不到他的蹤影，顯然他不在營地裡。

這時出乎紫羅蘭光意料的，褐皮竟轉身對抗她的族貓，力挺葉星。

「你們全都給我安靜。」她對著他們齜牙吼道。「不管你們高不高興，葉星現在是我們的族長。她是星族挑選出來的。難道你們想違抗星族？」

「葉星是星族挑選來領導天族的，」刺柏爪咕噥道，「不是影族。」

褐皮沒有說話，只是怒目瞪著他，過了一會兒，刺柏爪知趣地轉身離開。

「葉星的決定是對的，」褐皮繼續說道。「那兩隻貓是叛徒，如果你們有誰也想當叛徒，營地的大門就在那裡！」

紫羅蘭光一度以為一定會有幾隻貓兒頭也不回地離開。雪鳥有些遲疑地朝通道方向走了一兩步，但焦毛趕緊搖頭，伸出尾巴攬住她的肩，要她留下，現場的緊張態勢終於漸漸緩和下來。

「好了，你們站在這裡做什麼？」葉星問道，順道奪回自己在天族的控制權。紫羅蘭光總覺得她的聲音聽起來有點顫抖，可能是被褐皮突如其來的捍衛姿態多少嚇到，而不是其他貓兒的敵意。

貓群漸漸散去，多數都回到自己的窩穴。斑願喚住她的見習生躁掌，帶他出營收集藥草。花楸爪正在召集一支隊伍，準備離營去狩獵。

紫羅蘭光站在原地，凝視著光滑鬚和蓍草葉消失所在的蕨叢通道，不確定自己該怎麼辦。**我是不是不應該帶她們回來？**她反問自己，**她們未來在哪裡？**

這時她感覺到有條尾巴正輕輕撫過她的腰腹，她轉頭看見樹，後者就站在她旁邊，用鼻子輕搓她的肩膀。「妳還好嗎？」他問道。

「我不確定我的感覺是什麼。」紫羅蘭光低聲說道。「我真的無法再去相信蓍草葉和光滑鬚。暗尾當權的那段期間，真的很可怕。而且光滑鬚是殺害針尾的幫凶。」

樹用粗糙的舌頭舔舔她的耳朵。「我知道針尾對妳來說很重要。」

「她是我最好的朋友……我唯一的朋友。光滑鬚和暗尾想在湖裡淹死她，當時我被蟑螂和渡鴉攔住，沒辦法救她。」紫羅蘭光全身發抖地說道。「我到現在都還會夢見那天的景象。」

「妳以前從沒告訴過我，」樹說道。「那一定很可怕，看來我得留下來好好看著妳才行。」

哦，太好了！紫羅蘭光心想道，他的承諾令她頓時溫暖了起來。「樹，」過了一會兒，她問道：「你有……你有看到什麼鬼魂跟在蓍草葉和光滑鬚旁邊嗎？」

「有啊，」樹回答。「我看見一隻暗棕色公貓，頭上有一撮毛。」

「那一定是穗毛。她們說他死了。」

「我感應得到她們在他生前的時候很想幫他，」樹繼續說道。「我覺得她們可能並不壞……」

紫羅蘭光不確定他的這番話是令她如釋重負呢？還是令她驚恐？她也想認定蓍草葉和光滑鬚並不壞，但如果這是真的，她們被葉星趕走，未免太冤了。沒有部族和貓兒的幫忙，她們的處境會很艱辛的。

我無法想像她們的下場……哦，星族啊，求求祢們保佑這兩隻進不了部族的貓兒一切平安。

第六章

赤楊心緩緩爬上高地的陡坡，朝月池前進。半輪月亮斷斷續續地從雲縫裡露出臉來。空氣裡瀰漫著霜寒的氣味，落葉季顯然正在發威，而禿葉季的饑寒日子看來也為時不遠。

葉池和松鴉羽走在他前面，水塘光和斑願殿後，斑願這次把她的見習生躁掌也帶來了。目前為止，尚未看到風族的隼翔或河族的蛾翅和柳光的蹤影。

我不認為河族貓會來，赤楊心想道，**霧星還在封閉邊界，這種情況下，他們怎麼可能會來呢？**

「所以嫩枝掌適應得怎麼樣了？」葉池問赤楊心，她後退幾步，與他並肩同行。「我稍早前看到你跟她在說話，我覺得她看起來心情不太好。」

「我知道啊，」赤楊心一想到這隻自小被他帶大的年輕母貓，便覺得心疼，當初他是在轟雷路底下的通道發現她。「我想她回雷族之後，可能有點適應不良吧。」

葉池驚訝地抽動耳朵。「我希望她不會又想要離開？」

「不會啦，」赤楊心搖搖頭。「她知道她屬於我們這裡，只是她很想念她的父親和妹妹，而且重新當見習生這件事令她很沮喪。我雖然想跟她多聊一點，但我實在沒什麼時間，」他補充道。「我一直在擔心預言的事，現在影族沒了，再加上河族又完全封閉邊界，不知道這會對預言造成什麼影響。」

走在前面的松鴉羽冷哼一聲。「誰不擔心呢？」

「也許今天在月池與星族交通後，我們會有一點頭緒。」葉池喵聲道。

「最好是。」松鴉羽呸口道。

貓兒們就快抵達月池，夜裡的空氣越來越寒涼。等到他們爬上小河旁邊的最後一條岩坡時，突然刮起強風，將貓兒身上的毛髮吹得完全貼平在兩側。赤楊心轉頭看剛剛的來時路，結果瞄見有貓兒的小小身影正從高地一路奔來。

「是隼翔！」他大聲喊道。

「感謝星族老天！」葉池喵聲道。「我還以為風族出了什麼事。我一想到要是只剩兩個部族，我的心就慌了起來。」

「你有看到蛾翅和柳光嗎？」松鴉羽詢問爬上岩坡，氣喘吁吁地站在旁邊的隼翔。

風族巫醫貓搖搖頭。「連根鬍鬚都沒瞧見。」

「那我想她們是不會來了。」斑願低聲道。「畢竟河族邊界還在關閉。」

「也許我們應該再等一下，」水塘光提議道。「搞不好她們會來。」

松鴉羽懊惱地嘆了口氣，但沒有貓兒反對。但等了好久，高地那裡始終不見貓兒的蹤影。

「他們不會來的。」葉池終於說道。「我們開始吧。」

於是赤楊心跟著其他巫醫貓穿過月池周邊的灌木叢，循著蜿蜒的小徑往下走到水邊，腳掌踏上自古以來歷代貓兒留下的足印，一股寒意突然竄流全身。他聽到潺潺水聲流進池裡，心中的煩憂似乎跟著煙消雲散，水面上月亮的微光和點點星光映在眼裡。

等到池邊所有貓兒都到齊後，葉池站了起來。「雷族出現腹痛和嘔吐的疾病，」她大聲說。「感謝星族保佑，病貓都已經漸漸好轉，但還是有很多貓兒陸續染病。」

「我們風族也染上了這種疾病，」隼翔急著分享資訊。「現在有六隻貓兒還在生病。但我們和雷族都在風族邊界的小河以及與河族鄰界的水邊找到了水薄荷。」

「你們影……天族有貓兒染病嗎？」赤楊心問其他貓兒。

「沒有，」斑願回答。「至少目前沒有。」

「那麼最好保持現狀，」葉池說道。「我會記得提醒我們的邊界巡邏隊不要離你們的邊界太近，你們也一樣。但願這種疾病不要再擴散了。」她語氣輕快地繼續說道，「隼翔，你隨時跟我們保持聯絡，好讓我們知道你那裡的染病情況。好了，現在來談談預言吧。」

「黑暗的天空絕非風暴的前兆，」赤楊心低聲道，同時想起自己曾絞盡腦汁地想明白這句話的意思，但目前仍顯得語焉不詳。「我們現在的問題害天空變得更黑暗了，因為我們從五個部族變成三個，哪怕河族有一天決定重返，也還是少一個部族。」

「你們有誰有再接到星族的旨意？」葉池問道。「對我們的下一步有沒有什麼指示？」

所有巫醫貓都搖頭。

「樹以前看到的那個貓靈，只是要求我們一定要找到失蹤的影族貓。」赤楊心說道。

「我也想啊，」水塘光告訴他。「可是我們根本不知道他們去哪裡了，怎麼派搜索隊找呢？」

葉池若有所思地眨眨眼睛。「我最擔心的是影族的不復存在，」她低聲道，「我相信河族有一天會回來，但若沒有影族，我們要如何五族共榮？水塘光，你覺得你的部族有可能重生崛起嗎？」

水塘光低頭看著自己的腳。「不可能，」他很不情願地承認道。「我們現在都很努力配合葉星的命令。我所知道的影族已經不存在了。」

沉默當頭罩下，現場氣氛凝重。赤楊心感覺得到某種災禍正在逼近，就像有場暴風雨即將朝部族襲捲而來。

最後隼翔打破沉默：「也許星族今晚會開示我們。」

葉池點點頭。「但願如此。也該是時候跟祂們交通了。」

赤楊心和其他部族貓一樣伸長脖子，鼻頭輕觸月池表面，頓時感到一陣寒意上身，猶如全身結冰。四周一片黑暗。等他睜開眼睛，發現自己坐在斑駁的樹影裡，四周是綠葉季的窸窣低語聲。

「嗨，你好。」一個聲音響起。

赤楊心霍地轉身，看見針尾站在他後面，綠色眼睛閃著友善的點光，全身毛髮染著星光。

「針尾！」他倒抽口氣，跳了起來。針尾是他在天族的第一次探索之旅裡就認識的朋友，見到祂，他頓時如釋重負，喜樂無比。「祢總算到了星族。」

針尾垂頭致意。「是啊，一旦我們的心願都了結，就能啟程來到星族。」

「祢在這裡好嗎？」赤楊心問道。

「哦，我很好，這裡很棒。」針尾緩步過去，與他互觸鼻頭。「但我還是擔心嫩枝掌和紫羅蘭光。你會幫我照顧她們吧？」

「祢也知道紫羅蘭光現在在天族，她父親和天族貓會好好照顧她的，祢不用擔心，」赤楊心回答道，「至於嫩枝掌，我當然會好好照顧，祢可以相信我。」

針尾開心地喵嗚出聲。「要是你沒做到，我會去雷族找你算帳哦。」

赤楊心很想放聲大笑，但這時突然想到先前貓靈們的預言，於是冷靜下來。「針尾，我要問祢一件重要的事，祢知道那些失蹤的影族貓現在在哪裡嗎？」

針尾沒有回答，祂的笑容消失了，綠色眼睛仍緊張盯著赤楊心。「黑影將至，」祂終於說道，「切勿驅散。」

赤楊心還沒來得及問針尾這話是什麼意思，祂那閃著星光的形體便開始消散。黑暗再度吞沒他，他眨眨眼睛，倏地睜開，發現自己又回到了月池旁。他的巫醫貓同伴們也在他旁邊陸續醒來。

他們紛紛站起來，甩甩毛髮。但赤楊心揮不開挫敗的感覺，總覺得全身上下都不舒服。**這個異象並沒有為他解惑**，他很失望，**甚至比以前更令我摸不著頭緒**。從其他巫醫貓臉上的疑惑表情來看，好像也都沒有得到答案。他難過地垂下頭，準備動身回家。

但就在巫醫貓們爬上蜿蜒的小徑時，水塘光突然大聲說道：「曦皮有來找我。」

其他貓兒立刻圍上前去。

「祂說了什麼？」松鴉羽追問道。「你說了什麼？」

水塘光閉上眼睛，彷彿正在試圖留住那即將消失在記憶裡的影像。

「祂好像不再有病痛了，」他開口道，語氣聽起來如釋重負。「而且祂現在在星族。」

「可是祂到底說了什麼？」松鴉羽不耐地甩打尾巴。

「祂告訴我黑影將至，切勿驅散。」水塘光回答道，然後和斑願互看一眼，表情擔憂，彷彿這兩句話聽在其他巫醫貓耳裡並無意義，但對他們來說自有意涵。

赤楊心原本的沮喪突然像冰塊在綠葉季的強烈陽光下融化不見了。「我剛也見到了針尾！」他興奮地喵聲道。「祂也告訴我同樣的話。」

「我看到了獅眼，」隼翔說道，眼裡充滿敬畏之色。「祂也告訴我一樣的訊息。原來他們把同樣訊息傳遞給了每個部族。」

「黑影將至……」斑願的聲音若有所思。「也許這代表走失不見的影族貓正在回來的路上！」

「而且『切勿驅散』，」隼翔補充道。「這是不是表示我們應該敞開心胸，接納回歸的貓兒們，聽聽看他們想說什麼。」

水塘光瞥了眾巫醫貓一眼，眼露憂色。「這為我點燃了希望，」他喵聲道。「也許影族不會永遠消失，只是我們必須說服葉星……」

「我們得把這訊息轉告給我們的族貓，」葉池大聲說道。「半月集會結束了，願星族照亮我們的前路……從此刻直到永遠。」

其他巫醫貓都低聲附和。赤楊心感受得到現場一股樂觀和亢奮的氛圍，大家好像都想趕快回到族裡，轉告消息。

他從灌木叢裡鑽出去，停在葉池旁邊，等著要躍下岩石時，卻看見葉池一臉憂色。但這時連松鴉羽在內的其他巫醫貓都已經走到前面去了，於是赤楊心留在後面陪她說話。「怎麼了？」他問道。「這不是我們一直在找的答案嗎？」

「我只是不太確定……」葉池低聲說道。「是啊，影族貓是可能在回來的路上，可是是哪些影族貓呢？不是所有影族貓都是良善的……其中很多都曾投效暗尾，當他的幫凶，陷害自己的族貓。」

「但也不是每一隻都這樣啊。」赤楊心直言道。「有些貓只是因為害怕，不知道該怎麼辦。」

葉池憂心地嘆了口氣。「還有天族的問題。他們才剛剛加入我們湖邊部族的陣容。這件事又會對他們造成什麼影響呢？葉星對影族已經夠包容了，但我們對她的要求實在太高，才剛要她把兩個部族合一，可是等其他影族貓回來後，又得再要求她將部族拆成兩個。」

赤楊心思索了一下葉池的話，他能理解她的憂心，但因為他跟葉星不熟，所以無法忖度葉星會作何反應。

「我們還不知道星族的這番話究竟是什麼意思，」赤楊心提醒葉池。「甚至也不確定有沒有影族貓會回來。所以也許『黑影』是指別的事情。」

「沒錯，」葉池承認道，她抬眼看著天空，彷彿能從那裡找到答案。「但我還是覺得很不安。」

赤楊心不知道還能說什麼來安慰她。其他貓兒已經爬上高地，赤楊心跳下岩堆，想要跟上去，這時卻聽到矮木叢裡好像有聲響。他愣在原地。

「妳有聽見什麼嗎？」他問葉池。

「沒有啊……聽見什麼？」

赤楊心張開下顎嗅聞空氣，但只聞得到其他巫醫貓的氣味。他聳聳肩。「我大概是搞錯了，我們走吧。」

第七章

剛剛好險！

嫩枝掌躲在月池旁邊的灌木叢深處，身子止不住地發抖。她看見其他巫醫貓已經離開，但剛剛她以為赤楊心發現了她，差點把她嚇死，過了好久，才恢復鎮定。

嫩枝掌知道自己不該來的，可是當她聽到赤楊心和松鴉羽在談論那個預言時，她就想，要是她跟來，也許能搞清楚一些事情，或許還可以幫上忙。

但嫩枝掌躲藏的地方，根本聽不到巫醫貓在月池裡的動靜，而她又不敢靠太近……月池是巫醫貓才能去的地方。所以當巫醫貓們齊聚月池時，她就只能躲在灌木叢裡懊惱地抽動著耳朵。她早該想到會有這個下場。不過剛剛葉池和赤楊心離開時，從這裡經過，她跟他們的距離近到幾乎可以聽見他們的一點談話內容。

葉池說她很擔心……

嫩枝掌仍原地不動地蹲伏在地，連鬍鬚都不敢抽動，直到確定巫醫貓們都走了。她得想清楚很多事。她知道赤楊心認定必須五族共榮，但現在只有三個，所以他很擔心。

嫩枝掌好奇要是影族真的消失了，河族再也不回來了，雷族會發生什麼事。她知道火花皮總認為這樣一來，僅存的三個部族未來將可以變得更強大，但嫩枝掌對這看法不以為然，畢竟星族已經預告了風暴將至。

還好她沒被發現。她終於鑽到外面空地，甩掉身上的草葉和碎屑。但就在她正要跳下岩堆時，突然興起一個念頭。

要是我去月池，搞不好可以幫忙想到辦法驅走風暴。

嫩枝掌知道自己不是巫醫貓，沒有權利進去那裡。但是如果她可以在那裡多少找到一些資訊，或許能幫忙打消葉池的疑慮，也能再次證明她對雷族的忠心不二。

就這麼辦吧！

嫩枝掌很快地瞥了山坡和高地一眼，確定巫醫貓們都走了。此刻只有赤楊心、葉池和松鴉羽仍在視線裡。不過離得很遠，身形變得很小。

嫩枝掌深吸一口氣，鑽進灌木叢裡，站在蜿蜒小徑的最高點位置。

她呆若木雞地站在那裡，目不轉睛地看著眼前美景。要不是心臟還在撲通撲通跳，她都要以為自己被石化了，腳步完全無法動彈。她低頭俯視那水面映現的月亮，深深陶醉在那閃爍不定的月光裡。水潤沿著岩石表面潺潺流下，猶如水漾星光注入池中。

這裡真的太美了，就算因此被罰，也是值得的……

嫩枝掌半帶懼怕、半帶驚詫地慢慢步下小徑，腳爪踩在無以數計的貓兒曾經留下的足跡上，終於她來到水邊，蹲伏下來，鼻頭離水面僅一隻老鼠身長的距離。

起初一片漆黑，一切靜幽幽的，只有泉水串流而下和微風輕拂池面的聲響。頭頂上的星子在幽暗的夜空熠熠閃爍。

嫩枝掌把頭垂得更低，用鼻頭輕觸水面。據說巫醫貓就是透過這方法看見星族。但對嫩枝掌來說，什麼也沒發生。她抬起頭，鬍鬚上的水滴微微顫動，她自覺有點蠢。

妳這個笨毛球，妳以為這樣就能看見星族啊？

嫩枝掌覺得自己根本不該來這裡，但就在她從水邊離開時，突然注意到水面上的銀色月光起了變化。它腥紅得像是被血水染紅，嚇得她跳了起來，這時月池的坑地裡竟有雷聲隆隆響起。

嫩枝掌驚駭地抬頭，看見天際被焰火照亮。她趕緊趴在地上，深怕星族的戰士們會下來處罰她。

結果她發現那其實是某種正在成形的影像……怒火漫燒整座雷族營地……至少在她看來那很像是雷族營地，好多棵樹倒了下來，還有成堆的廢墟正在悶燒，實在很難判定那究竟是哪裡。

這不可能是真的，嫩枝掌慌張地想道，**我剛離開營地時，都還好好的啊！**

但她得到的回答更令她心驚。

天上的焰火裡出現了一張很寬的貓臉，那是一隻灰白色的老貓。火光猩紅地映現在老貓的眼裡，吼叫聲猶如雷電劈來。「妳不屬於這裡！」

嫩枝掌猛然想起小時候赤楊心跟她說過的故事，她直覺那是黃牙，黃牙是以前舊森林的影族巫醫貓，後來與雷族同住。但嫩枝掌當下太害怕了，根本忘了問那隻貓靈的名字或請教她問題。

嫩枝掌連忙從水邊跳開，不管三七二十一地衝上小徑，慌忙鑽出灌木叢，根本顧不了兩邊腰腹被小樹枝磨破，毛髮被勾住，連滾帶爬地跳下岩坡，飛也似地奔過高地。

等到嫩枝掌終於可以停下來喘口氣時，這才環顧四周，卻發現地平線上有太陽快要升起。一陣寒意自她腳底竄升，彷彿走在冰層之上。

怎麼可能？我在月池才待了一下而已啊？

嫩枝掌慢慢地走，四肢不停發抖，腳軟到差點走不動，這場可怕的經驗嚇得她快要屁滾尿流。

營地被燒毀代表什麼意思？黃牙說我不屬於那裡，那句話又是什麼意思？意思是我不屬於月池？還是……我不屬於雷族？

一想到可能因為她的關係，雷族才會慘遭祝融，她就嚇得手足無措。**是因為我的親屬都在天族，所以我應該屬於那裡嗎？還是因為我曾經棄雷族而去，所以我不屬於雷族？**這可能是黃牙讓她看見異象的原因嗎？

也許雷族貓不想要我回來，也是對的？也許我真的不屬於這裡……

嫩枝掌決定先暫時甩開這念頭。她不願相信這件事。她是花了好一段時間才想清楚，她知道雷族是她真正的家。

我確信我是屬於雷族的，只是我得說服其他貓兒。

她知道她必須這麼做，哪怕這可怕的影像仍記憶猶新地留在腦海裡。

嫩枝掌加快腳步，一口氣跑回營地。當她看到營地跟她離開時沒有兩樣，總算鬆了口氣。她從荊棘通道裡出來時，看見棘星和赤楊心正站在巫醫窩外面交頭接耳。她溜過去偷聽，希望沒被貓兒看見。「所以你建議我們怎麼做？」棘星問道。

「我想我們得再等等看，」赤楊心回答。「只是我很擔心影族的事究竟該如何解決。我不想見到那個部族完全消失，可是要是他們想重振復出，就真的得看天族有沒有那個雅量了。」

「相信再過不久，答案就會出來。」棘星回答道，同時將尾尖擱在赤楊心的肩上要他寬心。「顯然星族自有盤算。你現在只要專心工作。我們有好幾隻貓兒還在生病。」

赤楊心低聲附和。「我想葉池可能病了，我們從月池回來的路上，她就吐了。」

棘星嘆口氣。「所以啊，雷族需要你先專心在工作上。」

赤楊心點頭答應，但嫩枝掌總覺得他看起來還是憂心忡忡。**我討厭看見他這樣子。**

嫩枝掌一想起在月池看到的可怕影象，腿便發軟。**赤楊心說不知道該如何解決影族的事，他其實錯了，影族應該重振復出，不然風暴將毀了我們。**

但她不能把她在月池所見告訴棘星和赤楊心。月池只有巫醫貓能去。她不能讓他們知道她偷跑進去過，至少現在不能，畢竟她還不被一些雷族貓認同。

嫩枝掌幾近絕望。她知道她現在只是雷族的見習生。她完全不曉得自己該怎麼做，才能改變影族的命運。

這時一個念頭閃過。**也許我可以去找我妹妹，她現在雖然是天族貓，但以前曾在影族待過。這兩族如今合而為一，所以在她的族貓裡也有很多曾是以前的影族貓。而且她不會告訴其他貓兒她去過月池。但這時她又想到一件事，不免有些憂心，萬一紫羅蘭光不理我怎麼辦？**

第八章

「你一定得找點事情做。」

這已經不是第一次紫羅蘭光聽見她的族長這麼說。自從葉星趕走光滑鬚和蓍草葉之後，已經又過了四分之一個月，樹還是沒決定他在天族裡該負責什麼工作。族長正失去耐心，她叫紫羅蘭光把樹帶到她的窩穴來，此刻她正面對著這隻黃色公貓，尾尖不停抽動。

「如果你不想當巫醫貓，你就得受訓成為戰士。你不能整天都在太陽底下睡覺。」

反正最近太陽很大，不曬白不曬，在旁邊聽他們爭論的紫羅蘭光，心裡這樣打趣想道。不過她懂葉星的意思。哪有部族貓可以這樣整天無所事事？

「可是我又不適合當巫醫貓或戰士，」樹反駁道，「我為什麼一定得有個工作才行？」

「因為這是部族的運作方式，」葉星駁斥道，她的聲音繃得很緊，頸毛開始豎了起來。「如果你不想成為部族的一份子……」

「不，」樹打斷她。「我真的很想待在這裡，我只是還沒找到自己的位置……」

「你應該要找到，」葉星厲聲道。「我不准你再拖下去。如果你對部族還是沒有任何貢獻，我們恐怕不能再留你。」

恐懼像冰涼的寒風攫住紫羅蘭光。**她不能趕走樹……**

「樹，要不你跟我去狩獵好了？」她顧不了一切地突兀提議。「你可以邊想邊學戰士的狩獵技巧。」

樹眨眨眼睛，一臉猶豫，然後才勉強地喵聲說：「好吧。」

「那就先這樣吧，感謝星族老天！」葉星大聲說道，表情仍顯得惱怒。「謝了，紫羅蘭光，就讓樹學點戰士的狩獵技巧，也許他會喜歡這工作。」

等野豬會飛了，才有可能吧，紫羅蘭光心想。她知道她必須幫樹在部族裡找份工作，可是她想不出來有什麼工作適合他。

紫羅蘭光帶路穿過營地，朝蕨叢通道走去，路上瞄見一群以前的影族貓，他們都不約而同地瞪著正走回窩穴的葉星。焦毛不知道對雪鳥嘀咕了什麼，尾巴很有敵意地甩來打去。

紫羅蘭光很想嘆氣，她感覺得到自從葉星趕走著草葉和光滑鬚之後，營地裡的氣氛便顯得緊繃。刺柏爪、焦毛和雪鳥幾乎無視族長和副族長的命令，再不然就是故意慢吞吞的或者故意不配合，甚至刻意大聲批評葉星，好讓所有族貓都聽見。只有花楸爪和褐皮的斥責才會令他們噤聲。他們就只聽花楸爪的，活像他還是他們的族長。

其實我也不知道要是葉星把我的親屬趕走，我會作何感想，紫羅蘭光心想。但她也不確定自己能否信賴著草葉和光滑鬚。**也許葉星是對的，現在是非常時期，但那時樹也說，他覺得她們應該不壞……**

「我來教你狩獵的蹲伏技巧好了，」紫羅蘭光和樹來到林子裡，於是她這樣說道，「就像這樣，把腳塞在腳底，然後尾巴緊貼著側邊，才不會驚擾到獵物。」

「像這樣嗎？」樹問道。

紫羅蘭光瞪著他看，噗嗤笑了出來。樹的姿勢幾乎完全正確，只不過是採頭下腳上，仰躺在地，四腳朝天的姿勢。

「你這是要抓什麼啊？」她問道。「低空飛過的黑鳥嗎？」

樹翻身跳起來站好。「這跟我平常狩獵的方法有點不太一樣。」他說道。

「可是我們在野外都是這樣抓獵物的。」紫羅蘭光慶幸沒讓葉星看到樹的搞笑。「好了啦，我們現在試一下正確的方法。」

樹蹲伏了下來，姿勢非常標準，紫羅蘭光對他很是刮目相看，他顯然很快就能抓住訣竅。

「你做得很好，」她告訴他。「現在匍匐前進，腳步盡量放輕。因為老鼠在聽到你靠近的聲音之前，會先覺察到你腳踏在地上的振動聲。」

樹的肚皮緊貼地面，慢慢伸長腿，匍匐前進，紫羅蘭光看見他毛髮下賁張的肌肉，很清楚只要他肯費心學習，絕對是個厲害的狩獵者和戰士。

樹一直匍匐前進，離陡坡邊緣越來越近，但他沒停下來，於是一個踩空，滾了下去，掉在一堆枯葉裡。

「我想你的老鼠已經跑掉了。」紫羅蘭光乾笑地說道，從上面低頭看他。

樹在葉堆裡坐了起來，頭上還頂著一片葉子。「妳又沒叫我停下來。」他的語氣聽似在怪她，但眼神盡是淘氣。

紫羅蘭光從坡上滑下來找他。「你這個笨毛球！」她大聲說道，同時用頭頂他的肩膀。「老實說，你當獨行貓的時候，都怎麼餵飽自己啊？」

「我有一套獨門絕活，」樹解釋道。「我會把自己變成一株灌木。」

紫羅蘭光翻著白眼。

「是真的，要我教妳嗎？」

「好啊。」紫羅蘭光嘆口氣。

「妳先蹲成這樣，」樹開始教她，他把腳塞進身子底下，姿勢很像狩獵時的蹲姿。「很好，」他看見紫羅蘭光學他蹲下，於是繼續說。「現在想像自己是一株灌木。」

紫羅蘭光瞪著他。「你說什麼？」

「想像自己是一株灌木啊，妳的腳爪就是樹枝，妳全身毛髮長滿了葉子，妳要一直保持不動，然後獵物就自動上門了。」

就在樹說話的同時，竟然不可思議地真的有隻老鼠疾步跑了過來，黃色公貓不疾不徐地伸出腳爪，啪地一聲打死獵物。「就像這樣。」他說道。

紫羅蘭光噗嗤大笑出來。**營地裡的每件事物都讓我緊張，能這樣開心地大笑，感覺真好**。「樹，全世界只有你在這樣抓獵物！」

「可是抓得到啊，」樹得意地說道。「妳要一起吃嗎？」

「不行，我們是狩獵隊，」紫羅蘭光回答。「一定要先餵飽部族。所以我們先把你的老鼠埋起來，然後……」

樹突然伸長腳爪要她安靜。他用尾巴一指，紫羅蘭光立刻瞄見矮木叢裡有黑色身影一閃而逝，她認出那是刺柏爪，後者朝著影族營地的方向，偷偷摸摸地穿過矮樹叢。

「怎麼回事？」樹低聲問道。「他為什麼自己跑出來？」

「可能只是想從舊營地摘點藥草或什麼的吧？」紫羅蘭光揣測道，**但如果是這樣，他為什麼看起來鬼鬼祟祟？**

「我想我們應該跟蹤他。」樹喵聲道。

紫羅蘭光點點頭，於是匆忙撥了點土蓋在剛抓的老鼠身上，打算晚點再來取，然後兩隻貓兒就前後鑽進矮木叢，循著刺柏爪的氣味前進。

他們在他爬上通往影族營地的岩坡時，又再度看見他的身影，最後消失在坡頂的荊棘叢裡。樹和紫羅蘭光也跟著爬上去，俯瞰坑地內的營地。

只見坑地裡曾經放生鮮獵物堆的那處地方，有一隻貓兒正在那裡伸著懶腰，梳理自己，那是蓍草葉，光滑鬚在她旁邊站了起來，上前迎接她的哥哥刺柏爪。

紫羅蘭光驚訝大叫。三隻貓兒立刻警覺轉頭，看見她和樹正快步走下來。紫羅蘭光強迫自己別因刺柏爪和光滑鬚的敵意而退縮。

蓍草葉看起來嚇壞了。「哦，不。」她哭喊。

光滑鬚則是冷靜問他們：「你們怎麼找到我們的？」

「應該是我們問妳，你們在這裡做什麼？」紫羅蘭光反駁道。「這裡是天族的領地，葉星已經命令你們離開這裡。」

光滑鬚伸長脖子，對著紫羅蘭光斷聲道：「妳不懂，這是我們的家！」

「哦，真的嗎？」紫羅蘭光沒在怕。她感覺得到她背上的毛都豎了起來。「妳以為我真的不懂在影族長大的感覺是什麼嗎？」

「妳雖然在影族長大，但妳不是真的影族貓，」光滑鬚瞇起眼睛冷笑道。「妳投效了天族，這證明妳對影族一點感情也沒有。」

紫羅蘭光頓時發火，繃緊肌肉，準備撲上去修理光滑鬚，卻發現樹用尾巴攔住她。

「光滑鬚，蓍草葉，」樹喵聲說道。「給我一個好理由，為什麼我們不該告訴葉星你們還留在這裡？」

紫羅蘭光不敢相信地瞪他一眼。**我們當然要告訴葉星！**可是她還來不及大聲駁斥，樹就朝她微微搖頭，似乎在告訴她，交給他處理。

「我快生小貓了，我不能在野外遊蕩，」蓍草葉悲傷地說道。「而且我真的好想回影族，我已經改變了……我想回家。」

「這是真的，」光滑鬚附和道。「紫羅蘭光，剛剛是我不對，因為我真的太想留下來。妳願意幫我們嗎？」

「拜託妳，」刺柏爪也跟著求她。「紫羅蘭光，我們是一起長大的，我們感情這麼好，妳忘了嗎？」

我完全不記得，紫羅蘭光心想道，但她不打算說出來，**你們從來不是我的朋友**。

「妳必須瞭解，把她們趕出去是不對的，」刺柏爪繼續說道。「尤其她們都已經認錯了。」

紫羅蘭光當下遲疑了一會兒。她可以理解這兩隻闖入者的心情，尤其是快要臨盆的蓍草葉。但最後她還是回答：「我很抱歉，沒錯，我們是一起長大，」她驕傲地抬起頭，繼續說道，「但我現在是天族貓。葉星必須知道她的領地裡出了什麼事。」

蓍草葉發出驚恐的哭嚎聲。

「等一下，」樹打斷她們。「也許我們可以想出一個兩全齊美的辦法。」

紫羅蘭光怒瞪著他。「你腦袋裡長蜜蜂嗎？」

「蓍草葉顯然走投無路，」樹低聲對她說道。「也許葉星會願意讓她待到小貓出生為止。」

「哦，謝謝你，」蓍草葉聽見樹低聲建議的內容。「我只是希望我的小貓能在影族出生。」

「這有點難，」樹一如既往地坦白。「不過我們是可以看看這件事要怎麼處理。紫羅蘭光，我們現在就回去告訴葉星，好嗎？」

紫羅蘭光嘆口氣。**樹是很風趣，我也真的很喜歡他，但有時候我實在很想扒他的皮。**「好吧，樹，」她回答。「我們現在就回去。」

✦✦✦

紫羅蘭光帶著蓍草葉和光滑鬚穿過蕨叢通道的時候，多數天族貓似乎都還待在營地裡。他們圍上來瞪看闖入者，都發出憤怒的吼聲。紫羅蘭光瞄見焦毛和雪鳥發現他們女兒的藏身處被發現了，驚恐地互看彼此。

「我去告訴葉星。」梅子柳喵聲道，隨即擠出貓群，朝雪松木那裡跑過去。

葉星從貓群裡擠進來，琥珀色眼睛閃著怒光。她甩打著尾巴，毛髮全豎了起來，看上去體型比平常大了兩倍。

水塘光和斑願跟在她後面，令紫羅蘭光意外的是，他們的表情看起來好像鬆了一口氣。**好怪哦**，她心想，**他們一定隱瞞了什麼**。

鷹翅也出現了，就站在族長旁邊。他注視著那兩隻闖入者，表情莫測高深。

「怎麼回事？」葉星質問道，語氣猶如禿葉季裡的徹骨寒風一樣冰冷。

「我們在影族的舊營地找到這兩隻貓兒，」樹解釋道，「她們想留下來。」

「我已經告訴過她們不准待在這裡，」葉星駁斥道。她旋身一轉，目光凌厲地掃過所有族貓。「你們當中有誰在暗中幫助她們？」

「是我。」刺柏爪承認道，他從樹的後方走了出來。

「還有我們。」雪鳥也承認，同時看了她的伴侶貓焦毛一眼。

「還有我。」刺柏爪的見習生螺紋掌也走出來，站在他導師的旁邊，四肢不停發抖，刺柏爪伸出尾巴，環住年輕公貓的肩膀。

「這事其實我也知道。」爆發石懊惱地承認。

「你們竟然敢違抗我的命令？」葉星吼道。「以後讓我怎麼信任你們？如果我的命令得等你們全數同意，才願意服從，我們怎麼可能二族合一？」

紫羅蘭光看到族長的怒容映照在刺柏爪的眼裡。「葉星，我們要的是尊重，」刺柏爪開口道，「我們會反抗妳的命令是因為妳不把影族貓當一回事，直接趕走薯草葉和光滑鬚。」

紫羅蘭光當下以為葉星一定會氣到尖叫，直接撲上黑色公貓，但卻看見族長隱忍了下來。

「第一，你說得不對，」她喵聲道。「因為連花楸爪和褐皮都不信任她們兩個，第二，我不需要你們的同意。我是一族之長。星族選中我，就是信任我可以幫這個部族作出決策。還是說影族貓連星族都不相信？」

刺柏爪和焦毛互看一眼，隨即張開下顎，像是在對葉星嘶吼。

樹很快地走上前來，搶在他們挑釁之前先開口。「你們聽我說，這件事一定有辦法可以解決。再怎麼說，你們現在都是同一部族，必須住在一起。」他的目光掃過所有舊影族貓。「你們是想待在天族？」他問道，「還是想重振影族？」

「這沒那麼簡單。」葉星在嘴裡嘟囔。

「我們想留在這裡，」花楸爪很快回答，他走上前來，褐皮跟在旁邊。「這也是我當初以影族族長身份做的最後一次決策……目前為止，沒有任何改變。」

「沒錯。」褐皮附和，同時瞪著那些影族貓，似乎是在告誡他們誰敢反對看看。

影族貓們竊竊私語，不時抽動著尾巴或對葉星投以疑慮的目光，但最後漸漸停止了躁動。

「是沒錯，我們是想留在這裡。」焦毛代表全體影族貓大聲說道。

紫羅蘭光看著他們，**不免懷疑，是真的嗎？還是只是因為你們沒有別的選擇？**

「葉星，我很抱歉，」花楸爪開口道，同時走上前來，面對天族族長，恭敬地垂下頭來。「我代表我的族貓向妳道歉。」

「是啊，我們很抱歉。」其他貓兒也低聲說道。但刺柏爪的毛髮仍然憤怒地聳立著，焦毛則是垂下頭，不願迎視葉星的目光，但還是跟著其他族貓異口同聲地致歉。

雪鳥上前一步，站在花楸爪旁邊。「葉星，我保證我以後一定對妳完全效忠，」她喵聲道。「不會再發生這種事了。」

影族貓一個接一個地上前來做出同樣保證。葉星看起來氣還沒消，最後表情生硬地點頭答應。「很好，說到就要做到。」

「葉星，但我們還是得決定如何處置著草葉和光滑鬚，」樹恭敬垂著頭，提醒族長。「如果妳同意的話，我願意提供一個點子。」

葉星一臉提防地看著他。「好吧，說來聽聽。」她終於說道。

「讓著草葉留下來也是合理的，」樹開口道，「至少等她生下小貓再說。」

紫羅蘭光聽見樹這麼說，心裡暗地吃驚，但葉星沒有任何反應，反而等著樹繼續說下去。

「天族這裡也有些貓兒以前也跟過暗尾，」黃色公貓提醒她。「可是他們後來都改過自新，效忠於妳。現在離蓍草葉臨盆和小貓們斷奶還有一段時間，剛好是個機會可以考驗蓍草葉和光滑鬚……讓她們利用這段時間來證明自己對天族的忠心。等到小貓斷奶了，再邀他們加入天族，或者平和地送他們離開天族。」

葉星縮張著爪子，看上去取決不定。紫羅蘭光看得出來她寧願現在就趕走她們，但她的態度似乎軟化了一點，好像聽出了樹話裡的智慧。

就在她還在猶豫時，斑願上前一步，來到葉星旁邊。「別忘了我跟水塘光告訴過妳的事。」她喵聲道。

葉星看著她的巫醫貓，他們之間似乎有什麼不能洩露的天機。「我沒忘記。」葉星喃喃低語。

「哦，求求妳，」蓍草葉好像察覺到天族族長態度的軟化，趕緊苦苦哀求。「為了證明我的忠心，不管妳吩咐什麼，我都會照做。我只是想再成為部族貓。」

「我也是，」光滑鬚接著說，「我保證我們不會讓妳失望。」

葉星深深地嘆了一口氣。「很好，但是樹，你要記住一點，」她繼續說道，同時轉身面對黃色公貓。「她們兩個現在是你的責任了，要是她們敢不守規矩，我就先扒了你的皮。」

紫羅蘭光嚇得倒抽口氣，隨後才又看見葉星琥珀色眼睛裡打趣的笑意。

「葉星，歡迎妳來扒我的皮，」樹輕鬆說道。「不過我相信妳應該扒不到。」

「當然這是假定你會繼續留在天族。」葉星補充道。

「我很樂意。」樹看了紫羅蘭光一眼，這樣回答道。「我只是得在這裡找到一個適合我的工作。」

葉星若有所思地點點頭。「也許我們可以創意一點……」她喃喃說道。

就這樣，集會結束了。雪鳥帶著蓍草葉穿過營地，到育兒室裡幫她準備臥鋪。斑願也跟著去。

「妳還是從見習生開始好了。」鷹翅不客氣地對光滑鬚說道。「因為妳還不算是正式的天族貓。」

紫羅蘭光覺察到光滑鬚眼裡閃過一絲怒意，但黃色母貓還是恭順地垂頭答應：「當然好，鷹翅。」

「我帶妳去見習生窩。」螺紋掌提議道，隨即帶她離開。

紫羅蘭光一臉疑色地看著他們朝見習生窩走去。鷹翅對這場爭議完全沒有表示意見，當時她並沒有留神他的反應，但現在她看得出來她父親其實不是很滿意這個決定……而且不只是他，就連褐皮也顯得焦慮不安，她正小聲地跟花楸爪說話，兩隻貓兒交頭接耳。

我的部族怎麼了？紫羅蘭光心裡納悶，**我以為葉星在樹的幫忙下終於可以將所有貓兒的向心力凝聚起來，但現在放眼望去，我們真的同屬一部族嗎？**

第九章

赤楊心沿著湖邊緩步行走，邊走邊欣賞一輪明月映照在水面上的微光。天上的烏雲總算消散無蹤，留給大集會幾近清澈的廣袤夜空。

「妳最近怎麼樣？」他問走在他旁邊的嫩枝掌。

嫩枝掌抬頭看他。「很好啊，謝謝，」她回答道。「火花皮身體復元後，我就不用再跟鰭掌一起受訓了，我們現在在學一些比較進階的東西。真的很棒。」

「太好了。」他一想到嫩枝掌現在的訓練課程有了些進展，他就放心多了。他又看了嫩枝掌一眼，竟發現她還在盯著他看，而且眼裡帶著憂色，他又開始擔心了起來。

「有沒有什麼跟預言有關的消息？」她問道。

赤楊心搖搖頭。「沒有，我最後聽到的消息是，影族還是與天族合而為一，河族的邊界仍然關閉。」

「都沒有貓兒在擔心預言的事嗎？」嫩枝掌的神色一黯。「星族不是要求要五族共榮嗎？」

「我知道啊，」赤楊心嘆口氣回答。「但沒有進一步指示，我們也不能做什麼，只能靜觀其變。」

那當下他還以為嫩枝掌還想再說什麼，可是他還沒來得及問，她就很快地點點頭，跑到前面去找她的導師了。

赤楊心穿過樹橋，鑽進灌木叢，進入島中央，他環目四顧，心想也許河族會來，但還是不見霧星或其他河族貓的蹤影。

跟其他貓兒一起就定位的赤楊心看得出來大家都不訝異河族貓沒來，只是當棘星、葉星和兔星跳上巨橡樹的樹枝上，貓兒們的心情都顯得有些鬱悶。

「只剩下三個部族！」赤楊心後面附近有隻貓兒這樣說。

「我還以為惡棍貓走後，情況會好轉，」風族長老白尾喪氣地說道。「但現在卻每況愈下。」

「星族會生氣的。」另一隻貓低聲說道。

赤楊心看見有多隻貓兒抬頭去看月亮有無被雲層遮住，還好沒有。至少星族已經準備讓大集會繼續下去。他微微顫抖。夜空此刻是清朗的，但這一個月來，天氣始終陰霾……星族是在警告風暴即將來襲嗎？

「所有部族貓！」棘星喊道，同時站上樹枝，讓下方貓兒們都能看到他結實的虎斑身影。「歡迎來到大集會，誰要先發言？」

「我先好了，」葉星就站在棘星上方的樹枝上。「天族在新的營地安頓了下來，領地裡不缺獵物。」她繼續說道。「幾天前，兩隻以前的影族貓蓍草葉和光滑鬚突然回來……」

當她說出這兩個名字時，空地上同時混雜著歡迎聲和抗議聲，打斷了她的談話。顯然許多貓兒仍記得這兩隻新加入者曾經效忠暗尾。

赤楊心一臉驚愕地看著巫醫貓們，同時想起半個月前造訪月池，針尾告訴過他，**黑影將至……針尾指的黑影就是這兩隻影族貓嗎？**

葉星抬起尾巴要大家安靜，空地上的吵鬧聲這才漸漸止息。「經過討論之後，」她繼續說道，「我決定答應光滑鬚和蓍草葉的請求，先讓她們留下來……畢竟蓍草葉快臨盆了。在小貓出生和斷奶之前，會有一段觀察期。」

空地上出現躁動聲。赤楊心看得出來少數貓兒認同葉星的決定，但多數無法認同。

「叛徒！」某隻貓兒尖聲喊道。

「她們曾效忠暗尾！」

「趕她們出去！」

「千萬不能相信影族！」風族的風皮吼道。

說到誠信，他根本沒資格批評吧！赤楊心心想道，並暗自竊喜有多隻貓兒轉頭去瞪風皮，包括雷族貓在內。

棘星也是其中之一。「你說錯了，」他大聲說道。「影族是五大原始部族之一，是高尚的部族，雖然它不復存在，但並不表示它的族貓就不應該受到尊重。」

風皮表情輕蔑地瞪回去，但沒有貓兒理他，大集會繼續進行。

「葉星，」棘星說道，同時抬眼看著天族族長。「這些貓兒跟巫醫貓們在異象裡聽到的『黑影將至』有關連嗎？」

葉星聽到他這樣提問，一時之間顯得有點慌張，於是舔了舔胸毛，才又冷靜回答。

「我想應該有吧。」

「巫醫貓們從星族那裡看見異象，」棘星向空地上的貓群大聲宣布。「星族指示他們黑影將至，切勿驅散。這些影族貓應該就是將至的黑影！」

巨橡樹四周的貓兒驚訝地竊竊私語，原本的敵意消失了，甚至開始三五成群地交談起來。

「話是沒錯……」葉星看起來有點不安。「水塘光確實點醒了我這一點，但我並不確定她們是否就是預言裡的黑影。」她趕在棘星之前先發制人地說：「反正她們會留在天族，直到蓍草葉的小貓斷奶為止。」

葉星把該說的話說完之後，就交給兔星繼續報告，但赤楊心沒有仔細聽他們說什麼。他在天族戰士們裡頭找到了光滑鬚，她正目不轉睛地盯著族長們。

葉星顯然很信任她，才會讓她來參加大集會……但她應該信任她嗎？蓍草葉值得信任嗎？

赤楊心覺得懊惱，因為他原本以為「黑影將至」是一種清楚的明示，意謂影族可能重生，**譬如虎心回來了……**而他不確定這兩隻曾經效忠暗尾的貓兒回來後，是否意謂影族有可能再度崛起。

而且這表示風暴恐怕越來越近……

第十章

嫩枝掌快步穿過營地，朝巫醫窩跑去，等不及要找赤楊心說話，卻又在只剩幾條狐狸身長外的地方慢下腳步，**病貓們不會高興看到見習生在裡頭橫衝直撞的，**她告訴自己。

她鑽進窩穴入口的荊棘簾幕，在存放藥草的窩穴深處找到赤楊心。她小心地緩步朝他走去，不敢驚擾到正蜷伏在臥鋪裡的葉池和白翅。

「嗨，赤楊心，」嫩枝掌喵聲道。「在我跟火花皮出去狩獵之前，還有點時間，需要我幫點什麼忙嗎？」

「當然需要，」赤楊心抽動鬍鬚，很歡迎她的幫忙。「我剛剛才幫見習生窩裡的病貓們分好藥草，方便的話，幫我拿過去給他們。」

「沒問題。」嫩枝掌回答。

雖然她很樂於幫忙，但這不是嫩枝掌來找赤楊心的唯一原因。自從大集會後，太陽已經升起兩次，這是她第一次有機會問他預言的事。大集會上只看到三個族長，這種感覺實在錯得離譜，不僅看上去很怪，更是令她莫名地膽顫心驚。

我應該告訴赤楊心我在月池見到的異象嗎？她反問自己。若不說出來，她總覺得心裡不舒坦，但又擔心赤楊心會作何反應？**他是巫醫貓，恐怕會很生氣。**

「我知道你在擔心星族要我們五族共榮，」她終於開口。「可是看來影族並沒有回來。」

正在分水薄荷的赤楊心抬起頭。「這一點還不確定，」他回答。「畢竟光滑鬚和著草葉回來了，哪怕她們可能不是異象裡所指的黑影。不過星族已經給了我們這個異象，所以目前只能繼續等候他們下一步的指示。也許我們需要有更多異象才能確定。」

難道要等到風暴真的來襲了，我們才能確定？嫩枝掌心想。「也許我們應該主動做點什麼，」她提議道。「比如去找影族貓談重振影族的事？」

赤楊心搖搖頭。「這沒有用。他們只會認為雷族又在指揮東指揮西！再說，影族沒有一個夠強悍的領導者。花楸爪不肯當族長，其他貓兒也沒有一個願意出來暫代他的職務。族長若是不夠強，部族是撐不下去的。」他嘆口氣又說：「現在除了靜觀其變，我們什麼事也不能做。」

她叼著藥草離開，心裡很是沮喪。雖然她的見習生課程目前都還順利，但總想要做點什麼來證明她對雷族的忠心。她知道她待會兒得跟火花皮出外狩獵，可是她心情不寧，恐怕無法專心尋找和追蹤獵物。

我知道我可能會被抓到，火花皮到時一定會罰我一個月都去抓蝨子，可是我真的得找機會偷溜出去找紫羅蘭光。自從我離開天族後，已經一個月了，而且上次大集會的時候，我根本來不及找紫羅蘭光談，天族戰士們就離開了。她會不會還在生我氣？

嫩枝掌把藥草送進見習生窩，但一顆心早就飛進森林裡。她好想快點見到紫羅蘭光，跟她討論影族的事。

除此之外，她也希望可以跟她妹妹連手說服其中一位影族貓出來擔任族長。**他們當**

中總有一個夠資格吧？

✦✦✦

寒風溼冷，嫩枝掌全身發抖地等在天族邊界，直到聞到有巡邏隊接近。他們一走進荊棘叢旁邊的空地，她立刻認出對方是鼠尾草鼻和哈利溪。

「嗨。」她喊道，同時站上邊界。

兩隻貓兒霍地轉身，朝她跳了過來，很是提防地瞪著她看。

「你想做什麼？」哈利溪問道。

「我必須找紫羅蘭光談一談，」嫩枝掌回答，「你們可以幫我把她找來嗎？」兩隻天族貓滿臉疑色地互看一眼。

「應該可以吧。」鼠尾草鼻遲疑了一下，喵聲回答。「但別妄想把腳伸過邊界，妳不再是天族貓了。」

兩隻貓兒轉身離開，消失在矮木叢裡。嫩枝掌只能坐下來等，耳朵豎得筆直，緊張到全身毛髮微微刺癢。因為如果這時若有雷族巡邏隊朝這裡走來，她就慘了，她要怎麼解釋自己的行為呢。

嫩枝掌只能枯等，神經越來越緊繃，總覺得肚子裡好像有整窩蜜蜂在飛。矮木叢裡的每個窸窣聲都可能代表雷族的巡邏隊正在趨近，隨風飄送的氣味也可能害自己曝露。

就在嫩枝掌覺得自己再也受不了這種煎熬時，邊界遠處的蕨葉叢突然一分為二，紫羅蘭光出現在視線裡，她鬍鬚微微顫抖，眼神顯得提防。「好了，我來了，」她緩步朝她姊姊走來。「到底什麼事？」

嫩枝掌垂下尾巴。**我這麼想念紫羅蘭光，難道她不高興見到我嗎？**但她妹妹並沒有親切招呼她。

「我擔心預言的事，」嫩枝掌解釋道，刻意無視心裡受傷的感覺。「湖邊一定要五族共榮，但如果影族不復存在，永遠都不會有五個部族。」

令嫩枝掌詫異的是，她妹妹的黃色眼睛顯得冷淡。「妳幹嘛那麼在乎影族的未來？」她問道。「再說，我現在是天族貓。影族跟我一點關係也沒有。」

「可是妳是在影族長大的。」嫩枝掌反駁道。

「是沒錯，不過經驗並不愉快，」紫羅蘭光駁斥道。「我必須眼睜睜看著暗尾接管一切和貓兒的相繼死亡。我不想再回到從前。」

「可是……」嫩枝掌試圖打斷她。

但紫羅蘭光不理她，自顧自地說下去：「再說，我自己都看得出來花楸爪的領導能力太弱，」她繼續說下去。「所以也許瓦解不是件壞事。是花楸爪的軟弱讓暗尾有了可趁之機去接管一切。所以現在很好啊。天族和影族合而為一，只是需要花點時間彼此磨合而已，但是……」

「磨合得順利嗎？」嫩枝掌打斷她。「真的順利嗎？妳在大集會上難道沒有感覺到那股對峙的張力嗎？葉星在談到蓍草葉和光滑鬚的時候，天族貓全力支持，影族貓卻咬牙切齒。」嫩枝掌朝她妹妹伸出腳爪。「拜託妳，紫羅蘭光，妳必須告訴我實話，情況真的像葉星說得那麼簡單嗎？」

紫羅蘭光嘆口氣，神情鬆懈了下來，不過還是先掃視了一下四周林子，才敢回答她。「沒有，妳說得沒錯，情況是有點棘手。」她似乎因為終於說出了口而顯得如釋重負，接著又繼續說道：「整個過程真的很尷尬。葉星起初把她們趕走，結果有些影族貓……就是她們的親屬……竟把她們偷渡進舊營地。結果被我和樹發現，我們只好報告葉星。」

嫩枝掌驚訝地眨著眼睛。「她應該很不高興吧。」

「她氣死了！她想立刻趕她們走，結果是樹說服她讓她們留下來。」

嫩枝掌聽見她這麼說，更是驚訝了。「哇嗚……他的話術一定很高竿。」

「是啊！」紫羅蘭光承認道。「跟妳有點像，只不過他比較能堅持到底。」

嫩枝掌被她妹妹的諷語嚇得倒抽了口氣。「妳聽我說，」她喵聲道。「我很抱歉我離開了天族，但我真的不屬於那裡，就算我再怎麼想融入，也沒辦法。」紫羅蘭光沒有吭氣，於是她又追問道：「妳難道不覺得嗎？」

「是也這樣覺得啦。」紫羅蘭光嘆口氣。

嫩枝掌感受到她妹妹釋出了善意，大受鼓舞，於是開口說道：「這樣好了，妳聽聽看我對這預言的想法。星族堅持要五族共榮。而我現在要告訴妳一件我從沒跟其他貓兒說過的事……」嫩枝掌遲疑了一下，緊張地吞吞口水。她不知道紫羅蘭光會做何反應，但話只要說出口，就收不回來了。「我曾在巫醫貓的半月集會時，偷溜進月池。」

紫羅蘭光驚愕地瞪大眼睛。「妳進去了？巫醫貓們會怎麼想啊？」

「他們沒有發現，」嫩枝掌解釋道。「我躲在灌木叢裡，等到他們離開才進去，結果我看見異象……一個可怕的異象，有大火和被燒毀的營地。星族秀給我看的！所以我現在擔心可能發生可怕的事情，除非我們能有五個部族……」

紫羅蘭光還來不及回答，邊界附近的蕨葉叢突然一分為二，一隻肌肉結實的黃色公貓走進空地。嫩枝掌認出那是樹。他緩步走到邊界，在紫羅蘭光旁邊坐下來，抬起後腳，搔搔耳朵。

「你們這些部族貓好怕星族，」他省掉招呼，直接喵聲道，「要是星族真想要你們做點什麼事，為什麼不把話直接說清楚？」

「這問題每隻巫醫貓都問過了。」紫羅蘭光挖苦道。

嫩枝掌轉向樹。「你在這裡做什麼？」她質問他。

「就覺得無聊啊，」樹回答。「所以我就想那跟著紫羅蘭光好了。不過我也有想妳哦。」

嫩枝掌看到他眼裡的笑意，但她聽不來這有什麼好笑的？**我真的不懂怎麼會有貓兒覺得樹很有趣？**

紫羅蘭光用尾巴拍了一下他的頭。「你不要再跟著我好不好？」但嫩枝掌感覺得到她只是說說而已。「那你對這件事有什麼看法？」紫羅蘭光追問道。

樹聳聳肩。「我從來沒想過我會這樣講，不過嫩枝掌說得的確有道理，星族似乎鐵了心要有五個部族，要他們通力合作。而現在天族營地裡氣氛很緊繃，早晚都會打起來。所以也許讓影族獨立分出來，未嘗不是件好事。」

「可是要怎麼辦到呢？」紫羅蘭光問道。

「我們至少應該找影族貓談一下，」樹回答。「他們當中應該有貓兒適合當族長吧。」

紫羅蘭光默不作聲了好一會兒，顯然正在考慮。「也許我們可以找褐皮談一下。」她最後提議道。「虎心離開後，她就接任了副族長的職務，而且她很在乎她的部族。有一次我看見她和花楸爪在影族的舊營地，似乎很懊惱所失去的一切。也許她願意試著重振影族。」

「太好了，」嫩枝掌喵聲道，終於被點燃一線希望。**我這計畫真的能成功嗎？**「那我們去找褐皮談一談。」

第十一章

「我們不能直接找褐皮談！」紫羅蘭光反對道。她不敢相信她的姊姊會無視部族的正規做法。「我們必須先找葉星。」

「可是這是影族的事啊。」嫩枝掌指出。

「妳腦袋裡長蜜蜂了嗎？」紫羅蘭光質問她。「影族現在是天族的一部份，葉星是一族之長，而我是天族貓。」她補充道，同時瞇起眼睛。「我不會背叛自己的部族，在沒警告自己的族長之前，就私下去說服影族再度重振。」

「話是沒錯啦……」嫩枝掌語氣猶豫。「但問題是，自從我離開天族加入雷族後，葉星就很討厭我。」

紫羅蘭光懊惱地彈動耳朵。**妳又不是這件事的主角**。她大聲說：「別擔心，這事由我來說。我們會找鷹翅一起去，這樣比較容易說服她。」

她轉身朝天族營地走去，嫩枝掌跟在後面，樹殿後。對紫羅蘭光來說，帶著她姊姊走在天族領地裡，感覺好怪，畢竟她不久之前還是她的族貓。**要是沒有我和樹帶她過來，她一定會被天族貓攻擊的。**

草心正在營地入口守衛。「她來這裡做什麼？」她怒瞪著嫩枝掌。

「她想要跟葉星談一談。」紫羅蘭光回答。「我們也是。」

「她該不會是又想回來了吧？」他們走進營地時，草心在後面追問道。

雖然紫羅蘭光有點惱火，但並不意外他們再見到嫩枝掌時會有這樣的反應。**還是把**

這件事快點處理掉吧。

她看到鷹翅正在營地中央跟雀皮說話，多少鬆了口氣，趕緊跳過去找他。「我需要跟你談一下。」她大聲說道。

雀皮對她友善地點點頭。「我會把那支狩獵隊組起來。」他對鷹翅說道，隨即轉身離開，消失在戰士窩裡。

「所以……」鷹翅正要開口，突然止住。「嘿，嫩枝掌！」他用鼻子搓揉他女兒的肩膀。「真高興見到妳。」

嫩枝掌看見她父親，心情大受鼓舞，她開心地喵嗚一聲，貼近他。但又緊張地趕忙直起身子，因為葉星已經鑽出族長窩入口的地衣簾幕。

「這是怎麼回事？」她問道，同時從雪松樹的樹根上跳下來，大步穿過營地，朝紫羅蘭光他們走來。「嫩枝掌，妳為什麼在這裡？」

紫羅蘭光自覺必須代表發言。「我們需要找妳跟鷹翅商討一件事，」她喵聲道。「葉星，妳願意聽嗎？」

葉星猶豫了一下，隨即點點頭。「好吧。」

「我們很擔心預言的事，」紫羅蘭光說道。「星族用祂們的方式告訴我們必須五族共榮，但現在只剩三個。所以我們想到了一個對策。」

天族族長專注地看著紫羅蘭光，後者多少鬆了口氣，看來葉星是很認真在聽她提出自己的想法。只是那雙琥珀色的眼睛仍帶著疑色。**要是我想說服她，就絕對不能說錯**

話，紫羅蘭光心想。

「妳繼續說。」葉星喵聲道。

紫羅蘭光吞吞口水。「我們想去問褐皮，她是不是願意擔任族長，重振影族。」

葉星聽完臉色大變，琥珀色眼睛射出怒火。「重振影族？」她嘶聲道。

紫羅蘭光看了她父親一眼，希望他能幫忙說話，卻見他也是一臉惱色，耳朵後貼，爪子伸了出來。她的心臟撲通撲通越跳越厲害。

也許我做錯了，紫羅蘭光心想，**早知道就不該聽嫩枝掌的話！我會這麼做，還不是因為我太在乎她。**

「葉星，妳的想法是什麼？」樹用他一貫的直率語氣說道。

「夠了！」葉星霍地朝他轉身。「你怎麼能問我這個問題？我很生氣，當然很生氣。天族只是想找個安全的地方安頓下來，與其他部族為鄰。我們受過這麼多苦，失去了這麼多隻貓兒。」

「可是現在妳在這裡找到了啊！」樹指出。

「是啊，我們是在這裡找到了，」葉星把爪子戳進土裡。「我們好不容易來到湖邊，卻被告知我們得拜託另一個部族分我們領地，於是我們同意向影族拜託，也盡可能滿足影族對我們的各種要求，哪怕那時的花楸星並不講道理。後來我被告知影族解散了，我必須收容他們的貓兒，結果現在……」

紫羅蘭光試圖打斷，但葉星氣得轉過身去，根本不想理她。

「現在我很努力地要讓兩個部族合而為一……結果你們和嫩枝掌又妄想把影族分出去。嫩枝掌，妳到底在這裡做什麼？妳只是雷族的見習生。」

「葉星，因為……」紫羅蘭光正要開口。

「我不想再聽了，我身上每根毛髮都對你們失去耐心。」

葉星霍地轉身，準備回自己的窩穴去，但樹上前一步，用尾巴攔住她。紫羅蘭光一顆心頓時揪緊，以為葉星會揮爪耙他耳朵。

「葉星，妳等等，」樹喵聲道。「請聽我說。這跟紫羅蘭光和嫩枝掌想做什麼無關……而是星族想要什麼有關。只要星族高興，所有部族都會開心，不是嗎？所以我們為什麼不省點功夫，直接按照星族要求我們的事情來做就好了？」

葉星瞪著他，彷彿好奇這隻貓是打哪兒冒出來的，竟然敢質疑她的決定。**至少她沒甩他一掌，**紫羅蘭光心想。

這時候，鷹翅走到族長旁邊，紫羅蘭光頓時鬆了口氣。「葉星，我知道妳很沮喪。」他大聲說道。「我也很沮喪。我們抵達湖邊的時機不好，剛好碰上其他部族正有麻煩的時候……也許紫羅蘭光和嫩枝掌……還有樹……說得沒錯。如果這是星族的旨願，至少我們應該試著盡點力，看能不能讓五族共榮。也許我們漏了什麼，也許影族裡還是找得到有能力的族長，只是需要說服一下。」

紫羅蘭光屏息等待，葉星不發一語地站在那裡，時間似乎沒有盡頭。最後天族族長長嘆一聲。

「好吧，」她喵聲道。「你們可以去找影族貓談，」然後耳朵又突然指向紫羅蘭光，追問了一句：「如果影族決定跟我們分家，妳是要加入他們嗎？」

紫羅蘭光當下瞠目看著她的族長，很驚愕她竟然這樣問她。「不！」她大聲說道。「我是天族貓，徹頭徹尾的天族貓。我絕對效忠天族。再說，」她補充道：「我永遠不會離開鷹翅。」

葉星似乎很滿意這個答案，不過紫羅蘭光察覺到她旁邊的嫩枝掌正很不自在地蠕動著腳。紫羅蘭光心想，**也難怪，畢竟她老是臨陣脫逃。**

「但你們給我聽好了，」葉星繼續說道。「如果影族決定離開，我不會再接受任何一隻貓加入天族。這造成太多的混亂，而且根本是在浪費大家的時間，還不如把這時間拿來鞏固天族的實力。這就是我的決定。」

「我懂。」紫羅蘭光回答。

葉星回到族長窩。紫羅蘭光跟著嫩枝掌和樹在營地裡四處尋找褐皮和花楸爪，後來在小河旁邊的一座岩石底下找到正在分享舌頭的他們。

「褐皮，我們有話想跟妳說。」紫羅蘭光開口說道。

褐皮抬頭看著他們，一眼瞄見嫩枝掌，於是瞇起眼睛。「我看見你們在跟葉星談話，」她喵聲道。「妳該不會又想回來了吧？」

嫩枝掌斷然地搖頭。「不，我只是來這裡拜訪。」

褐皮咕噥應和。「所以到底是什麼事？」

紫羅蘭光在兩名影族戰士旁邊坐下來，尾巴整齊放在腳邊。嫩枝掌蹲伏在她旁邊，樹則趴在岩石上，一副懶洋洋的模樣，但他在俯視下方的貓兒時，目光還是有神。

紫羅蘭光鼓起勇氣，深吸口氣。「我們都很擔心預言的事，」她喵聲道。「星族要求五族共榮，但事與願違，除非影族願意重新振作復出。所以褐皮，我們想請教妳是不是願意考慮出馬帶領影族。」

褐皮驚訝地看了花楸爪一眼。「為什麼找我？」她問道。「眼前就有個現成的族長不是嗎？怎麼不問他？」

「哦，不要問我，」花楸爪打斷她，不停搖頭。「我不想再當族長。我已經做了明確的宣示。再說……」他遲疑了一下才又說道：「我一直夢到虎心，我沒有放棄希望，有一天我兒子一定會回來……尤其巫醫貓最近得到星族旨意說黑影將至。」

褐皮注視著他，目光頓時柔和了起來。「我也希望這是真的。」她低聲道。

「如果褐皮願意接任的話，我當然支持，」花楸爪繼續說道。「畢竟虎心離開後，她就在擔任副族長。」

「太好了，」紫羅蘭光喵聲道，不過她總覺得花楸爪好像不是很熱中。「所以褐皮，妳……」

「不過我們得先得到星族的認可，」花楸爪打斷道。「對了，紫羅蘭光，怎麼是妳和嫩枝掌來跟我們說這件事？巫醫貓呢？」

我真是個笨毛球！紫羅蘭光暗地罵自己。她應該再考慮得周全一點，先跟巫醫貓談過才對，可能是找水塘光談吧，畢竟他是影族的巫醫貓。**還不是因為嫩枝掌冒然出現，再加上葉星如此震怒，我才會亂了方寸……**

她正要提議去找水塘光，突然聽見有腳步聲趨近，轉頭一看，竟然是光滑鬚和大著肚子的蓍草葉。

「我們偷聽到了，」光滑鬚喵聲道。「我們很樂於見到影族重新復出。」

「是啊，」蓍草葉附和道，黃色眼睛閃著希望的光芒。「要是我的小貓能在影族出生，那就太好了。」

每隻貓兒都看著褐皮，後者仍然一臉猶豫。「我再想想，」她喵聲道，「如果水塘光……」

但她的話被蓍草葉大力的喘息聲打斷。

「怎麼了？」樹問道。

「我的小貓等不到影族了，」蓍草葉解釋道，呼吸又急又淺。「他們就要從肚子裡出來了。」

第十二章

太陽正要下山，陽光從雲縫裡斷續滲出，在岩坑上灑下一地的斑駁黑影。赤楊心在心裡暗自感謝星族讓葉池漸漸康復，只是還是沒有體力回到工作崗位。白翅已經好多了，可以搬回見習生窩跟其他病貓一起休養。松鼠飛在他的治療下也復元得不錯，漸漸恢復體力。

不過儘管他很努力地照顧這些病貓，這個傳染病還是在整座營地蔓延開來。錢鼠鬚和冬青叢也病到得住進見習生窩裡，最糟的是，那天早上，連松鴉羽也開始嘔吐。

松鴉羽恐怕是自部族移居湖邊以來最難搞的一隻病貓了，赤楊心嘆口氣，總覺得自己全身上下的每根毛髮都垂了下來。

赤楊心站在窩穴外面，這時突然起了一陣冷風，崖頂樹葉隨之沙沙作響。他瞄見遠處天際劈出閃電，隆隆雷聲隨即迴盪在坑地四周的岩壁上。

赤楊心當場愣了一下，緊張到全身毛髮都豎了起來。**我的星族老天，這雷聲聽起來好近！**

風勢越來越大，最後竟橫掃營地，蕨葉叢平貼地面，地上塵土飛揚，斗大的雨滴開始掉落。頭頂上方，又劈出閃電，雷聲轟然作響，感覺距離很近。

「快去躲雨！」赤楊心朝營地上的其他貓兒喊道，同時抬頭瞪看天空，全身毛髮豎得筆直。

他看見他們都躲進窩裡避雨，也立刻轉身進去窩穴，心想該如何安置這些病貓呢？大風暴的慘痛經驗過後，雷族想出一套辦法來面對未來可能再度出現的洪災。不過赤楊心不確定這場風暴是不是大到必須淨空整座營地。

回到窩穴的赤楊心，看見葉池從臥鋪裡坐了起來，一臉驚恐地聽著窩穴外的混亂聲響。松鴉羽則把鼻頭擱在腳上，閉目養神，看起來像睡著了。

感謝星族，還好他睡著了！赤楊心想道。

「妳覺得我們應該把貓兒們移進坑道嗎？」他請教葉池。

葉池猶豫了一會兒，隨即搖搖頭。「如果棘星認為風雨過大，就會下命令，」她回答。「我們現在能做的只是靜觀其變。」這時又打了一次雷，聽起來像是有頭巨貓在崖頂蹲伏下來，她被嚇得縮起身子。「不過也許我們應該先搬動薔光，」她補充道。「萬一天氣突然惡化，她會比較難搬動。」

「好，我來處理。」赤楊心說道。

他又鑽出荊棘簾幕，抬頭看著天色。大雨在風勢助長下橫掃營地，正抬頭仰望的他，又被天空劈出的另一道閃電嚇得身子一縮。

這算是風暴嗎？他納悶，**黑暗的天空絕非風暴的前兆？**

赤楊心的擔憂像石塊一樣沉甸甸的。他不由得想，也許葉星讓光滑鬚和蓍草葉留在天族，這樣還不夠。**也許我們應該更積極地幫忙影族重振，就像嫩枝掌說得那樣……又或許我們也應該去盡力說服河族重返部族。**

早有心理準備會被雨水打溼的赤楊心衝進風雨裡，朝戰士窩跑去。雨水將空地上的泥沙全淋成了泥漿，當他跑過去時，泥水飛濺四灑在他腹毛上。他忙不迭地把頭鑽進戰士窩荊棘圍籬的縫隙，看見裡頭的戰士們都蜷伏在臥鋪上，身子深埋進青苔和蕨葉裡，試圖躲開從窩頂滲入的冰冷雨滴。

「快起來，」他喊道。「我需要兩個幫手幫我把蕾光搬出來。」

「我來！」栗紋立刻自告奮勇。

琥珀月也站了起來，甩掉身上的草屑。「還有我。」

兩隻母貓相繼從赤楊心旁邊擠出來，穿過營地，朝育兒室跑去。赤楊心跟在後面。嫩枝掌蹲在育兒室入口，往外窺看天色。「你擔心的是不是跟我擔心的一樣？」她問道，赤楊心這時鑽進來避雨，全身發抖地站著。

「可能吧。」赤楊心回答，聲音比他以為得來的冰冷許多。

自從嫩枝掌偷偷摸摸地去了天族回來之後，已經過了快半個月，當時她跑去說服褐皮接任族長，重振影族。事後，火花皮和棘星都對嫩枝掌的行為感到震怒。聽起來褐皮和以前的影族貓都對這建議很感興趣，但不管怎麼樣，誰來當影族族長的事都不該輪到雷族見習生來管。

我知道她很關心那個預言，赤楊心想道，**但就連我都覺得她這次真的太逾越本份了，影族的事根本輪不到我們來插手。**

除此之外，他也覺得自己心裡有點受傷，嫩枝掌竟然不聽他的勸，甚至在前往天族之前，都沒有跟他照會過。**我是巫醫貓，我一定會告訴她，沒有星族的允許，誰都沒有權利去決定誰來擔任新族長。**

「你們昨晚的半月集會有聽到任何關於影族的消息嗎？」嫩枝掌問道。

她的提問並未讓赤楊心對她的作為釋懷一點。月池集會是巫醫貓專屬的集會，願意透露多少消息給其他貓兒，是由巫醫貓自己決定。不過單就這件事來說，其實也沒什麼可以透露的。

「水塘光說他正忙著照顧蓍草葉和她的兩隻小貓，」他回答。「不過他不贊成在沒有星族的指示下便冒然重振影族。而且我們昨晚也沒從星族那兒收到任何旨意。」

嫩枝掌顯然很失望，她蹲低身子，頭垂了下來。赤楊心頓時懊悔剛剛自己不該對她那麼冷酷。但這時琥珀月和栗紋正從育兒室裡面把薔光搬出來，於是他決定還是先專心處理眼前的事比較重要。

「把她搬到雷族上次大風暴來襲時避難紮營的那個坑道。」他指揮道。「我等一下就過去看她。」

「不用擔心我啦，」薔光斬釘截鐵地說道。「我喜歡淋雨！」

赤楊心注意到兩名戰士扛著薔光從他旁邊經過時，栗紋好像跌跌撞撞的，兩眼顯得無神。**哦，該不會連她也病了?!**但後來他又想，這隻暗棕色母貓可能只是累了，**天知道我們最近過得有多忙、多累。**

等到薔光和兩名護送者消失在雨中，赤楊心又趕緊轉身回去巫醫窩。但他才走了幾步，後方就傳來不妙的呼嘯聲，連忙轉身查看。

結果他看到狂風掀翻了育兒室的部份窩頂，掃到半空中。育兒室裡傳來貓兒的驚叫聲，小貓們也嚇得哭嚎尖叫。

赤楊心顧不得地上的大小水窪，急忙奔了回來，鑽進育兒室裡。雨水從窩頂縫隙洩灑下來，薔光剛剛睡覺的那塊地方全被淋溼了。

還好我們及時把她搬出去！赤楊心心想，**感謝星族老天！**

煤心和花落趕緊從那處缺口撤開，躲到育兒室最裡面，各自用身子圈住小貓們，幫他們抵擋冰冷的雨水。藤池、黛西和嫩枝掌也忙著搶救被雨淋溼的臥鋪。

「赤楊心，我們現在該怎麼辦？」花落問道。「我們不能待在這裡……要是剩下的窩頂也被風吹走就完了。」

當下的赤楊心有點不知所措。**他們能去哪裡避風雨呢？**離育兒室最近的是長老窩。於是他說：「灰紋和蜜妮會很願意幫忙照顧小貓的。」

小莖立刻跳了起來。「灰紋會跟我們說故事嗎？」他問道。

「太好了！」他的妹妹小鷹吱吱尖叫。「我想聽火星和舊森林的故事。」

「當然不行，你們得睡覺了，」他們的母親花落斥責道：「灰紋也是。」

縱然眼前一片混亂，赤楊心仍忍不住覺得好笑。**我猜他們今晚八成都不用睡了**。

等赤楊心把育兒室裡的族貓們都送了出去……母貓們幫忙叼著煤心剛出生的小貓，花落的小貓們啪噠啪噠地跟在旁邊走……他又趕回巫醫窩裡。風勢更強了，他在路上差點被風吹走。強風將雨水灌進荊棘簾幕裡。葉池和松鴉羽都蹲伏在臥鋪裡，看上去又溼又冷，可憐兮兮。松鴉羽已經醒了，赤楊心不免戰戰兢兢。

「你去哪兒了？」松鴉羽毫不客氣地問道，同時站了起來，弓起身子。「快把我弄出這裡，我可不想被洪水沖走。還有我需要再吃一點水薄荷。」

赤楊心嘆口氣。松鴉羽雖然是技術高超的巫醫貓，但他一生起病來，簡直難搞到比面對一整窩的野獾還麻煩。

「不會有貓被洪水沖走，」赤楊心向他保證，「地上只有泥巴，沒有淹水，不過我擔心的是那個預言，」他承認道。「黑暗的天空絕非風暴的前兆。」

松鴉羽當下看起來顯得不安，但過了一會兒，又提醒赤楊心：「你剛不是說沒有洪水嗎？也許只是下一點雨而已。如果星族真的想強調什麼，才不會對你那麼客氣的。」

赤楊心沒有被他說服，只是嘆了口氣：「說到水薄荷，」他告訴松鴉羽，「它很安全地存放在岩縫裡，那裡很乾燥，你得再等我一下。還有葉池……」他接著說，同時朝另一隻巫醫貓轉身，「別讓他支使妳去拿水薄荷，妳也需要休息。」

「遵命。」葉池低聲道，琥珀色眼睛裡閃著興味。

「你不是巫醫貓嗎？」松鴉羽嘟囔道，邊說邊用尾巴蓋住鼻子。「應該隨身攜帶該用的東西啊。」

可是你要我把它放在哪裡？赤楊心反問自己，**難不成塞進我的耳朵裡嗎？**

他從巫醫窩出來後，就離開營地，爬上通往坑道入口的斜坡，以前大風暴來襲時，雷族就是躲在這裡避難。赤楊心當時還沒出生，可是他聽說過此事，尤其是老虎斑貓波弟告訴過他的故事。

赤楊心突然悲痛了起來。**偉大的星族，我真的好想念波弟！**

他在最大條的坑道口附近找到了正陪著薔光的琥珀月和栗紋，她們不知道從哪兒找來乾燥的蕨葉，特地幫薔光做了一床臥鋪。

「你們都還好嗎？」他問道。

「我們很好。」琥珀月開心地回答。「別擔心我們。」

「能離開營地一陣子，感覺真不賴。」薔光補充道。

赤楊心近觀栗紋，發現她雖然不太說話，但看起來沒有病容，也聞不到任何染病的氣味。

「等到可以安全回營了，我會再來通知你們。」他喵聲道，隨即揮揮尾巴，就轉身離開了。

這時天色已經暗了。赤楊心必須小心看路，才能步下斜坡。雨中的草地溼滑，他好幾次都差點滑倒，只好把爪子深戳進去，以免摔個四腳朝天。

他才走了幾步路，便又聽見到可怕的劈啪聲響，他愣在原地，附近的半山腰瞬間被刺眼的強光籠罩。

這是目前為止離我們最近的一次閃電，他心想。

從他現在所站的位置，也就是營地的上方，可以清楚眺望遠處天族領地的那個方向有橘色的火光照亮天際。

失火了？

赤楊心試圖看出失火點究竟在哪裡。當他發現天族營地可能正被大火吞蝕時，他的恐懼頓時高漲到彷若雨水正在注滿一片往上翹的葉子。

他完全忘了下坡路得小心走，結果直接衝下斜坡，在泥巴和溼滑的草地上連滾帶爬，四肢一度打滑，翻滾了好幾圈，最後撞上一塊突岩，痛得他差點喘不過氣來。他好不容易爬起來，再度往下衝，最後鑽進荊棘叢，進入營地。

「棘星！」他大喊，「棘星！」

棘星現身高聳岩上，全身溼透，毛髮黏在兩側，好像剛剛才冒雨巡過整座營地。「怎麼了？赤楊心？」他喊道。

「失火了！」赤楊心回答，同時用尾巴示意。「在那裡，靠近天族。」

棘星跳下亂石堆，現在火勢已經大到從岩坑這裡就可以看到被染成橘紅色的天空。雷族族長看了一眼，立刻鑽進戰士窩，過了一會兒，暴雲和葉蔭跟他走了出來。

「去看看那裡出了什麼事，」棘星下令道。「別太靠近，看一下是不是離營地很近。有沒有部族需要援助？」

「交給我們來辦！」葉蔭喵聲道。

兩隻貓兒從赤楊心旁邊跑過去，後者剛好聽見暴雲嘴裡嘟囔著：「好像又回到了從前。」

赤楊心想起大風暴期間，暴雲還只是一隻來雷族避難的寵物貓，後來決定留下來，受訓成為戰士。**對他來說，回想到上次的洪水經驗，一定很不好受。波弟告訴我，暴雲的弟弟就是死於那次洪災。**

赤楊心看著兩名戰士走遠後，才朝巫醫窩轉身。**這場暴風雨也許我幫不上什麼忙，但至少可以幫松鴉羽拿點水薄荷，或許就能讓他閉上嘴巴一陣子。**

✦✦✦

等到月亮升到最高點時，雨幾乎已經停了，雲層漸開，銀色月光得以滲進營地。赤楊心的恐懼漸散，又開始恢復了一點信心。

也許松鴉羽是對的，也許只是下一點雨而已。

貓兒們都在外面的空地上清理地上的殘屑。蕨毛則忙著修補育兒室的窩頂，嫩枝掌和鰭掌在旁邊幫忙遞荊棘和常春藤蔓給他，原本洞開的缺口就快要補好。

這一切都會不知不覺地重新回到常軌，赤楊心想道，**至少我是這麼希望。**

就在他正要出營地去通知琥珀月和栗紋可以帶薔光回來時，突然看見暴雲和葉蔭從荊棘通道出來，進入營地。赤楊心看見他們毫髮無傷地回來，頓時鬆了口氣，於是上前招呼他們。

但他卻赫然停下腳步，因為有兩隻從沒見過的貓兒跟著走進營地。帶頭的是隻小公貓，有著毛絨絨的薑黃色虎斑毛髮，精力充沛地在戰士腳邊跳來跳去，害他們差點踩到他。後面跟著一隻微跛著腳的母貓，有一身柔滑的灰色長毛和一雙琥珀色眼睛。

哇！她好漂亮！赤楊心心想。

她嘴裡叼著某樣東西。一開始赤楊心以為那是隻老鼠，後來才發現只是一塊軟毛。**她帶著那塊軟毛做什麼？**他覺得納悶。

赤楊心還在躊躇不前時，棘星從窩穴裡走了出來，停在他旁邊，不以為然地怒視對方。更多族貓走了過來，好奇圍觀。

「他們是誰？」棘星質問。「陌生的貓？」

「他們是寵物貓，」葉蔭解釋。「我們前去調查火災時，意外撞見他們。他們說是兩腳獸的巢穴失火，他們剛從那裡逃出來。」

「我叫絨毛球！」活潑的小公貓大聲說道，很有自信地跳到棘星前面。「我朋友叫絲絨。她被火燒傷了，所以我們前來這裡求援。」

「你怎麼知道這裡有部族？」赤楊心問道。

「哦，我大概知道你們在哪裡，」絨毛球回答，「而且我知道如果需要求救，一定要找戰士貓。我早就耳聞你們的驍勇善戰、精通獵物的追捕，還會跟星星交通，你們是一群最英勇的貓！我對你們耳熟能詳……」

「不好意思，絨毛球向來如此，」絲絨喵聲道，同時扔下嘴裡那坨東西。「滿腦子都是部族貓，所以他很興奮能來到這裡。」

「真是受寵若驚，」棘星喵聲道，同時表情困擾地看了小公貓一眼，然後接著又說：「但部族是不收容寵物貓的。這是為了你們好。」絨毛球一聽見他這麼說，立刻沮喪地垂下鬍鬚。「在林子裡生活不容易，危機重重，寵物貓沒辦法適應的。你們必須離開。」棘星又說道。

赤楊心不忍見到寵物貓失望的神情，尤其是絲絨。「你看他們，」他告訴棘星。「母貓受傷了，全身沾滿煙灰，而且筋疲力竭。他們一定是走了很遠的路來求救。所以至少先讓我把絲絨的傷醫好，再送他們回兩腳獸那裡。」

棘星猶豫不決，這時暴雲上前一步。「大風暴時，你也收容過寵物貓。」他提醒他的族長。「因為我就是其中之一，而且最後的結果也不差，不是嗎？」

棘星嘆口氣。「我就在想你可能會這麼說……」

「求求你，」絲絨懇求他。「我身上的傷很痛，閃電突然在兩腳獸窩穴外面劈了下來，擊中一棵樹，樹倒在窩穴上，然後就失火了，連帶旁邊其它窩穴也都跟著遭殃。絨毛球和我好不容易逃了出來。而我最喜歡的玩具被燒得只剩下這一塊軟毛，我只能抓了就跑。」她伸出腳爪，憐惜地摸了摸那塊毛。「我想你們野貓一定覺得這很蠢，但它是我唯一的安慰。」

赤楊心感覺得到葉蔭和其他圍觀的貓兒都在強忍住笑意，但是他不認為這有什麼好笑，這隻漂亮的母貓只是想從老家帶點東西出來，幫助自己面對危險的森林，這有什麼好笑的？「這並不愚蠢。」他為她辯護。

「要是可以，我們也想回家啊。」絲絨感激地看了赤楊心一眼，又繼續說道：「可是到處都是可怕的哭嚎聲，還出現了一頭不停閃著光的大怪獸，我們的主人都跑掉了。我們也不知道他們跑去哪裡。」

「現在就趕他們走，未免太無情了，」赤楊心對棘星直言道。「他們又沒有別的地方可去，而且走了那麼遠的路，全身又溼又累。」

棘星顯然不樂意讓兩隻寵物貓住進來，但最後還是點頭答應。「就讓你們待到火被撲滅，直到你們的兩腳獸回來為止。」他冷哼一聲。「多留一刻也不行。」

絨毛球興奮地尖叫，不停地跳上跳下。「謝謝你，謝謝你！」

「謝謝你，」絲絨小聲說道，那雙溫暖的琥珀色眼睛眨呀眨的。「我保證我們不會惹麻煩。」

「諒妳也不會。」棘星咕噥道。「還有別妨礙其他貓兒工作。」說完便後退一步，揮動尾巴，召集四周戰士，指派他們去檢查災後的營地狀況。

「你們跟我來，」赤楊心告訴兩隻寵物貓。「我叫赤楊心，我是巫醫貓，這段期間你們可以住在我的窩穴裡……」

「什麼是巫醫貓？」絨毛球打斷道，抬頭看著赤楊心。

「我的工作是負責治療受傷或生病的貓兒，」赤楊心一邊解釋，一邊帶著他們往窩穴走去。「我會治療絲絨身上的燒傷，也順便幫你做些檢查，看看……」

「哦，我很好，」絨毛球向他保證。赤楊心納悶他好像從來不讓他把話說完。

「我想幫你們忙，我能幫你們做什麼呢？」絨毛球喋喋不休。

赤楊心心想，要讓他閉嘴的最好方法就是找事情給他做。**可是寵物貓能幫部族貓什麼忙呢？**他突然停下腳步，眨眨眼睛，**我想到了！**

「跟我來，」赤楊心說道。「我有個工作很適合你。」

「太好了，」絨毛球尖聲喊道。「我要當部族貓了！」

回巫醫窩的路上，赤楊心瞄見嫩枝掌正忙著把一大坨打溼的臥鋪從育兒室搬出來，於是用尾巴示意她過來。

「嫩枝掌，育兒室修繕好了嗎？」他問道。

嫩枝掌很有精神地點點頭。「蕨毛的修繕技術實在很厲害。」她喵聲道。

「我們明天會讓小貓們先搬回育兒室，」赤楊心繼續說道。「不過等妳把那些臥鋪拿去丟了之後，可不可以到上面坑道告訴琥珀月和栗紋把薔光帶下來？等她在育兒室安頓好，我再去看她。」

「沒問題！」嫩枝掌回答，於是轉身跳向荊棘通道。

「謝了！」赤楊心在後面喊道。

他繼續往前走，絲絨和絨毛球跟在後面，他們好奇地瞪大眼睛四處張望。但才走近巫醫窩，便看到樺落用三隻腳一拐一拐地走過來，其中一隻前腳舉在半空中，櫻桃落跟在他後面。

「赤楊心，我剛剛在混亂中，踩到一根刺，」樺落大聲說道，「拔不出來，你可以幫我拔嗎？」

「我剛在泥地上滑倒，肩膀扭到了。」櫻桃落補充道。

「好，我等一下就來處理，」赤楊心回應。「先在這裡等我，我把寵物貓的事安頓好，馬上回來。」

赤楊心鑽進荊棘簾幕，看見葉池蜷在臥鋪裡睡著了，松鴉羽坐了起來，正一臉惱色地用後腳搔抓自己的耳朵。赤楊心看到窩穴盡頭的牆邊仍有足夠的乾料可以幫兩隻寵物貓做兩床臥鋪，頓時鬆了口氣。

「這位是葉池，」他告訴他們，同時用尾巴指。「這位是松鴉羽。他們都是巫醫貓。可是他們肚子痛，正在生病，所以才會躺在這裡休息。」

「你好。」絲絨很有禮貌地垂頭致意，絨毛球則是吱吱尖叫，「嗨！」然後又興奮地跳了一下。

松鴉羽怒瞪著他們兩個，沒有回禮，「我的臥鋪裡都是刺。」他對赤楊心沒好氣地說道。

「我想到一個辦法了，」赤楊心回答。「這位是絨毛球，」他用尾巴把小公貓推到前面來。一心想要幫忙的絨毛球興奮到全身發抖。「從現在起，絨毛球會負責照顧你的一切所需。」他繼續說道。「臥鋪裡有刺？臥鋪需要鬆軟一點？找絨毛球！想喝水？找絨毛球！」

「你在搞什麼啊？」松鴉羽低吼道。「到底在瞎扯什麼？」

赤楊心還沒來得及回答，絨毛球就朝松鴉羽跑過去，蹲在他旁邊，開始認真翻開臥鋪裡的蕨葉和青苔，尋找藏在裡面的刺。

「你眼睛看不見嗎？」他問道，同時直盯著松鴉羽的眼睛看。「瞎掉的感覺是什麼？為什麼會瞎了呢？」

松鴉羽張開嘴巴，但不是要回答他，赤楊心心想，**應該是想開口罵吧**，可是絨毛球繼續自顧自地說道，「是跟野獾打架瞎的嗎？還是狗？那條狗死了嗎？你的肚子有受傷嗎？傷得多嚴重？要不要我幫你揉一揉？」

松鴉羽轉頭過來，怒瞪著赤楊心，那雙盲眼彷彿看得到他。「等我病好了，我一定會宰了你。」他嘴裡嘀咕。

赤楊心退到後面去，一臉好笑，鬍鬚不停抽動，而且發現絲絨眼裡也有笑意。「我來幫妳弄床臥鋪，」他告訴她。「妳就可以好好睡一覺了。」

絲絨放下她叼進窩裡的那塊軟毛。「等一下吧，」她喵聲道。「看到你們這麼忙，我怎麼好意思躺在這裡休息。你有好多貓要照顧，我想幫你。」

赤楊心疑色地看她一眼，他不認為她具有足夠的知識可以協助部族裡的巫醫貓。

「我以前在外面流浪過一陣子，」絲絨繼續說道，顯然很清楚他猶豫的原因。「學會了照顧自己，也學了一點藥草和醫療方面的事情。如果你不介意，我很願意幫你照顧病貓，也讓自己發揮一點用處。」

赤楊心驚訝地眨眨眼睛，感激她的提議。「好吧，」他喵聲道。「那我先治療妳的傷口，妳才好幫我忙，但妳不能劇烈活動哦。」

「我知道。」絲絨同意。

赤楊心朝窩穴後面存放藥草的岩縫走去。他刻意繞過松鴉羽的臥鋪，絨毛球還在那裡跟他形容火災的情況。

「那火勢好大……烈焰衝得比我主人的窩穴都來得高！火花都噴到天空了……」

松鴉羽閉上眼睛，還用尾巴蓋住鼻子，假裝這一切都不存在。

赤楊心嘴裡叼了一截又粗又很黑的根回到絲絨這裡。「這是牛蒡根，」他告訴她。「妳把它嚼一嚼，但不要吞下去，我要把它做成藥泥來敷妳的傷口。」

絲絨嗅聞牛蒡根，舔舔它的尾端。「好苦。」

「如果妳要我來幫妳嚼，也可以。」赤楊心提議道。

「不用，我自己來。我想趁留在這裡的這段時間多學點新知識。」

赤楊心看著絲絨咬下一口牛蒡根，放進嘴裡嚼，忍不住開口問她。「所以妳不是一直都是寵物貓？」

「對啊，」絲絨回答，同時吐出一坨泥狀物。「我第一個主人離開的時候，沒有帶我走，所以我就流浪了一兩個季節，後來天氣變冷，我又找到了新的主人。」

「妳怎麼找到的？」赤楊心一邊把牛蒡根的藥泥塗在絲絨被燒傷的腿上，一邊問道。

絲絨輕笑出聲。「我就坐在牠們窩穴外面喵喵叫啊，等牠們出來的時候，我再裝出一副可憐兮兮的樣子。」她邊說邊抬起頭，眨著一雙大眼睛，露出可憐兮兮的表情。「很有效的。」

我相信一定有效，赤楊心心想兩腳獸怎麼可能抗拒得了這麼漂亮的貓。他心想，**跟她講話真舒服，但我最好還是回去工作了。**

「妳別動，」他喵聲道。「我要用蜘蛛絲幫妳把藥泥固定好。」

「我覺得好多了，」絲絨告訴他，如釋重負地嘆了口氣。「你一定是個很厲害的巫醫貓。」

赤楊心聽見松鴉羽從臥鋪那裡傳來的冷哼聲，不過他不以為意。

等到處理好絲絨腿上的傷口，赤楊心才去找還在外面等候他的兩隻貓，絲絨跟著他後面。

「妳能把刺拔出來嗎？」赤楊心問她。

「可以啊，沒問題。」絲絨回答。「如果你不介意的話？」她說道，同時用詢問的目光看了樺落一眼。

樺落一臉詫色，但還是坐了下來，伸出那隻被刺扎到的腿。「只要能擺脫那根討厭的刺，就算叫野獾幫我拔，我也願意。」他喵聲道。

赤楊心確定絲絨知道怎麼做之後，便朝櫻桃落轉過身去，這時栗紋從育兒室那裡緩步走了過來。

「薔光還好嗎？」赤楊心問她。

「她已經安頓好了。」棕色母貓回答道。「但我必須告訴你……剛剛在上面坑道的時候，我吐了，而且肚子現在很痛。」

哦，不，又一隻貓掛病號，赤楊心心想道，他大聲說：「妳得吃點水薄荷，還有……」

這時雲層破開，閃電突像爪子一樣猛地劈來，打斷他的話，強光刺眼到赤楊心幾乎半盲，他踉蹌踩進水塘，等到視線又變清楚時，竟看見橘色的衝天烈焰。

又失火了，只是這一次離營地更近，可怕的火光點亮了風族和河族領地上方的天空。

第十三章

嫩枝掌把頭從育兒室伸出來，查看眼前的暴風雨。她看見了營地盡頭的赤楊心正放聲大喊，音量蓋過岩坑裡不停迴盪的隆隆雷聲。

「棘星！棘星！」

雷族族長跳下亂石堆。

「又失火了！」赤楊心大喊道，衝到營地中央去找族長。「這次跟我先前看到的那一個不一樣，不是在絲絨住的兩腳獸巢穴方向，而是在湖的另一頭。我想風族或河族可能需要我們幫忙。」

嫩枝掌渾身顫抖，深信這就是星族警告過他們的那場風暴。她在月池看見的異象不斷在她腦海湧現。**是別族的營地被閃電打到嗎？**

長毛寵物貓絲絨從巫醫窩裡跑出來找赤楊心和棘星，驚駭地喵喵叫。等到雷聲漸息，嫩枝掌聽見他們的對話內容。

「如果赤楊心已經處理好妳的傷口，也許妳應該回兩腳獸那裡去，」棘星不客氣地說道。「因為要是有部族貓受傷，我們可能得騰出巫醫窩的空間。」

「不，他們不能走。」赤楊心反對道。「絲絨略懂醫療，要是火勢控制不住，可能有河族貓受傷，葉池和松鴉羽又都在生病，我們需要一些幫手。」

「好吧，你說得沒錯。」棘星勉強同意。「現在沒時間爭論了，我們得立刻前往救援。」

嫩枝掌衝進雨中，無視地上泥水四濺，一路衝到族長旁邊才剎住腳步。「我去！」她氣喘吁吁。

「還有我！」另一個聲音在她後面響起。

嫩枝掌回頭一看，發現鰭掌也跟了過來。她彈彈尾巴，打從心底欽佩這隻年輕公貓的勇氣。

棘星鑽進戰士窩，過了一會兒後帶著火花皮和雲雀歌出來，琥珀月和玫瑰瓣也緊跟在後面。

「我們也一起去。」玫瑰瓣大聲說道。

棘星帶隊出營，衝進林子裡，朝湖的方向奔去。林子裡幽黑到嫩枝掌幾乎看不到就在她前面的琥珀月的尾巴。滂沱大雨下的地面極為鬆軟，嫩枝掌費力奔跑，腳爪沾滿泥巴。她的腿好痛，只能仍奮力前進，腦海裡不斷浮現在月池看到的可怕畫面……燒焦的樹木和矮木叢，怒火漫燒，吞蝕營地。

我還以為我在月池看到的是雷族營地……原來我搞錯了。嫩枝掌如釋重負，慶幸是別族營地失火，但又有點內疚這種心理，擔心不知道是哪個部族出了事。

我看到的異象真的發生了嗎？我們會不會到得太遲了？

搜救隊從林子裡奔出來，抵達湖邊，這裡的路比較好走，雨勢也變小了，只剩下毛毛細雨。雲縫有月光斷續滲出。嫩枝掌本來鬆了口氣，但突然想到要靠大雨才可能撲滅火勢，現在雨變小了，火更不可能熄滅。

如今少了林子的遮擋，嫩枝掌終於能看清楚正在湖對岸肆虐的火勢，那兒離水邊不遠。**起火點不是在風族……是河族！看上去像是他們的營地！**

嫩枝掌沿著湖岸往前衝，這時瞄見三隻風族貓從高地上奔下來。他們一趨近，她立刻認出裡頭有金雀尾、夜雲和她的見習生斑掌。

「你們也是來查看火勢的嗎？」風族貓和雷族搜救隊一會合，金雀尾便氣喘吁吁地問道。「我們跟你們一起去，看起來情況很糟。」

兩支搜救隊立刻沿著岸邊疾奔，途中經過馬場。當他們抵達樹橋的橋頭時，已經清楚聽到前方的聲響：烈焰的呼嘯聲、貓兒驚叫和痛苦求救聲。乍聽到這些聲音，嫩枝掌難受到心都揪了起來，只能逼自己跑快一點。

搜救隊在小河邊界剎住腳步。嫩枝掌看到前方有一堵火牆，一棵橫倒在地的樹正熊熊燃燒，矮木叢和水邊乾枯的蘆葦無一倖免。火牆後方也是烈焰衝天，河族整座營地都深陷火海。

嫩枝掌愣在原地，驚見腦海裡的影像竟在眼前成真。**這就是星族警告我的事！**本來她還很慶幸不是雷族營地遭祝融光顧，但這種心理很快被眼前驚駭的場面吞沒。

這些都是部族貓！我們一定得救他們！

她看得到幾個暗色身影正在烈焰裡逃竄，其中幾隻跳進湖裡，游到安全地帶。但有另外幾隻受傷的貓兒和一名長老蜷縮水邊，無法水遁逃命。嫩枝掌瞄見霧星陪在一旁，顯然族長拒絕棄婦孺老弱跳水自保。

火勢還在漫延，就快燒到他們那裡，再過不久，便得面對跳湖求生或被火舌吞蝕這兩種選擇了。

「我們得想辦法救他們出來。」赤楊心大聲說道。

「他們願意讓我們救嗎？」金雀尾不安地喃喃說道。「他們會不會到時又氣我們出手干預？畢竟河族邊界還是封閉的。」

當然願意啊！你腦袋長虱子了嗎？嫩枝掌心想，怒火瞬間上身。**不管他們想不想被救，但你來這裡的目的不就是要救他們嗎？**

「我們一定得幫忙，」棘星斬釘截鐵地說道，怒目瞪著風族戰士。「身為一族之長的霧星，怎麼可能寧願看著自己的族貓喪命，也不接受救援？」

「可是要怎麼救？」琥珀月問道。「我們都不太會游泳，不游過去的話，那棵失火的樹擋住去路，根本無路可走。」

「我們一定得想個辦法。」赤楊心喵聲道，他環目四顧，發現河岸這頭的泥地上躺著一根木塊。「我們可以把木塊推進水裡，」他提議道，「就可以讓他們踩著木塊過來。」

「這主意好。」棘星稱許地點點頭。

「可是它好大塊。」琥珀月語氣存疑。「我們搬得動它嗎？」

「我們一起出力，應該搬得動。」棘星回答，很快地示意其他貓兒分立木塊兩側的尾端。「好，用力推！」他大吼一聲。

嫩枝掌用肩膀抵住木塊，但腳底一直打滑，木塊始終紋風不動。

太重了！她絕望地想道。

「再用力一點！」棘星再度喊道。

就在嫩枝掌準備放棄的時候，突然感覺木塊微微動了一下。「耶！」她尖聲喊道。

貓兒們大受鼓舞地更使勁地推它，木塊移動速度越來越快，最後推進河裡。赤楊心、夜雲和雲雀歌趕緊從尾端合力把它喬到正確位置，大夥兒再最後一次使力，終於橫過水面，伸到對岸。用盡力氣的嫩枝掌氣喘吁吁、渾身發抖，看見木塊長度剛好搆得到對岸。

感謝星族老天！她心想道。

鰭掌這時候爬上木塊的尾端，在上頭跳來跳去，搖動著半截尾巴。「看這裡！快過來我們這裡！」他對著被困的河族貓大叫。

河族長老苔皮瞄見了他，沒多久，被困的貓兒一隻隻穿過空地，爬上木塊，蹣跚地渡河過來，他們在沾滿泥巴的樹皮上危危顫顫地穩住身子，最後安全地跳上岸邊。

「謝謝你們！」苔皮踉蹌地步上岸，上氣不接下氣地說。「我還以為我們會被活活燒死。」

殿後的霧星向棘星垂頭致謝。「我代表所有河族貓向你致謝。」

嫩枝掌看著這群正在岸邊發抖的貓兒，好奇他們現在該怎麼辦。總不能逃過了火災，卻被凍死在這裡吧。更多河族貓兒過來與們會合，他們從湖裡一個個爬上來。但嫩枝掌注意到還是有些貓兒不見了。

其他貓兒呢？她心裡納悶。**哦，星族，求祢別讓他們被燒死了。**

霧星和棘星正在商議事情，風族的夜雲也加入談話。霧星顯然很激動，爪子不斷縮張，嫩枝掌走過去想聽他們說什麼。

「我不會棄我的族貓於不顧。」霧星喵聲道。「有些貓兒到現在仍下落不明。」

「可是該到都到了，已經沒有貓兒再上岸了。」棘星很有耐心地勸說。

「我看見有幾隻朝別的方向逃了。」豆莢光打岔道。

「妳的族貓現在需要妳來帶領。」棘星繼續說道。「如果不趕快幫他們找地方住，恐怕會凍死。妳可以帶他們先暫時跟我們回營地去。」

「我相信兔星也願意收容河族貓。」夜雲補充道。

霧星遲疑了一下，最後長嘆一聲。「你們說得沒錯，我們不能久留此處。」

「那我們走吧。」棘星喵聲道。「一些細節上的事，等晚一點再安排。」

河族族長開始集合她的部族貓，但還沒出發，嫩枝掌就聽到河對岸傳來絕望的叫聲。她霍地轉身，驚見一個河族見習生蹣跚地朝水邊跑來。嫩枝掌嚇得倒抽口氣，她看見她單側的毛髮都被火燒掉了，露出了底下的血肉。

她想要爬上那根木塊過河，但火勢已經延燒到木塊尾端，烈焰就在她眼前跳躍。

「救命啊！」年輕貓兒放聲大叫。「我上不去！」

「溫柔掌！」嫩枝掌後面有隻河族貓發出驚恐的尖叫聲，她沒有回頭去看是誰在喊。「不要，溫柔掌！」

離那根木塊最近的是嫩枝掌。其他貓兒還沒來得及反應，她就不管三七二十一地跳上木塊衝過去，再一個箭步躍過木塊盡頭的火舌，落地在布滿灰燼的熱燙地面上，痛得她嘶聲大叫。

年輕的見習生就蹲在她前面，痛苦地貼平耳朵，雙眼緊閉。

「別怕，」嫩枝掌向她保證。「我會救妳出去。」

她張嘴叼起她的頸背，對準木塊，把她像鞦韆一樣先往後一提，再用力往前一甩，見習生立刻被她拋到火舌外面。

溫柔掌驚恐大叫，四肢落地在木塊上，但溼滑的表面害她打滑，嫩枝掌緊張屏息，以為她會掉進河裡。

但溫柔掌及時把爪子戳進木塊，穩住身子，快步過河。閃皮和霧星在木塊盡頭的對岸迎接她，不停舔她耳朵。

嫩枝掌瞄見赤楊心站在木塊的另一頭緊張地朝她大喊：「嫩枝掌，快回來！」

「我來了！」嫩枝掌大聲回答。

她硬起頭皮，先往後退幾步，再往木塊衝過去，後腿一蹬，騰空飛起……她感覺得到下方火舌的炙熱，那一瞬間，她以為她擊敗了它，但就在她要落地的剎那，突然感覺到有熱氣爆開，灼燒她其中一隻後腿。

嫩枝掌痛苦大叫，撞上木塊，四隻腳爪一陣抓扒，就發現自己往旁邊滑了下去。沒多久，冰冷的河水從四面八方湧上來，淹沒她的頭顱。她沉下去的那一刻，仍聽見赤楊心放聲大喊：「不要！」

嫩枝掌在水底下盲目掙扎，完全失去方向感，突然頭顱破出水面，她大口喘著粗氣，不停地拍打四肢，試圖划向岸邊。但這裡的水流比風族邊界的小河強勁，水深也較深。河岸似乎以極快的速度從她眼前掠過。

我會被沖進湖裡，到時就再也回不來了！

她瞥見赤楊心沿著河岸一路追著她，也聽見霧星放聲大叫：「赤楊心，你不會游泳，不要跳下去，免得我們還得一次救兩個！」

嫩枝掌體力漸失，浸了水的毛髮不斷把她往水底拖。她的掙扎越來越無力。就在她又沉下去時，看見閃皮和錦葵鼻跳進水裡，後面還跟著一隻體型較小的貓。

鰭掌？不要！

閃皮和錦葵鼻在水裡抓住了嫩枝掌，從兩側將她撐出水面，拖著她往岸邊划。鰭掌游在她前面，不斷出聲鼓勵。嫩枝掌不敢相信水裡的他竟如魚得水。「妳會沒事的，嫩枝掌，我們不會讓妳淹死的。」

等他們游抵岸邊時，赤楊心已經等在那裡，他趕忙低下身子，張嘴咬住嫩枝掌的頸背，幫忙拖上岸。

「妳還好嗎？」他追問道。

嫩枝掌無力地點點頭，想說些話，卻咳出一大口水。「謝謝你們。」她喘著粗氣，終於又可以呼吸。「鰭掌，我怎麼不知道你這麼會游泳。」

鰭掌聳聳肩。「我出生在湖邊啊，」他回答道。「不是所有貓都會游泳嗎？」

霧星輕笑。「也許你應該改當河族貓。」她告訴鰭掌。

「想都別想，」赤楊心駁斥道。「他是我們的。」

棘星快步過來，炯炯有神的琥珀色眼睛甚為稱許地低頭看著鰭掌和嫩枝掌。「鰭掌真是讓我大開眼界，」他低聲道，「至於妳，嫩枝掌，妳真勇敢。」

「是啊，」霧星附和道，低下身子用鼻子輕觸嫩枝掌的頭。「我由衷感激。」

嫩枝掌蹣跚站了起來，感到自豪。這時她的目光越過霧星，竟發現河族營地仍有熊熊火光。

星族接下來還會給我們什麼挑戰？她不安地想道，**我們的麻煩還沒結束……絕對還沒，而且天知道接下來的情況會有多糟？**

第十四章

林子上方瞬間出現刺眼的閃電，紫羅蘭光本能地眨了眨眼睛，林間就又回到原來的微暗天色。緊接著頭頂上方轟雷作響，嚇得她皺起眉頭，雷聲持續迴盪林間，她的整個頭好像也跟著嗡嗚作響。

「什麼狐狸屎啊！」狩獵隊的隊長沙鼻惱怒地吼道，這時雷聲漸漸消失。「我差點就抓到那隻黑鳥，都是閃電害的。」

馬蓋先聽見雷聲，眉頭緊皺，剛抓到的老鼠被他丟在地上。「也許我們該回去了。」他提議道。

但他話還沒說完，紫羅蘭光便感覺到強風大作，頭上樹枝嘎嘎作響，枯葉半空飛舞。三隻貓兒緊張地互看一眼。

「我想你說得對。」沙鼻喵聲道。「我們先把抓到的獵物帶回營地，看來快有暴風雨了。」

紫羅蘭光抬頭瞥看，烏雲正在聚攏，遮住夕陽，林子籠罩在詭異的暮色中。幾顆冰冷的雨滴滴在身上，她不由得全身發抖。

預言內容猶如不速之客偷偷爬進她的思緒裡：**黑暗的天空絕非風暴的前兆**。

這個凶惡的預言令她想起四分之一個月前她跟水塘光向褐皮所做的提議。她知道水塘光不確定影族該不該再重新崛起，也不知道星族支不支持褐皮擔任族長。

我們會不會做錯了？紫羅蘭光不由得懷疑，一想及此，全身不禁發抖，**這場暴風雨**

是在警告我們嗎？難道我們來不及阻止了嗎？

馬蓋先再度拾起老鼠，紫羅蘭光也拿起她剛藏在橡樹根裡的松鼠。沙鼻則去取另一隻老鼠和畫眉鳥。三隻貓兒帶著獵物轉身朝天族營地快步走去，雨越下越大，雨水啪答啪答地打在樹冠上。還好貓兒走在林子底下，免於被雨彈襲擊，不過只要有風揚起，枝葉搖擺，紫羅蘭光還是會被冷不防滴到的冰冷雨水給嚇一跳。

走在沙鼻後面的她，這時不經意瞄見幾條狐狸身之外的林間有金色身影閃現。紫羅蘭光停下腳步，朝那方向盯看，一臉疑惑地抽動鬍鬚。

那是光滑鬚嗎？她反問自己，**她要去哪裡？為什麼只有她一個？**

雖然戰士可以獨自出來狩獵或者是出外走走，但風雨越來越大，這時候出營未免有點奇怪。

但紫羅蘭光聳了聳肩，**心想也許那不是光滑鬚，就算是，她要做什麼，也不關我的事，不過等暴風雨停了，我最好得跟葉星報告一下。**

「紫羅蘭光，」沙鼻轉頭朝她喊道，「妳到底要不要走啊？還是妳想淋得一身溼再回去？」

紫羅蘭光趕緊追上他們。但離營地越近，她就越不安，就像鑽進荊棘叢裡那樣總覺得全身微微刺癢。她知道絕對不是因為她意外看見光滑鬚偷溜出去，可是她又想不出任何原因。

我到底怎麼了？她反問自己。

然而就在快走到營地前面的蕨叢圍籬時，紫羅蘭光突然明白了，**是樹！希望他沒有離開，還在營地裡！**

她鑽進營地，從通道擠了出來，渾身溼透地走進空地，一眼瞄見那隻肌肉結實的黃色公貓正蹲在一座大圓石底下避雨，雀皮和花心在他旁邊，這才如釋重負。

四周的天族貓似乎如常運轉。有幾隻貓兒聚在生鮮獵物堆那裡，鷹翅正在召集隊伍，準備出發。雨勢已經變小，但貓兒們的毛髮仍不時被風吹亂。

紫羅蘭光蹦蹦跳跳地穿過營地去找樹，中途只停下來把松鼠放進生鮮獵物堆裡。「你還好嗎？」她問道。

樹張大嘴巴，打了個呵欠。「很好啊，」他終於回答，「我們都很好。」

「只要這場被星族詛咒的暴風雨不要太過份，就還算好。」雀皮嘴裡嘀咕。

結果這句話竟像一句暗號似的……營地突然狂風大作，樹葉、樹枝和地上殘屑全被掃進半空中。一顆沙石瞬間彈進她眼裡，痛得她眨了一下眼睛。營地周圍的松樹林在強風下搖來晃去，枝葉低垂。體型最小的見習生花掌竟被強風吹得四腳朝天，在半空中不停揮打四肢和尾巴，她的導師焦毛趕緊跳過去拉她起來。

育兒室傳來驚恐尖叫，剛從巫醫窩裡出來的水塘光趕緊奔過營地，衝去查看裡面的三隻母貓和她們的小貓。

「快找掩護！」葉星從族長窩裡出來，大聲下令，「大家都待在營地裡，不准外出。」

她的命令幾乎被呼嘯的風聲和松樹枝葉的拍打聲吞沒。這時強風又起，紫羅蘭光招架不住，一路退到大圓石底下，躲在樹的旁邊，緊接著頭頂上方傳來劈啪碎裂聲。

紫羅蘭光把頭探出去看，發現有棵松樹上面的樹頭被吹斷，在半空中搖搖欲墜，然後就朝營地砸了下來。

「不要，星族！」樹頭砰地一聲撞進見習生窩的窩頂，震耳欲聾，荊棘牆面瞬間壓垮，塵土飛揚。過了好一會兒，混亂的場面才漸趨平靜，

紫羅蘭光按壓下驚慌的情緒，奔過營地，衝向被毀的窩穴，樹、雀皮和花心緊跟在後。其他族貓也在鷹翅的指揮下圍了上來，大聲呼喊見習生的名字。「花掌！螺紋掌！蛇掌！蘆葦掌！露掌！」

葉星也跳進營地中央，抬高音量蓋過風聲地放聲大吼：「見習生！全數過來找我報到！」

紫羅蘭光環目四顧，看見年輕貓兒一隻隻奔向他們的族長，花掌還不停地甩著身子，想擺脫身上的沙土。她屏息地默默計算，直到確定空地上所有見習生都平安無事才鬆了口氣，也看見葉星原本緊繃的肩膀終於鬆懈下來。

「感謝星族老天！」葉星大聲說道。「好，大家都去找地方躲，見習生，你們先暫時跟戰士們住在一起。」

「太棒了！」螺紋掌瞪大眼睛。「我們將來一定也是很厲害的戰士！」

等到他們被派去重建的自己窩穴，就不會這麼說了！紫羅蘭光心想道。

她頂著強風，朝戰士窩走去，這時爆發石突然大喊：「等一下！」

紫羅蘭光轉頭看見他正瞪著營地外面，朝湖的方向張望。

「我聞到煙味！」他大聲說道，「天空有紅色火光！」

紫羅蘭光張嘴嗅聞空氣，發現味道嗆鼻。於是循著爆發石的目光遠望過去，看見紅色火光閃現，甚至聞到些許煙味，只是不時會被強風吹散。

「八成是被閃電擊中，引發火災，」鷹翅喵聲道。「會不會是其中一個部族的營地著火？」

她父親的話令紫羅蘭光頓時驚慌。因為她想起她姊姊告訴過她的異象……營地被大火肆虐。**是雷族嗎？**她反問自己，**哦，不……嫩枝掌！**

「此刻不宜外出搜索，」葉星回答她的副族長。「現在的風雨太大，我們必須先找掩護，等風雨停了，再修復見習生窩和派出搜救隊去查探其他部族的災情。」

有幾隻天族貓已經回到自己的窩穴，其他的也都服從族長的命令各自去找地方避險。只有那些曾是影族貓的戰士原地不動，不安地蠕動著腳。紫羅蘭光注意到，**光滑鬚沒有在裡面。**

「快進窩裡！」葉星吼道。「你們腦子裡長蜜蜂了嗎？」

褐皮上前一步，對她恭敬地垂下頭來。「也許天族的做法不一樣，」她開口道，「可能是因為你們還不習慣附近住有其他部族，但若有別族需要援助，我們都不會坐視不管。」

紫羅蘭光看到玳瑁色母貓的綠色眼睛裡有智慧的黠光閃現，猶如一位睿智的族長。

我們沒有做錯，她心想，**褐皮一定可以成為很強的影族族長**。

但葉星卻怒瞪褐皮。「妳是在暗示天族不如影族，不顧其他部族的死活嗎？」她憤怒地呸口道，「妳錯了，我們也很關心其他部族，但我的第一優先是天族……褐皮，如果妳不健忘的話，別忘了妳現在是天族貓。我命令妳立刻回窩穴去。」

場面陷入尷尬，紫羅蘭光覺得時間好像變得沒有盡頭，褐皮仍站在原地不動。風雨漸小，他們的毛髮仍然被風吹得凌亂不堪，但雨勢稍微緩和，冰涼的雨水打在他們臉上，天色也依舊暗沉。

暴風雨隨時會再回來，紫羅蘭光心想。

「葉星，恕我無法服從妳的命令，」褐皮回應她的族長。「我必須去查看火災點，看是哪個部族需要援手。」

「我也去。」刺柏爪跟著說，也站到褐皮旁邊。

花楸爪也站了過去。「還有我。」

紫羅蘭光天人交戰。她很想服從族長的命令，但又覺得褐皮的立場是對的，她自己也何嘗不擔心她姊姊。

她看了站在旁邊的鷹翅一眼。「我很擔心嫩枝掌。」她低聲說道。

她的父親點點頭。「葉星，我無意冒犯，」他開口道，「但我有個女兒在別族，我得去查探一下火災點在哪裡，確定嫩枝掌沒事才行。」

「我也想去。」紫羅蘭光喵聲道。

葉星注視著她們，眼裡有理解也有惱怒。紫羅蘭光看得出來她的掛慮。「你們是拿自己的性命在冒險。」她直言道。

「我知道，」鷹翅回答，「我們一定會很小心。」

葉星遲疑了一下，最後長嘆一聲，勉強點頭同意。「很好，鷹翅，就由你來帶隊。」她宣布道，同時狠瞪了褐皮一眼。

搜救隊朝林子出發，紫羅蘭光快步跟在她父親和褐皮後面。夜色已經降臨，只有些許月光滲入林間，照亮眼前的路。

褐皮看了天族副族長一眼，表情內疚。

「我不是有意不聽命於葉星，」她說道。「我只是想確定其他部族安全無虞。」

鷹翅的目光直視前方，沒有看她。「妳必須想清楚誰才是族長，」他告訴她。「是葉星？還是妳？因為現在，我們根本不像一個部族，而是像兩個部族同住一個營地。這對天族來說並不公平。」

鷹翅這番唐突的指責令褐皮很是愕然。她放慢腳步，退到花楸爪旁邊。紫羅蘭光從她身邊經過，同情地看她一眼，取而代之她的位置。

我知道褐皮只是想做對的事情，她心想，**她也說過，只要星族同意，她願意接任影族族長。**

但紫羅蘭光也知道水塘光到現在都還在等候星族的旨意，可是上次的半月集會並未得到任何指示。

褐皮目前的處境其實挺尷尬的。

紫羅蘭光並不確定影族該不該再度振作崛起，但這場風暴正在告訴部族貓，星族並不滿意目前的現況，可是就算風雨持續再久，部族貓也還是搞不懂星族究竟要影族做什麼或者說要曾是影族戰士的貓兒們做什麼。

為什麼星族不能直說祂們想要什麼呢？就像樹一樣……有話直說？

鷹翅這時突然開口，打斷紫羅蘭光的思緒。「妳的戰士生活還習慣嗎？」他問道。

「我知道妳很想念嫩枝掌。」

紫羅蘭光點點頭。「戰士生活是很棒，」她回答道，「但我其實更希望嫩枝掌能跟我們住在一起。以前我以為我們會在同一個部族升格為戰士，那時我好開心。」

「我也很想她，」鷹翅附和。「但我覺得她做了正確的決定。她在雷族比較自在。」

「但願如此，」紫羅蘭光低聲道。「我希望她平安無事。」

「我也希望。」鷹翅急切地說道，同時眼神溫暖地看了紫羅蘭光一眼，然後又接著說：「妳已經在天族找到自己的位置了吧？」

「應該吧，」紫羅蘭光回答：「我覺得很棒，因為……」

「我想妳也幫自己找到歸宿了吧？」

紫羅蘭光頓時全身發燙，尷尬不已。「我不知道你在說什麼。」她喃喃自語，但她其實很清楚她父親話中的含意。

「我看見妳跟樹走得很近，」鷹翅繼續說道，語氣帶著興味。「我很為你們兩個感到高興。樹是有點怪，不過我覺得他心腸很好，未來應該會是個好爸爸。」

紫羅蘭光更尷尬了，但同時又很高興她父親對樹的稱許。**不過我現在還不想跟他談什麼生小貓的事，未免太早了！**

她巴不得換個話題，但還沒想到該換什麼，鷹翅就突然止住腳步，用尾巴指著某個方向。「你們看！」他大聲說道。「我們現在看得到火災點了，是從河族領地那裡來的。快走！」他催促道，同時回頭看了後面的影族貓一眼。

鷹翅加快腳步，搜索隊疾奔穿過林子。紫羅蘭光看到前方有火舌跳躍，快趨近時，甚至聽得到火焰劈啪作響和貓兒驚慌失措的尖叫聲。

「動作快點！」鷹翅大喊。

等到他們從半橋附近的林子裡衝出來，穿過小條的轟雷路時，火焰聲已經漸息。紫羅蘭光望著前方，也就是河族營地的方向，發現仍有餘燼悶燒，黑煙瀰漫，有一小群貓擠在湖邊。

怎麼只有幾隻而已？紫羅蘭光心想，恐懼像冰冷的爪子攫住她，**我們是不是來晚了一步？**

她在湖邊剎住腳步，氣喘吁吁，這時河族副族長蘆葦鬚蹒跚走了過來，向鷹翅垂頭致意。

「發生什麼事了？」鷹翅問道。「霧星呢？」

「有棵樹被閃電劈到起火燃燒，」蘆葦鬚回答，眼神惶然不安，全身毛髮豎得筆直。「砸到我們的營地，我現在也不知道霧星在哪裡。」

柳光一跛一跛地走過來站在蘆葦鬚旁邊。「我猜她跟其他河族貓從另一個方向逃了，應該是往風族的方向。」她回答。「哦，星族老天，希望我猜得沒錯。」

「需要我們幫什麼忙嗎？」鷹翅問道。

蘆葦鬚和柳光互看一眼，兩隻貓兒都有點不知所措。

「我們需要一個暫時的棲身之所。」蘆葦鬚最後回答。

「還有幫忙我們治療受傷的貓兒，」柳光補充道。「大火燒毀了河族庫存的藥草，蛾翅為了搶救藥草，嚴重受傷。」

紫羅蘭光的目光越過她，瞄見金黃色的巫醫貓直挺挺地躺在地上，她頓時心疼地肚子都揪了起來。蛾翅全身軟癱，動也不動，看上去像是死了一樣。

她好勇敢！為了幫部族搶救藥草，連命都不顧。

鷹翅正在和影族貓商討該怎麼幫忙，紫羅蘭光則沿著水岸遠眺，發現火勢漸熄，水邊只剩下焦黑的灰燼。但在邊界那條河的對岸，她看到幾個小小的暗色身影在走動，但又不時被縹渺的煙霧掩蓋。

「你們快看！」她喊道。

蘆葦鬚趕緊轉身，如釋重負地大叫一聲。「那是我們的族貓！」

他突然精力百倍，沿著水邊衝過去，完全不在意地上仍有悶燒的樹皮和樹枝餘燼。其他河族貓也追著他跑，鷹翅則小心翼翼地跟在後面。

他們一趨近，紫羅蘭光立刻認出霧星也在河對面的貓群裡，其他河族貓也在裡頭。他們多數站著，只有幾隻躺在地上，顯然受傷了。

但至少他們是安全的，紫羅蘭光心想。

這時她看見更多貓兒聚攏過來，她瞄見棘星、琥珀月、雲雀歌，以及其他雷族和風族戰士。其中有一隻灰色貓兒的苗條身影異常熟悉，**是嫩枝掌！**她發現她了，心情雀躍無比。

「真是標準的雷族貓，」刺柏爪在她後面咕噥道。「什麼事都要插幾根鬍鬚進來。」

紫羅蘭光沒理他。她跳到前面，走到邊界小河的水邊，朝她姊姊大喊：「嫩枝掌，妳還好嗎？」

嫩枝掌跌跌撞撞地也走到水邊，身上黏著溼淋淋的毛髮。三隻腳一拐一拐的，看起來筋疲力竭。

「妳怎麼了？」紫羅蘭光問道，她擔心她姊姊。

「嫩枝掌是英雄，」赤楊心快步走到水邊回答。「她救了溫柔掌。」

「真的嗎？太棒了。」紫羅蘭光大聲喊道。她看到有一隻體型嬌小的暗灰色河族見習生蹲在河邊，看起來很糟，但滿是感激地望著嫩枝掌。

來到紫羅蘭光旁邊的鷹翅也出聲讚美。「嫩枝掌，我以妳為榮。」他喵聲道。

嫩枝掌的腿在發抖，她低下頭，不好意思地舔舔胸毛，但兩眼炯亮。「我只是做了任何貓兒都會做的事。」她低聲道。

這時棘星也上前一步，跟剛趕來救援的貓兒垂頭致謝。「我們正在討論接下來該怎麼做。」他解釋道。「雷族和風族打算各帶一些河族貓回營地暫時休養。」

「這太鼠腦袋了。」褐皮突然打斷。

雖然紫羅蘭光知道褐皮是棘星的姊姊，但仍然很訝異竟然有戰士敢當面說族長是個鼠腦袋。

「要是河族需要有個臨時的地方可以住，」褐皮繼續說道，「也應該住在影族的舊營地啊。反正那裡空著，而且也比較近，他們……」

她突然止住，沒再說下去，還瞄了旁邊的鷹翅一眼，後者抽動鬍鬚回應她，彷彿在說，**這裡輪不到妳來提議**。

過了一會兒，鷹翅微微點頭。「這聽起來很合理，」他喵聲道。「你們可以待在那裡，直到營地回復原狀為止……我是說如果葉星同意的話。」

霧星對他感激地眨眨眼。「謝謝你，」她回答道。「河族永遠不會忘記這一天。」

河族族長開始集合她的族貓，紫羅蘭光心裡無比喜悅，她相信河族閉關自守的日子終於結束。

✦✦✦

當紫羅蘭光跟著鷹翅走進天族營地時，心裡不由得忐忑起來，河族貓跟在她後面擠了進來。

葉星已經漸漸失去耐心，不知道她對這件事會有何看法？

紫羅蘭光和其他貓兒進了營地，發現空地中央空盪盪的，但他們的聲響立刻引來多隻貓兒從戰士窩裡探頭出來查看究竟。沒過多久，大家就全來到空地，瞪著那一大群外族的貓兒看。

「我的星族老天啊！」雀皮大聲嚷嚷著。「我們哪有那麼多空間來容納這麼多貓啊？」

沒有貓兒回答他。葉星從窩穴裡出來，越過雪松樹的樹根，與鷹翅和霧星在溪邊會合，這時現場開始出現竊竊私語聲，都在等著看葉星如何處置。

「妳好，葉星。」霧星喵聲道，垂首以示最深的敬意。

「妳好。」葉星回答，同時煩躁地彈動尾巴，隨即追問鷹翅：「這是怎麼回事？」

紫羅蘭光覺得她的族長看起來很吃驚，而且當她掃視河族貓時，表情其實不是很高興。她開始擔心要是葉星拒絕提供他們臨時避難所，把他們全趕出天族領地，不知道會發生什麼事。

她不會這麼做吧？會嗎？

鷹翅開始跟她解釋他們是如何發現河族營地失火。「我覺得讓河族貓暫時住在影族營地裡，應該是個好主意，」他繼續說道。紫羅蘭光注意到他刻意不提這點子來自褐皮。「當然只是暫時性的，我希望妳不介意我的提議。」

「當然不會，」葉星回答。「我們先前受過這麼多部族的幫忙，現在也該由我們回報他們了。」

儘管葉星話說得客氣，但紫羅蘭光還是聽得出來她語氣帶有些許的尖刻。但不管怎麼樣，葉星還是向刺柏爪、貝拉葉和梅子柳示意。

「護送河族貓到影族舊營地，」她下令道，「看看他們需要什麼，幫他們準備一下。」

「葉星，我和我的族貓由衷感激妳，」霧星再度垂頭致謝。「我們欠妳一份情，妳不用擔心，我們不會在這裡待太久，造成你們的不便。」

葉星對霧星的話點頭致意，隨即補充說道：「真高興能再見到妳。」這次語氣溫暖多了。

河族貓在護送下魚貫穿過蕨叢通道，天族族長仍站在營地中央，等他們全都離去，才彈動耳朵，叫褐皮過來。紫羅蘭光感覺得到她們倆之間對峙的張力，就像另一場更可怕的暴風雨即將來襲。

「葉星，很抱歉，」褐皮開口道。「我當時並無意冒犯妳……」

「別再說了，」葉星語氣冰冷地打斷她。「褐皮，妳和其他曾是影族貓的同伴必須決定你們到底想要什麼：要影族還是天族？如果你們想重振影族，就必須離開天族領地。要是想待在天族，就絕對不准再質疑我的權威。」

褐皮的尾巴垂了下來。「當然，葉星。」她垂頭回答。

旁邊的貓群竊竊私語，聽起來都不是很開心，幾位舊影族戰士不安地互看彼此。

紫羅蘭光的目光搜向水塘光，巫醫貓看起來心煩意亂……跟她此刻的心情一樣。

我不覺得這件事會到此結束，紫羅蘭光心想道，**影族接下來究竟該怎麼辦呢？**

第十五章

天空雲彩單薄，稀落完全遮不住湖面上方那一輪明月。夜空沁涼，嫩枝掌跟著她的部族貓沿著湖邊緩步前進。自從大火肆虐河族營地後，又快過了半個月，她後腿的傷已經痊癒。

棘星帶隊走在最前面，松鼠飛隨行左右。葉池和赤楊心也跟來了，松鴉羽仍臥病在床。不過營地裡只剩他還在生病休養。嫩枝掌希望一切從此否極泰來。

她和族貓們渡過邊界的小河，沿著水邊穿過風族領地，心裡滿是期待，緊張到腳爪微微刺癢。

也許河族也會來！要是他們能來，那將會是這幾個月來河族貓首度參加的大集會。

她樂觀認定河族應該已經重新開放邊界，只不過她還是很好奇星族對湖邊最近發生的事有什麼看法。只是影族的未來仍懸而未決。嫩枝掌曾趁巡邏的空檔，在影族邊界與紫羅蘭光短暫交換過消息。當時她妹妹告訴她，天族戰士和舊影族戰士之間仍存在著某種對峙的張力。

我們熬過了暴風雨，嫩枝掌心想，**接下來又會遇到什麼呢？**

棘星帶著他的部族貓穿過矮木叢，進入小島中央的空地。其他部族都已經到了。嫩枝掌抬頭望向巨橡樹，發現霧星已經跟兔星和葉星一起棲在樹枝上。蘆葦鬚則和其他副族長相偕坐在樹根處。

嫩枝掌很高興河族貓回來了，但也不經意瞄見有幾隻別族的貓兒聚在一起低聲嘀咕，不時朝擠在空地盡頭的河族貓投以敵意的目光。她這才知道不是每隻貓都像她一樣歡迎河族回來。

「我還以為大家都會很高興見到河族回來。」她對跟她一起坐在接骨木樹蔭底下的鰭掌說道。

鰭掌聳聳肩，正要回答，卻被火花皮打斷。

「河族一開始就不該退出，」她的綠色眼睛瞪得斗大，很不客氣地說道。「現在他們自以為可以大搖大擺地回來，假裝一切都沒發生過？未免想得太美了吧。」

嫩枝掌被她導師的這番話搞得有點緊張，眼睛不停眨呀眨的。她不想跟她導師起爭執，因此當她看到棘星跳上巨橡樹，走到前面準備開會時，頓時覺得如釋重負。

「所有部族貓，大家好，」他開口道。「我在此歡迎霧星和河族貓回來加入我們。他們已經很久沒來了。」

雷族族長的這番話引起了在場幾隻貓兒的低聲抱怨，看來不是每隻貓兒都歡迎他們回來。不過棘星沒理會。

「雷族過得很好，」他繼續說道，「領地裡獵物不缺，我們多了四位見習生，莖掌的導師是玫瑰瓣，梅掌的導師是錢鼠鬚，殼掌的導師是蜂紋，鷹掌的導師是琥珀月。」

恭賀聲在空地上如雷響起，大家高聲吶喊新見習生的名號。四隻年輕貓兒兩眼炯亮地坐在原地，欣喜之餘又不免靦腆。

嫩枝掌想起幾天前他們的見習生命名大典，頓時有些嫉妒。她真希望她也能像他們一樣充滿熱情與鬥志。只是她自己的見習生生涯實在拖太久，久到她已經無法對訓練課程產生任何期待。不過她還是很為她的年輕族貓們感到高興，於是也跟著其他貓兒一起歡呼。

等到歡呼聲漸息，棘星才垂頭坐回原來的位置，揮動尾巴示意兔星接續。

「高地上的獵物豐沛，」風族族長向大家報告。「我們也多了兩名戰士，斑掌和煙掌現在的封號是斑翅和煙雲霧。」

「斑翅！煙雲霧！」

兔星趁兩位新戰士接受歡呼時退了回去，讓給葉星發言，後者等到歡呼聲歇止，才開口發言：「天族也多了兩位新戰士，」她大聲宣布：「露掌和蘆葦掌如今受封為露躍和蘆葦爪。」

嫩枝掌聽到天族族長發布的消息，心裡頓時一陣抽痛。**他們是跟我同期當上見習生的！**但這時她覺察到鰭掌正心疼地搓揉著她的腰腹。

「沒關係，」他低聲道。「很快就會輪到我們。」

嫩枝掌羞愧到幾乎無地自容。原來她的小心眼雖然沒有說出來，但臉上的表情洩露了一切。這兩位新戰士都是鰭掌的同胞手足，如果他都不在意，她又憑什麼抱怨。

這是我自己選擇的路，她提醒自己，**有一天，我一定會成為雷族戰士。**

「我沒事。」她低聲道，同時感激地舔了舔鰭掌的耳朵。

霧星這時走上前來，優雅地站在樹枝尾端向大家宣布河族的消息。

「感激大家幫忙我們逃過火劫，」她喵聲道，「也感激你們在我們營地被毀時提供暫時居住的避難所。我們現在準備重返部族，參與部族的所有活動。此外我們營地正在重建，若能提供援助，將十分感激。」

「太好了，」嫩枝掌大聲說道。「他們終於回來了。」

火花皮態度存疑地冷哼一聲。嫩枝掌感覺得出來她的導師並不像她那麼興奮。這時原本跟其他副族長坐在橡樹根那裡的風族副族長鴉羽站了起來。

「霧星，這真的太好了，」他開口道，但語氣刺耳，眼神不悅。「但我總覺得你們是在利用我們。你們先是跟我們斷絕關係，直到我們現身救了你們一命，你們才示好，現在你們需要我們幫忙，就又說要重返部族了。」

「是啊，還真巧。」焦毛也從天族那裡喊道。

霧星對鴉羽的質疑似乎並不生氣，反而恭敬地垂下頭。「鴉羽，你說的多少屬實，」她喵聲道。「我承認這時間點是有點尷尬。但其實在火災發生前，我們就已經決定要重返部族。」

「是喔！」火花皮嘴裡嘟囔。

嫩枝掌不耐地看了她的導師一眼。**大集會上要吵的事情已經太多了，別再來添亂。**

「在暗尾和那幫惡棍貓傷害了我們之後，我們需要時間自我內省和療傷。」霧星繼續說道，顯然沒有聽見火花皮的諷言，再不然就是故意置之不理。「不過現在我們決定重返部族，這段時間以來，我們學到了部族之間的團結是何等重要。」

河族族長這番話顯然令鴉羽感到滿意，後者對她點點頭，又坐了下來。不過帶有敵意的低語聲仍在持續。

「要是我們不讓你們回來呢？」一隻舊影族貓喊道，他的話引起零星的附和。

嫩枝掌能理解何以有些貓兒憤憤不平河族的退出和突然重返。但她還是覺得不讓他們回來的這種說法實在很鼠腦袋。

星族要求我們必須五族共榮……這是每隻貓兒都知道的事，她心想，**所以何必為難河族呢？**

棘星又走上前來，抬起尾巴要大家安靜，可是空地上的騷動聲始終沒有停歇，嫩枝掌抬眼望向月亮，以為星族會烏雲遮月，以示憤怒，但月亮還是安穩地掛在樹梢。

這時憤怒的低語聲突然變成連聲驚訝，嫩枝掌轉頭看見天族的樹站了起來。「這時機是有點怪，」他開口道，神情自若地對著大集會上的貓兒們侃侃說道，但有些貓兒根本還搞不清楚他是誰。「但你們真的不想要河族回來嗎？星族不是要五族共榮嗎？而且相信有一天當其他部族需要援手時，河族一定會泉湧以報。」

「我們當然會。」霧星附和道。

貓群陷入沉默。嫩枝掌不確定他們是因為覺得樹的話很有道理，還是被他的突然打斷給嚇到。

不過還是有些貓兒不以為然。

「他是誰啊？」風族的風皮質問道。「他不是惡棍貓嗎？」

「他以前是惡棍貓，現在也還不算是正式的部族貓！」刺爪補充道。「所以他憑什麼告訴我們，我們該怎麼做。」

嫩枝掌看見紫羅蘭光跳了起來，好像隨時準備衝上去吵架，但她還沒開口，葉星就從巨橡樹那裡抬高音量喊道

「樹不算是惡棍貓，」葉星解釋，「也不算是獨行貓。他住在天族已經有一個多月。我希望你們都還記得當初是他幫忙影族貓跟他們死去的族貓溝通。」她深吸一口氣，目光掃過空地，底下的貓群被她的氣勢震懾到，漸漸安靜下來。

「現在我有新的消息要宣布。樹和我討論過他想留在我們天族的事，我們決定設置一個新的職務，」她繼續說道。「他將是我們的斡旋貓……就像巫醫貓的工作是負責治癒受傷和生病的貓兒，樹的工作則是幫我們調停爭端。」

原本安靜下來的空地又陷入混亂。

「可是他不是部族貓。」

「是啊，他又不知道部族要怎麼運作，他的意見能聽嗎？」

「沒錯，他不是部族貓，」葉星語氣冷靜。「但我相信這一點反而有助於他更客觀地排解我們彼此之間的歧見。因為他總是能看到問題的核心，不像我們部族貓的想法過於僵化。」

「我看過他的調停技巧，」坐在副族長當中的鷹翅也開口說道，「他很擅長調解問題，總是能提出部族貓可能想不到的對策。」

「沒錯！」褐皮大聲喊道，嫩枝掌很驚訝她竟然也幫樹說話。

「我有個主意，」棘星大聲宣布，站到葉星旁邊。「我們可以給樹一段試用期，這有點像見習生的實習一樣。樹可以在這段期間試著幫忙解決眼前出現的各種爭端，我們也好親身體驗他的處理技巧。最後再由族長們決定要不要繼續用他。」

樹抬頭看著雷族族長，肩膀前後活動了一下。「大家不必有壓力啦。」他說道。現場陷入一片沉默。每隻貓兒的目光都落在樹身上。嫩枝掌不知道他剛剛那句話得不得體。

但這時雲尾突然放聲大笑，空地上的緊張氣氛頓時煙消雲散。貓兒們個個釋懷地抬起尾巴。嫩枝掌也鬆了口氣，她覺得樹以後可能會大受歡迎。**我想我們應該重用樹。**

「我覺得這方法合情合理，」葉星回應棘星的提議。「我很高興樹能在這樣的條件下加入我們天族。樹，我不能封你為戰士，但我很歡迎你加入我們的部族。你想要有戰士封號嗎？」

「不用了，樹就可以了，謝謝，」黃色公貓回答。「簡單明瞭，就像我一樣。」

「樹！樹！」

不是空地上的每隻貓兒都在為樹和他的新職務歡呼，但數量也算多到足以證明所有部族都已接納他。嫩枝掌瞄見紫羅蘭光高興地跳上跳下，一邊歡呼一邊揮動尾巴，眼神熱切。

赤楊心站起身來，走過去站在樹旁邊，這時歡呼聲漸漸停歇。「我同意樹剛剛說的話，」他開口道。「別忘了，預言告訴過我們，我們必須五族共榮，讓河族回來，至少代表我們已經有了四個部族。」

嫩枝掌注意到赤楊心在說這話的同時，有幾隻貓兒對花楸爪投以惱怒的目光，似乎是在怪他害他們少了第五個部族。但花楸爪和其他舊影族貓完全置之不理。

「所以河族回來了，」樹明快地宣布。「你們希望其它部族怎麼幫你們？」

「我們希望大家能來幫忙我們清裡營地上燒焦的殘屑，」霧星回答。「我們已經開始清理，但因為有太多貓兒受傷，所以清理的進度很慢。」

「我明天會派支隊伍過去，」棘星承諾道。「兔星，你可以後天接手嗎？葉星，大後天則輪到你們，這樣可以嗎？」

兩位族長表示同意，霧星感激地眨眨眼睛。「蛾翅為了搶救我們的藥草而受到重傷，」她繼續說道，「柳光要照顧太多受傷的貓兒，根本應付不過來。不知道你們有沒有巫醫貓……」

「我來好了，」葉池立刻提議。「我也會帶些藥草過去。」她停頓一下，環顧空地，眼神有微光閃爍，表情若有所思。「願星族照亮我們的前路，」她補充道。「從現在到永遠。」

大家的情緒總算沉澱，敵意消失，這時嫩枝掌瞄見她妹妹坐在樹旁邊，緊緊挨著他，瞪大著一雙大眼睛，滿臉崇拜地看著黃色公貓。

哦，嫩枝掌心想，**原來是這麼回事**。

第十六章

赤楊心小心翼翼地剝掉絲絨傷口上的藥泥，仔細嗅聞。「恢復得很好，」他喵聲道，「我想不用再敷藥了，讓傷口直接接觸新鮮空氣，會好得比較快。」

「現在已經不太痛了。」絲絨喵嗚道。「赤楊心，你實在很厲害。」

赤楊心不確定這話是否言過其實，覺得有點不太好意思，於是想改變話題，但最後還是絲絨先開口。

「大家都好訝異藤池怎麼在大集會那天晚上就生了。我們都沒料到。」

赤楊心點點頭，想到他從大集會回來時，竟發現松鴉羽已經接生完小貓，正在清理自己。

「生都生啦，」盲眼貓當時嘴裡嘟囔。「我也只能上場接生，而且我病都還沒完全好呢。」

赤楊心知道松鴉羽不是在抱怨他得抱病接生的事，而是擔心他可能傳染給藤池，或者更糟的是，傳染給新生的小貓。**或是黛西或薔光……**他心想。那時候煤心已經先帶著她的小貓到長老窩過夜，但其他兩隻母貓仍堅持留下來幫忙。

目前為止，大家看起來都健康無虞，赤楊心想道，**但我還是得小心提防他們的身體狀況。**

絲絨又在開口說話，他這才回神過來。

「部族生活真的跟我想像得不一樣，」她喵聲道。「絨毛球以前總讓我以為部族生活就是打打殺殺，但其實不然，你懂得如何治療貓兒，給他們無微不至的照顧，尤其是小貓和長老……」

「這是戰士守則的要求。」赤楊心回答。

但絲絨的這番話令他突然明白她對雷族的適應程度遠超出大家的預期。**原來我們有好多共通點**，他心想，**如果她決定留下來，那該有多好，我們就會有更多的相處時間。**

但赤楊心突然心生警覺，**我在想什麼?**他知道跟絲絨常碰面，不是件好事。他已經感覺到他正被她深深吸引，但這對一隻巫醫貓來說，是種忌諱。

更何況我們還有個松鴉羽老在旁邊虎視眈眈地監看。

盲眼貓正慢慢康復。赤楊心很清楚正蜷伏在臥鋪裡的他，眼睛雖然閉著，但耳朵可是豎得筆直，他和絲絨的每句對話都被他聽進耳裡。

別擔心，松鴉羽，赤楊心心想，**我不會做出任何不被允許的事。**

窩穴外的腳步聲使他分了神，沒多久，住在見習生窩的絨毛球蹦蹦跳跳地穿過荊棘簾幕，進到巫醫窩，嘴裡叼著一隻田鼠。

「你看，松鴉羽，」他開心地喊道，同時把田鼠放在松鴉羽的鼻子前面。「第一支狩獵隊已經回來了，我特地過去幫你挑了這隻田鼠。你最喜歡吃田鼠了，對吧？來，坐起來，我可以趁你吃的時候，順便幫你弄鬆臥鋪，那你就可以睡得舒舒服服的了。」

絨毛球吱吱喳喳說個不停，松鴉羽無奈地呻吟一聲，一屁股坐起來，表情惱火地甩掉身上的青苔和蕨葉。「我的病好了。」他突然大聲宣布。

「你確定?」赤楊心問道,強忍住笑意。「我覺得你的肚子還是有點漲氣,你最好再多休息一天。」

「不用,我完全好了。」松鴉羽堅稱道,然後狠狠瞪了赤楊心一眼,才低下頭咬了一大口田鼠肉。「我可以回來工作了,這表示從現在起我沒時間跟你們說話。」

「太好了,松鴉羽,」絨毛球大聲說道。「那我可以開始幫忙你做巫醫貓的工作了。」

「星族給我力量吧!」松鴉羽咬牙切齒地說道。「赤楊心,不要再像隻笨兔子一樣坐在那裡,快去育兒室。藤池生下小貓都已經三天了,你應該過去看看她了吧。」

說得好像我沒去看過一樣,赤楊心想道,強忍住心裡的不滿,**我知道他這麼說無非是不要我跟絲絨老黏在一起。**

可是赤楊心知道自己沒有權利抗議,於是勉強站起來,跟灰色母貓垂頭致意後,便走出窩外,後面仍不時傳來絨毛球興奮的尖銳嗓音。

「松鴉羽,我們可以去森林裡找藥草嗎?可以嗎?我知道我一定可以找到很多。」

育兒室在暴風雨過後已經完全修復,赤楊心進到育兒室,只見藤池蜷伏在臥鋪裡,三隻小貓全擠在她肚子旁邊,蕨歌坐在她身旁,一臉驕傲地低頭看著自己的孩子。

「我們已經幫他們取好名字了。」藤池告訴赤楊心。「淺灰色母貓叫做小鬃、暗灰色母貓叫做小竹,小虎斑公貓叫做小翻。」

「他們真可愛。」赤楊心喵嗚道，迎面撲來的育兒室奶香味令他心中的不滿瞬間消失大半。他很快地檢查了一下三隻小貓的身體。「他們長得很好，」他接著說道：「他們的胃口好嗎？」

「好的不得了。」藤池回答，眼裡閃著憐愛與笑意。

「我們太幸福了。」蕨歌說道。

藤池若有所思地眨眨眼睛。「你知道嗎，」她對赤楊心透露，「我本來很氣鴿翅的不告而別，因為我太想念她了，總覺得她背叛了我，但是現在，看著我的小貓……我想我終於懂這世上最重要的是什麼了。」

「我相信鴿翅這麼做一定有她的理由。」赤楊心喵聲道。

「我知道。我想她應該是跟虎心在一起。如果真是這樣，我可以接受，畢竟她已經離開了這麼久。」

「不過妳一定還是很想她。」赤楊心說道。

「是啊，」藤池回應，同時若有所思地嘆了口氣。「不過很奇怪……我經常夢到她……所以我有種感覺，有一天我們一定會再重逢。」

「但願如此。」赤楊心喵聲道，然後走到煤心那裡，後者正蜷伏在她自己的小貓旁邊，他們的體型和年紀都比藤池的小貓大。煤心一臉憐愛地看著藤池的小貓。赤楊心心想，**在照顧自己孩子的同時，還能同時陪伴孫子，這感覺真奇妙。**

「千萬別吵醒他們！」煤心懇求赤楊心。「我只有在他們睡著的時候，才能好好休息。」她用尾巴蓋住自己的小貓們。「不過就算被吵，我也心甘情願。」

「他們很活潑健康，」睡在育兒室另一頭的黛西這時插嘴說道。「一晃眼，他們就會是見習生了。」

「我們恐怕得把見習生窩改建得大一點。」赤楊心附和道。

他緩步走向薔光，後者直挺挺地躺在鋪滿青苔和蕨葉的臥鋪裡。他彎下身去嗅聞，竟聞到一股熟悉的酸腐味。

赤楊心驚愕不已，不敢出聲，但薔光還是被他的動作聲響驚醒，睜開了眼睛。

赤楊心更不安了，因為薔光兩眼無神，雖然試著撐起前腿，卻顯得無力。她身上有股酸腐味，赤楊心大概猜得出來是怎麼回事，一顆心沉到谷底。他心想，**她在坑道跟栗紋待在一起都沒被傳染到，怎麼現在竟被傳染了。**

「薔光，妳還好嗎？」他問道。

薔光遲疑了一下才回答。「不太好，」她終於承認。「我這兩天肚子一直很痛。」

「妳怎麼不告訴我？」

「我不想給你們添麻煩，」薔光回答。「我以為我只是吃壞肚子。」

「我是巫醫貓，本來就該被麻煩，」赤楊心直言道。「我們得馬上把妳搬回巫醫窩。」

他從育兒室探出頭，一眼瞄見刺爪和罌粟霜，示意他們趕快過來。「薔光不太舒服，」他告訴他們。「我們得把她搬回巫醫窩。」

他留下那兩名戰士去搬動薔光，自己先奔過營地跑回巫醫窩。**薔光一定是在松鴉羽幫藤池接生時被感染的，我們得快點把她搬離小貓住的地方。**

赤楊心鑽進荊棘簾幕時，絲絨正在臥鋪裡打瞌睡，松鴉羽則在窩穴後面岩縫那裡分類藥草。絨毛球在幫他。

「這是羊蹄葉，對吧？哦……不是……是艾菊。那這個是……不用告訴我……是貓薄荷？」

「是酸模。」松鴉羽斷聲說道。

他聽見赤楊心進來的聲響，立刻轉頭過來，似乎是在慶幸終於有誰可以過來幫他擺脫絨毛球。可是當赤楊心告訴他薔光肚子不舒服時，他立刻臉色大變。

「還好是在煤心、藤池或她們的小貓們染病前發現這件事，不然就慘了。」松鴉羽喵道，語氣很不安，八成是認定薔光的病倒，一定是他幫藤池接生時，傳染給她的。

「是啊，」赤楊心回答。「不過為了以防萬一，接下來這一兩天，我會小心觀察小貓們。」

刺爪和罌粟霜穿過荊棘簾幕，把薔光搬進窩裡，絲絨聽見聲響，立刻跳起來，趕緊拿出乾燥的蕨葉和青苔，幫她做了一床臥鋪。

「讓她躺在這裡，」她親切地說道。「這樣舒服嗎？臥鋪夠厚嗎？」

「很舒服，謝謝。」薔光回答，隨即嘆口氣，窩進臥鋪裡。「真的很不好意思，給你們添這麼多麻煩。」

「一點也不麻煩，」赤楊心告訴她。「這是我們的工作。現在我去拿點水薄荷給妳吃，馬上就會覺得舒服多了。」

「我去拿！」絨毛球自告奮勇地衝進庫房，回來時嘴裡叼了一小根枝葉。令赤楊心驚訝的是，他竟然沒拿錯。

「謝謝你，絨毛球，」絲絨從他那裡接過來，摘下葉子，放在薔光面前。「妳嚼爛之後再吞下去。」她告訴她。

接著絲絨還趁薔光舔食葉子的時候輕輕搓揉她。**她真的很棒**，赤楊心心想，**雖然她是寵物貓，卻很懂得照顧別隻貓兒。**絲絨像是感應到他的心思似的，抬起頭來，靦腆地看他一眼。赤楊心心裡頓時流過一股暖意，也忍不住回望她，哪怕他心裡清楚自己不該如此。

✦✦✦

赤楊心蹣跚爬出臥鋪，前去查探薔光，這時曙光正隔著荊棘簾幕滲進來。他還沒走近薔光，就知道不太對勁。他聽到她的呼吸很喘，間或有作嘔的聲音。

「薔光，妳不舒服怎麼不叫我？」他走到她身邊問道。

薔光費力地抬起頭看他，赤楊心這才驚覺到她非常虛弱……比昨天搬進來時的情況糟很多。

「我不想……麻煩你們。」她喘不過氣來，每個字都說得費力。

她快死了……赤楊心驚慌地心想到。

蕾光似乎有自知之明。她表情平和，兩眼明亮，彷彿已經看見星族璀燦的天堂。

「沒事的……赤楊心。」她粗嘎說道。「只是我該跟大家道別了。」

赤楊心趕緊點頭，跑去叫醒絲絨，用力搖她肩膀。

絲絨立刻被驚醒。「怎麼了？」她問道。

「蕾光不行了，」赤楊心喃喃說道。「快去找隻部族貓，叫他把她的親屬都找過來。」

絲絨驚恐地瞪大眼睛。「哦，不……」她立刻爬起來，鑽出窩穴。

赤楊心也把松鴉羽叫起床，告訴他這個壞消息。那當下松鴉羽動也不動，彷彿沒聽懂赤楊心在說什麼。

「蕾光不行了，松鴉羽。」赤楊心又重覆一遍。

「胡說，我不會讓她死的。」松鴉羽厲聲回答。

他爬了起來，跌跌撞撞地朝窩穴後方走去。**他的動作怎麼變得那麼笨拙……**赤楊心心想。他記得松鴉羽動作向來敏捷到貓兒們都覺得他不像盲眼貓。**原來他是真的慌了，只是不肯當面承認我們就快失去蕾光。**

他看見松鴉羽忙著把青苔浸到岩間的水澗裡，再拿給蕾光喝，於是自己趕忙轉身走出窩穴，朝通往族長窩穴的亂石堆走去。

營地正在灰色的曙光下漸漸甦醒。松鼠飛坐在戰士窩外，似乎原本正在籌畫晨間巡邏隊的事宜，有幾名戰士圍著絲絨聽她轉述消息。赤楊心聽見蜜妮心碎的哭號聲迴盪在岩坑裡，灰紋緊緊挨在她身邊。

棘星在赤楊心抵達族長窩時就醒了。赤楊心心想八成是蜜妮的哭聲驚醒了他。他立刻跳起來，緊張地縮張著腳爪。「出了什麼事？」他問道。

赤楊心回答：「是薔光，她病重，快不行了。」

棘星琥珀色的眼睛充滿悲傷。「我早就知道這一天遲早會降臨。她已經帶傷了這麼久，」他喵聲道。「但我還是覺得不捨。」

他帶頭步下營地，在戰士群裡穿梭，傾聽他們的悲痛，然後環顧四周，瞄見雲雀歌，用尾巴示意他過來。

「葉池也該回來跟薔光告別。」他告訴年輕戰士。「去叫她回來……先去影族營地找找看，那裡比河族近。」

雲雀歌點點頭，立刻衝了出去，並在見習生窩停了一下，找鰭掌一起去。

赤楊心留棘星在原地跟他的族貓談話，自己又回到巫醫窩。灰紋、蜜妮、花落和蜂紋全都來了。蜜妮蹲在她女兒旁邊，輕輕舔她耳朵，其他家屬則圍在旁邊。

「我不敢相信會發生這種事，」灰紋對赤楊心低聲說。「她一向堅強、勇敢……」

「我也很驚訝她怎麼突然病得這麼重，」赤楊心回答。「我想她一定不舒服了很久，都沒告訴我們。」

他心想，**她一直吃得不夠多**，他看見薔光費力地呼吸，毛髮底下的肋骨歷歷可見，**而且她行動不便，對她來說要對抗病魔，更是難上加難。**

赤楊心也不知道自己在巫醫窩裡待了多久，他聽見薔光的呼吸越來越弱。葉池不知道什麼時候悄悄鑽了進來，坐在松鴉羽旁邊，用尾巴圈住她兒子的肩膀。

後來嫩枝掌也來了，她嘴裡原本還喃喃說道：「赤楊心，你……」但一穿過荊棘簾幕，看見薔光病重，趕緊噤聲，悄悄爬了過來。

「哦，薔光，再會了，」她低聲道。「我小時候，妳那麼照顧我。」

薔光睜開眼睛，對嫩枝掌疼愛地眨了眨眼睛。「我們……有過一段很快樂的時光。」她粗啞著聲音說道。

蜜妮挨近她的女兒。「哦，我的寶貝，不要離開我們，」她喵聲道，聲音顫抖。「求妳不要離開我們。」

薔光抬眼看著她的母親。「別……擔心我，蜜妮，我……回到星族……就能跑跳和狩獵了。」

她的眼睛再度閉上，呼出了最後一口氣。蜜妮放聲哀號，灰紋和她的兩個同胞手足在旁邊緊緊相依。

他們互相安慰，哀傷的場面令赤楊心不忍卒睹。他跌跌撞撞走出窩穴，驚訝原來太陽已經下山，在坑地上投下陰暗的黑影。他的腿一軟，身子蹲了下去，抱頭痛哭。

過了一會兒，他發現松鴉羽也跟出來了，蹲在他旁邊，哽咽到呼吸急促短淺。「都是我害的，」他咆哮道，「一定是我去育兒室幫藤池接生時傳染給她的。我不應該接近她的。」

他的內疚和懊悔猶如巨爪朝赤楊心迎面撲來，他不得不暫時收拾起自己的傷痛。「這不是你的錯，」他語氣堅定地說道，「如果沒有巫醫貓幫忙接生，藤池和她的小貓恐怕熬不過來。再說，你也可以說這件事得怪我和葉池啊，我們不該單獨留你在營地。」

松鴉羽把頭轉向他，那雙盲眼激動地瞪著他。「我們都以為藤池的預產期還有幾天，」他承認道。「而且這也無法改變薔光因我而染病身亡的事實。我救不了她，」他又說道：「我們都救不了她。哦，星族啊，我們怎麼那麼沒用？」

「你盡力了，」赤楊心告訴他，並趕緊振作起自己，好安慰松鴉羽。「你為她做了那麼多，幫她設計了各種運動，還出了好多功課給她，讓她多活了好幾季。」

他原以為松鴉羽會回嗆他，沒想到他也低聲認同。「我真希望我能救活她。」他喵聲道。

「我也是啊，」赤楊心回答。「我也怪我自己……我應該早點發現她已經病重。」

「不，」松鴉羽斷然搖頭。「你是個好巫醫貓。我們也都沒發現啊。」

這時赤楊心驚覺後面有動靜，趕緊轉身，發現原來是葉池從巫醫窩裡出來，後面跟著正扛著薔光的灰紋和蜜妮。他們把她的屍體放在營地中央，其他族貓都圍了上來，為她守夜。

松鴉羽走過去與葉池會合，坐在薔光頭部的位置。赤楊心待在原地一會兒，才提起精神，再度面對他的族貓們。他的心原本好痛，但松鴉羽的那番話令他好過了一點。

松鴉羽以前曾誇過我……一兩次吧……但這是他第一次讓我真正相信有一天我可以成為一個出色的巫醫貓。

雷族貓繞著薔光的屍體參差圍成一圈，為她守夜。赤楊心加入他們，他聽到族貓們一個個站起來分享他們對她的想念。

「從小她就很疼我，」嫩枝掌大聲說道。「當時我很害怕，很想念我妹妹，雷族對我來說又很陌生，但薔光讓我覺得我可以幫助她，也使我對雷族有了歸屬感。」

她一說完，灰紋和蜜妮就站起來。蜜妮的聲音哽咽，最後是灰紋代她把話說完。「我們以她為榮，她堅強勇敢。哪怕無法走路，卻仍擁有一顆戰士的心。」

「沒錯，」花落站在她父母旁邊接著說道：「我希望我的孩子也能像薔光一樣樂觀堅強。」

他們坐了下來，這時松鴉羽站起來。「她從不放棄，」他開口說道。「她從……」他聲音哽咽，說不下去。

「她從不失去鬥志和她的幽默感，」赤楊心跳起來站在松鴉羽旁邊，接續說道。「她很特別。我們兩個都很想念她。不是因為我們常照顧她，而是因為她是我們的朋友。」

松鴉羽不住地點點頭。而且令赤楊心意外的是，絨毛球竟悄悄爬了過來，不發一語地坐在他旁邊。而更令他驚訝的是，他看見松鴉羽伸出尾巴，輕輕地觸碰薑黃色小公貓的肩膀。

黎明到來，坑地上的天色漸亮，天上的星族戰士一個接一個地閉上眼睛。葉池站了起來。

「薔光，願星族照亮妳的前路，」她喵聲道，用歷代巫醫貓為死者祈福的語言這樣說：「願妳找到美好的狩獵場，願妳奔馳如風，願妳有庇護所得以安眠。」她的話多少安慰了赤楊心，就像有道淺淺的陽光從陰暗的枝葉間滲出來。那當下，他似乎可以看見美麗的薔光正身手矯捷地馳騁在星族的長草地和林子裡。

葉池甫說完，灰紋和蜜妮便抬起薔光的屍體，準備扛到營地外面埋葬。他看著他們，再度被憂傷攫住。這是部族長老的傳統任務，只是這兩位長老剛好是薔光的父親與母親，所以看上去格外感傷。

等他們離開後，赤楊心才站起來，跌跌撞撞地走回窩穴，長時間守夜下來，他只覺得全身冰冷僵硬。他知道他有工作得做，但他疲累到根本想不起來有哪些工作。

絲絨來到他旁邊，領著他走回他的臥鋪。「你躺下來睡吧。」她喵聲道，同時輕輕地把他推進鋪著青苔和蕨葉的臥鋪裡。「在葉池和松鴉羽回來之前，我會幫忙看著巫醫窩。要是有貓兒需要你，我再叫醒你。但如果是一些小病小痛，我可以先幫你處理。」

「可是我應該……」赤楊心想開口反駁。

絲絨卻用尾巴摀住他的嘴。「讓我來照顧你吧。」她低聲說道。

這感覺真好，赤楊心迷迷糊糊地想道，漸漸陷入夢鄉。**難得……有貓兒可以照顧我……**

最後他只記得絲絨的香甜氣味在他四周縈繞。

第十七章

紫羅蘭光穿過蕨叢通道，進入天族營地，嘴裡叼著兩三隻老鼠。花楸爪和馬蓋先跟在她後面，也都叼著獵物，成果不錯。營地幾乎空盪盪的，因為今天輪到天族去幫河族重建災後營地。紫羅蘭光只看到蓍草葉蜷伏在育兒室附近一座岩石上，曬著太陽睡覺。

好像不太對，紫羅蘭光穿過營地把獵物放在生鮮獵物堆上時，心裡這樣想道。過了一會兒，她突然知道哪裡不對了。

蓍草葉的小貓呢？

紫羅蘭光隱約不安。她把頭伸進育兒室查探小貓們是否在裡面。卻只見微雲和雪鳥跟她們的小貓們縮成一團在打瞌睡，但小跳和小亞麻完全不見蹤影。

紫羅蘭光把頭縮回來，四處張望，還是沒在育兒室外面找到小貓們。**哦，星族，別讓他們走丟了。**

紫羅蘭光趕緊奔過營地，躍過小溪，跳上蓍草葉睡覺的那座岩石，用力戳了戳薑黃色母貓的腰側。

「蓍草葉……」

紫羅蘭光突然頓住。蓍草葉旁邊有一隻被吃了一半的老鼠，吃剩的鼠肉裡頭明顯有幾顆小黑點。

罌粟籽！紫羅蘭光忍住不讓自己發抖。以前她曾試圖用罌粟籽在暗尾和他幾個親信身上下毒，只是她不知道光滑鬚有偷看到。當時紫羅蘭光功虧一簣，害自己差點喪命。

因為它，針尾才會被殺害……

紫羅蘭光瞪著罌粟籽，愣在原地好一會兒。是誰在獵物裡下藥給蓍草葉吃？光滑鬚經常跟她在一起，但現在那隻黃色母貓不知去向。她是在學她以前的下藥伎倆嗎？紫羅蘭光突然想起暴風雨來襲那天，曾看見光滑鬚離開營地。

她在搞什麼鬼……究竟怎麼回事？我應該早點通報葉星的。

紫羅蘭光驚愕到全身冰冷。她又戳戳蓍草葉，母貓終於抬起頭來，用朦朧的眼神看著紫羅蘭光。「什麼事？」她問道，語調含糊不清。

「蓍草葉，妳的小貓呢？」紫羅蘭光緊張地問道。

蓍草葉坐起來，四下看了看。眼睛突然警覺地瞪大，藥效像是頓時解除了。

「我的小貓！」她驚慌地大叫。「我的小貓在哪裡？」她跳起來，踉蹌轉了一圈，試圖找小貓。「小跳！小亞麻！」

「蓍草葉，妳聽我說，」紫羅蘭光喵聲道。「光滑鬚剛剛在這裡嗎？」

「在啊，我們正在看小貓玩。」蓍草葉一頭霧水。

「是她拿這隻老鼠給妳吃的嗎？」

蓍草葉點點頭。「妳是說是光滑鬚帶走我的小貓？」她問道。「她絕對不會這麼做，她是我朋友。」

「妳確定？」紫羅蘭光問道。「別忘了她對暗尾有多忠心不二。有沒有可能她還在跟他的餘孽暗中來往，想報復影族？」

我從來就不相信光滑鬚，她是殺害針尾的幫凶，難道她一直在騙我們？

蓍草葉一臉茫然地瞪著她看，最後終於弄懂了怎麼回事。「哦，星族！」她哭號道。「光滑鬚帶走我的小貓，她把他們帶到哪兒去了？」

「我不知道，但我們一定會找到他們。」紫羅蘭光冷靜說道。她環顧四周，看見花楸爪和馬蓋先正在生鮮獵物堆旁分食松鼠，於是急揮尾巴，示意他們過來。

「怎麼了？」花楸爪問道。「蓍草葉為什麼這麼難過？」

紫羅蘭光向他們解釋蓍草葉是如何被下毒，吃了罌粟籽睡著，還有光滑鬚和小貓都不見了。「我們必須找到他們。」她結論道。

「我們一定會找到。」花楸爪喵聲道。「我們可以追蹤他們的氣味。」

他帶隊離開營地，紫羅蘭光和馬蓋先跟在後面，蓍草葉為了確定小貓安全，儘管腳步踉蹌，還是執意跟來。

第一個聞到光滑鬚氣味的是紫羅蘭光，那味道一直往影族舊營地延伸而去。裡頭也有小貓的氣味。

「這證明是她帶走小貓的，」花楸爪喵聲道，於是他們跟了上去。「她一定是編了故事，叫他們跟她一起去。」

「小貓們一直想到森林裡探險，」蓍草葉說道。「要是光滑鬚慫恿他們可以去，他們一定會答應。哦，星族……」她繼續說道：「希望她沒有傷害他們。」

「目前沒有，」紫羅蘭光安慰她。「沒有聞到恐懼的氣味。」**也沒有血跡或小貓的屍體**，她在心裡對自己說，**當初我們為什麼要信任光滑鬚？我早該知道她是暗尾那幫門徒裡頭最邪惡的一個。**

過了一會兒，那氣味就繞過影族營地，往洛基和塞爾達住的兩腳獸巢穴直通而去。**他們不會去那裡吧？**紫羅蘭光心想，**他們不會想跟兩腳獸攪和在一起吧？而且這路程對小貓來說也太遠了。**

這時馬蓋先在氣味線的邊緣地帶突然停下腳步。「我聞到其他貓的味道了！」他大聲喊道。

紫羅蘭光朝他跳過去，找到了他新發現的氣味。「沒錯，」她說。「有兩隻……不，是三隻貓。我不認得其中兩隻的味道……天啊，花楸爪，是褐皮！」

「什麼？」花楸爪朝他們跑過來，眼裡充滿疑慮和不解。「是她沒錯。」他嘴裡嘟囔，鼻子貼近林地，開始追蹤新的氣味。

這條氣味在幾條狐狸身以外的地方跟光滑鬚的合併，繼續往前延伸。

「褐皮！」蓍草葉厲聲說道，眼裡射出恨意。「當初她死也不讓我們回來。」

「不可能，」花楸爪粗啞說道。「我不相信。不管她對妳和光滑鬚有什麼意見，她都不可能去傷害小貓。」

「我也相信她不會，」紫羅蘭光附和道。「褐皮是一位可敬的戰士，她絕不會做出任何有違戰士守則的事。」**可是她來這裡做什麼？**

紫羅蘭光真希望樹也在這兒，但他跟著葉星去河族營地了，以防兩族之間出現什麼摩擦。**要是他在，一定知道如何處理這件事**，她苦惱地想道。

「你們知道嗎？」他們又追了幾條狐狸身的距離後，花楸爪突然說道：「我覺得我認得另外兩隻貓的氣味，只是一時之間還想不起來。」

「不會是暗尾手下的兩隻惡棍貓吧？」馬蓋先問道。「我聽說他們當中有幾隻僥倖逃走了。」

紫羅蘭光用力嗅聞那味道，最後搖搖頭。「不是惡棍貓，不然我一定聞得出來。」她回答，但全身不禁打起冷顫，因為她到現在都還記得跟暗尾和他那幫惡棍貓共同生活的那段可怕歲月。

她注意到氣味裡混雜著血腥味，心中默默祈禱這血腥味千萬不是來自於小貓。**這是貓血，不是獵物的**，她心想，**也許這些陌生貓打了起來，又或者是褐皮⋯⋯**

她的思緒被突然停下腳步的花楸爪打斷，他望著森林。「我知道了。」他大聲說道。

「知道什麼？」蓍草葉問道。

「我知道這通到哪裡去了。這條路是通到影族舊領地上的兩腳獸巢穴。而且我認出這氣味了，他們是那兩隻專吃腐肉的寵物貓。」

馬蓋先一臉不解。「光滑鬚把小貓帶到兩腳獸那裡？」

蓍草葉發出哭號，花楸爪只好用尾巴摀住她的嘴。

「安靜點，鼠腦袋！」他斷聲說道。「妳想讓他們知道我們到了嗎？」

「哦，我相信你們不想，」一個被逗樂的聲音在頭頂上方響起。「要是讓我們知道就慘了。」

紫羅蘭光抬頭看見有隻魁梧的黑白色公貓盤據在松樹的垂枝上。他有一隻耳朵破了，鼻子上有剛被抓破的傷痕，爪子孔武有力地鑿抓著樹皮。

「那是寵物貓嗎？」她倒抽口氣。

「你媽沒告訴過你我是何方神聖嗎？」大公貓不客氣地說道，語氣不再打趣。「要是你不乖，那隻兇惡的寵物貓就會來把你抓走哦！」

「他叫雅克！我們以前跟雅克還有他的朋友蘇珊有點過節，」花楸爪告訴紫羅蘭光。「不過那是在妳來森林之後，妳來了之後，我們已經在為暗尾的事傷透腦筋了。」

「我的小貓在你那裡嗎？」蓍草葉怯生生地問道。「求你放他們回來。」

「妳是跳蚤腦袋嗎？小貓沒在我這兒。」公貓冷笑道。「不過我知道他們在哪裡，你們想知道嗎？」

「求求你告訴我們。」

「好啊，」黑白色公貓在樹枝上站起來，弓起背，伸了個懶腰。「可是要是你們敢動我一根寒毛，我保證你們再也見不到小貓。」他從樹枝上跳下來，身手矯捷地落在花楸爪旁邊。紫羅蘭光聞到他身上的陌生氣味，不禁皺起鼻子。

「他們在那個方向。」公貓喵聲道，尾巴揮了揮。

紫羅蘭光和其他族貓跟著他繞過荊棘叢，再沿著一條蜿蜒在成排蕨叢裡的小徑走。這時她隔著蕨叢的縫隙看見一座被石牆環繞的兩腳獸窩穴，這才想起以前巡邏時，曾有幾回經過這裡。

可是大公貓並沒有往窩穴走去，反而繞過它，帶著族貓們往下走，直抵一處被金雀花叢遮住的岩坑。有水從岩間縫隙緩緩滴落，在岩坑底部形成一方小水塘。

水塘邊蹲伏著褐皮和另外兩隻貓。其中一隻是淺棕色的虎斑貓，紫羅蘭光從來沒見過，但她猜那一定就是可怕的蘇珊。而另一隻是她再熟悉不過的黑色母貓渡鴉，也是暗尾以前的黨羽。當初就是渡鴉壓制住她，讓她眼睜睜看著暗尾和光滑鬚在湖裡試圖淹死針尾。

紫羅蘭光也看見了水塘對岸的光滑鬚和蕁麻，後者也是暗尾以前的另一個手下，更曾是蓍草葉的伴侶貓。兩隻小貓在他們旁邊縮成一團，驚恐地瞪大眼睛，看著蕁麻。

「我的孩子！」蓍草葉倒抽口氣。

「蓍草葉！」小亞麻哭喊著，跳起來想跑過來，卻被蕁麻的腳爪隨手一拍給打趴在地上。

蓍草葉尖叫一聲，衝下坑地，抱住渾身顫抖的兩隻小貓。紫羅蘭光繃緊全身肌肉，準備隨時開戰，但蕁麻只是輕蔑地看她一眼。

「這些是我的小貓，」他告訴蓍草葉。「他們得跟著我。」

蓍草葉怒瞪著他，紫羅蘭光不免好奇怎麼會有母貓看上這麼可憎的蕁麻，找他當伴侶貓，甚至還跟他生了小貓。

黑白色寵物貓緩步走下坑地，坐在他朋友旁邊，花楸爪和同伴仍留在坡地上方。

「褐皮，到底怎麼回事？」花楸爪質問道。

「我也想知道啊，」褐皮低吼，瞇起憤怒的綠色眼睛。「葉星和其他族貓離開河族之後，光滑鬚就跑來問我要不要一起去狩獵。可是我們才走進森林，她就消失不見，然後那兩隻蜜蜂腦袋的貓就撲上來。」她朝寵物貓彈彈尾巴。「不過至少都被我狠狠地教訓過了。」

紫羅蘭光先前就注意到黑白色公貓鼻頭上的傷口，現在又看到虎斑色寵物貓身上有一邊的毛少了好幾坨。褐皮的單側肩膀則滲了一點血，就快要凝固。

感謝星族老天!紫羅蘭光心想，**褐皮是被挾持，不是叛徒!**

「我懂了，」花楸爪的語調裡出現一絲怒意。「所以我猜光滑鬚又折回營地把小貓拐了出來。動作很俐落嘛，不過我還是不懂你們挾持褐皮要做什麼。」

「哦，花楸爪，她是特別為你準備的。」光滑鬚站了起來，用一種洋洋得意的表情面對她以前的族長。「你從以前就是個軟弱的族長，我的成長過程會這麼悲慘都是你害的，就因為你沒辦法解決暗尾的問題，才會害我失去那麼多我所愛的貓兒。」

花楸爪垂下頭。「妳說得沒錯，」他承認道。「但我已經付出了代價。」

「還不夠，」光滑鬚的聲音兇惡。「現在我要展開復仇，我挾持了你最愛的貓兒……褐皮！」

花楸爪愣在原地，爪子在林地裡的腐葉堆上縮縮張張。「妳也許能騙她出來，但妳挾持不了她多久的。」他低吼道。

「不，我不會挾持她太久，因為我要殺了她。」光滑鬚說道。「而且要在你面前殺掉她。」

「妳有膽就試試看啊！」褐皮不客氣地嗆她。

「哦，我幹嘛試啊，」光滑鬚向她保證。「只要你們敢輕舉妄動，小貓就看不到明天的太陽了。」

「不！」蓍草葉吼道。

她試圖攬緊小貓們，但蕁麻推開她，居高臨下地站在兩個全身顫抖的小東西前面，不讓其他貓兒靠近。

「他會殺掉自己的小貓？」馬蓋先低聲道，語氣驚恐，不敢相信。「我知道暗尾的惡棍貓很可惡，卻沒想到可以喪盡天良到這種程度。」

那當下，蕁麻站著不發一語。然後紫羅蘭光就看見他把頭緩緩轉向花楸爪。

「有件事你倒是可以做，」他告訴前任族長，眼裡閃過一絲嘲弄。「你可以拿你的命來換褐皮的……只是我們都知道你軟弱到恐怕不敢犧牲自己來換她一條命吧。」

花楸爪挺起身子。紫羅蘭光屏住呼吸，以為他會說些什麼或做什麼，但花楸爪半晌兒都沒有回應。

紫羅蘭光的目光掃過坑地裡的每一隻貓，好奇要是開打了，會是什麼場面。在數量上，他們跟惡棍貓旗鼓相當，只除了蓍草葉在行動上應該會以保護小貓為優先。至於他們的對手……哪怕是惡棍貓……恐怕都不太好對付。

要是蕁麻打算殺了小貓，我們要怎麼救他們呢？

這時紫羅蘭光聽見花楸爪從嘴角低聲下達簡單指令。「等我下令。」

原來她的前任族長已經想好計畫，這念頭令紫羅蘭光精神一振，她全身繃緊待命，隨時準備撲上去，但也試著不露出任何表情，以免被惡棍貓識破。

「好，」花楸爪喵聲道。「蕁麻，我願意拿我的命來換，只要你先放了褐皮，讓蓍草葉帶小貓離開。」

「你當我鼠腦袋嗎？」蕁麻的眼神張狂。「褐皮可以走，但小貓是我的。蓍草葉再也不會見到他們。」

「蕁麻，算我求你，」花楸爪開口道，同時往坑地走了幾步。「我知道我是軟弱的族長……我讓暗尾和他的惡棍貓毀了我的部族，但他們所受的苦難應該由我來獨自承當。你想對我做什麼都行，這是我應得的報應。」

他順服地低下頭，尾巴垂在地上，看起來完全像是一隻軟弱又吃了敗仗的貓。紫羅蘭光看得到蕁麻和光滑鬚眼裡的鄙夷與自以為是。

「去救小貓，快！」

花楸爪的吼聲劃破空氣，同時猛地撲了上去，朝蕁麻泰山壓頂，將他從小貓旁邊撞開。蕁麻慘叫一聲，兩隻公貓扭成一團，尖牙利爪盡出，在坑地裡翻滾。光滑鬚見狀也跳上去，從後面攻擊花楸爪。

蓍草葉忙不迭地叼起小跳的頸背，褐皮也從水塘對面衝過來抓住小亞麻，兩隻母貓飛快衝上坑地邊坡，消失在矮木叢裡。

渡鴉和虎斑寵物貓一前一後地追了上去，但紫羅蘭光跳到前面攔下他們，馬蓋先也在旁邊。

「這一仗是為了針尾！」紫羅蘭光嘶聲吼道，撲上渡鴉，爪子戳進黑色母貓的肩膀，渡鴉在她的攻擊下腳爪一個打滑，兩隻貓在坡地上止不住剎車地往後滑了下去，最後紫羅蘭光撞上地上的突岩，痛得她喘不過氣來。

渡鴉那張臉眼露兇光地逼近。「暗尾當初應該殺了妳才對。」她齜牙低吼。

紫羅蘭光前爪一揮，算是回答她，她感覺得到她的利爪劃過渡鴉的肩膀。黑色母貓慘叫一聲，扭頭過來，尖牙對準紫羅蘭光的喉嚨就要狠咬。

紫羅蘭光往後彈開，提起後腿，對準渡鴉肚子一陣猛踢。她的對手在地上拚命掙扎，好不容易逃開。她得意洋洋地正要站起來追上去，有個東西突然從後面撞上她的頭，沉重地壓住她，她眼前一黑，摔在地上。

大公貓的聲音在她耳邊響起。「準備領死吧，妳這隻跳蚤貓！」

紫羅蘭光被他壓制在地，動彈不得，嘴裡全是毛，根本不能呼吸，後腿被利爪猛地一劃，一陣劇痛。她四周一片黑暗，彷彿被捲入無底深淵。

突然重量瞬間消失，她上氣不接下氣，呸出了一嘴毛，蹣跚站了起來，看見褐皮跟黑白色寵物貓扭打起來。

褐皮回來了！紫羅蘭光如釋重負。

寵物貓雖然塊頭大又孔武有力，但七零八落的打法，根本不是戰技矯健的褐皮的對手。她身手靈活地衝過來打他鼻子和肩膀幾拳，便又跳開，他完全來不及反應，也打不到她，來回了幾次之後，寵物貓終於受不了，轉身朝附近的兩腳獸窩穴逃之夭夭。

氣喘吁吁的紫羅蘭光深吸一口氣，隨即環顧四周。馬蓋先正在追趕虎斑寵物貓。溜之大吉的渡鴉和光滑鬚一拐一拐地爬上坑地盡頭，消失在矮木叢裡。

「這是妳最後一次背叛部族，」紫羅蘭光在他們後面吼道。「不要讓我在這裡再看到妳！」

蕁麻死在坑地底部，屍體一半在水裡一半在外面，鮮血汩汩滲進水塘，而在他旁邊……

紫羅蘭光哽咽出聲。「哦，不，花楸爪！」

前任族長直挺挺地躺在蕁麻旁邊，他還活著，但喉嚨上有個很深的傷口正不斷冒出鮮血，他兩眼無神，胸膛劇烈起伏，費力呼吸。

褐皮從紫羅蘭光旁邊衝了過去，趴在她垂死的伴侶貓身上。「花楸爪……哦，花楸爪，」她低聲道，「不要離開我。」

花楸爪睜開眼睛看著她。「不，這樣也好，」他低聲道。「都怪我，影族才會瓦解。但別擔心，」他向她保證，伸出腳掌輕撫褐皮的肩膀。「虎心會回來。我夢見了他好多次……」

紫羅蘭光不確定自己是否該相信他這番話。她猜褐皮恐怕也不相信吧。

「再會了，褐皮。」花楸爪喵聲道，嚥下最後一口氣，身子一癱，眼睛從此閉上，喉嚨流出的鮮血漸緩，最後止住。

「不……」褐皮用鼻子搓揉他的肩膀。「花楸爪，你有九條命，你必須回來。」

那當下，紫羅蘭光凝神等待，幾乎不敢呼吸。**星族會收回他的九條命嗎？**她反問自己。**他一直都是花楸星嗎？**

但隨著時間過去，花楸爪仍然一動也不動。紫羅蘭光這才知道希望已渺。前任族長真的死了。

「走吧，」紫羅蘭光輕輕說道，彎下身子用鼻子輕觸褐皮的頭。「我們把他扛回營地，為他守夜。他已經把九條命還給星族了。」她盡量以平靜的語氣說道，「但他死得很有尊嚴，就像一族之長。」

馬蓋先步下坡地，過來幫忙他們抬起花楸爪的屍體。「褐皮，妳的想法是什麼？」他問道。「妳能領導影族嗎？」

褐皮瞪看著他，彷彿一時之間沒聽懂他的問題，但隨即搖搖頭。「不可能了，」她回答。「沒有花楸爪，我做不到。影族真的亡了。」

第十八章

絲絨正繞著營地走，偶而停下腳步看著藤池的小貓跌跌撞撞地在育兒室前面玩耍，不時被這些小東西滑稽的動作給逗得輕笑出聲，跟在她後面的赤楊心看著她看到有點出神。太陽正要下山，每隻貓兒都趕在黑暗籠罩岩坑之前，盡情享受陽光最後一絲的溫暖。

薔光死後，已經又過了四分之一個月。赤楊心想到薔光以前有多愛看小貓玩耍，心就不再那麼痛。

她給了這個部族很多很多，他心想道，**我們都想念她，不過我知道遠在星族的她，一定正在自由地奔跑。**

「妳的腿好多了，」他們又開始往前走，這時赤楊心告訴絲絨。「走起路來好像都不跛了。」

他很高興她好多了，但一想到她不再需要他的幫忙，便覺得傷感，擔心她很快就要回兩腳獸那裡了。

不過我們還是可以做朋友，不是嗎？

他們還沒走到荊棘通道，便又折了回來，這時赤楊心瞄見火花皮和雲雀歌正在營地中央跟棘星談話。

「他們看起來好像有什麼事很高興。」絲絨說道。

「也許有好消息要宣布，」赤楊心回答，「相信應該是好消息。不過我得回窩穴裡去了，」他接著說道，「雖然現在沒有病貓，但還是有藥草得先分類。」

他領著絲絨，老大不願意地走回巫醫窩。葉池在薔光過世時曾短暫回來，現在又回去河族了。赤楊心要是沒把自己的份內工作做好，松鴉羽一定會扒了他的皮。

「我可以幫你忙啊，」絲絨提議道。「我跟著你的這段日子，已經學會了很多藥草的知識。所以我可以幫得上忙。」

他們穿過荊棘簾幕，走進巫醫窩，赤楊心看見松鴉羽正在低頭檢查玫瑰瓣的喉嚨，絨毛球在他腳邊跳來跳去。

「松鴉羽，她怎麼了？」絨毛球問道。「要不要我去幫她拿點藥草。我現在認識很多藥草囉。」

松鴉羽隔著牙縫嘟囔了幾句，赤楊心隱約聽見他好像在說**這小子怎麼這麼煩啊**。赤楊心突然擔心他的話傷到對方，於是抽動耳朵示意薑黃色的小公貓過來他這兒。

「你還習慣松鴉羽吧？」他小聲問道。「我知道他有點難相處……」

「哦，不會啊，」絨毛球眨眨眼睛，大聲說道，一臉崇拜地看著瘦巴巴的灰色虎斑貓。「松鴉羽好酷哦！我知道他很嚴厲，可是他真的很厲害。」

赤楊心和絲絨很是興味互看一眼。**原來青菜蘿蔔各有所愛……**

「嗨，松鴉羽，」赤楊心喵聲道。「需要我幫忙嗎？」

松鴉羽搖頭作答。他檢查完玫瑰瓣，便直起了身子。「只是喉嚨痛，」他告訴她，「我會給妳一點艾菊，但妳還是可以回到戰士的工作崗位上。」然後他瞥了赤楊心和絲絨一眼。「不過我又想了一下，」他對玫瑰瓣又說道，「也許妳今晚可以住在這裡。」

「不用吧，松鴉羽，」玫瑰瓣喵聲道。「我的病沒那麼嚴重。」

「我不希望妳傳染給其他的貓。」松鴉羽反駁道。「我們之前已經有夠多的貓兒因為肚子痛掛病號了。絲絨，妳的腿怎麼樣了？」

「好多了，謝謝。」絲絨回答，顯然有點不解松鴉羽何以突然改變話題。

松鴉羽彎下腰仔細嗅聞她的傷口……覆在灰色長毛底下的那處傷口現在幾乎癒合到看不見了。「沒錯，是好了。」他喵聲道。「既然玫瑰瓣得住在這裡，那妳最好搬到見習生窩跟絨毛球一起住。我們得騰出點空間。再說我也不希望妳到時又得抱病回兩腳獸那裡。」

原來他是算計好了！赤楊心覺察到自己肩上的毛都豎了起來。他知道松鴉羽一定是看他和絲絨走太近，自覺受到威脅。但也沒必要讓絲絨覺得這裡容她不下吧？**他只是拿玫瑰瓣當藉口，目的是要把絲絨趕出巫醫窩。**

「我不知道我什麼時候可以回兩腳獸那裡，」絲絨傷感地說道。「我也不知道我的主人回來了沒有。不過松鴉羽，你說得對，既然我已經康復了，就不應該占用巫醫窩的空間。」

赤楊心費了好大的力氣才讓自己的毛髮服貼下來，不要豎得筆直。**我不喜歡他這樣耍詐，不過我承認松鴉羽的話不是沒有道理，絲絨的確不用繼續住在這兒。**

松鴉羽正要去拿蜂蜜給玫瑰瓣，荊棘簾幕突然被撞開，嫩枝掌衝了進來。「赤楊心，告訴你一個好消息！」她大聲說道：「火花皮和棘星說，我可以參加戰士評鑑了。」

「太好了。」赤楊心告訴她。

「雲雀歌也要幫鰭掌做評鑑，」嫩枝掌兩眼炯亮地繼續說道。「我終於要當雷族戰士了。」

「我也很高興妳終於決定不再換部族了。」松鴉羽不客氣地說道。

「別理他，」玫瑰瓣插嘴道，同時彈動尾巴，明擺著她就是針對松鴉羽。「嫩枝掌，我們真的很為妳高興。」

「是啊，恭喜妳。」絲絨說道。

赤楊心感覺得到自己全身溢滿喜樂。他好驕傲。**我不敢相信我跟針尾撿到的小貓，明天就要成為戰士了。**

「來吧，」他對絲絨說道。「我帶妳去見習生窩住。」

「哦，妳要去我們那兒住嗎？」嫩枝掌問道。「我去幫妳弄床臥鋪。我們那裡現在有點擠，有我和鰭掌、鷹掌、殼掌、莖掌和梅掌，再加上絨毛球。不過明天過後就可以多出兩個空位了。」

還在興奮的她，又衝出窩外。

赤楊心和絲絨緩步跟在後面。「我會想念妳在巫醫窩裡的這段日子，」赤楊心與她相偕穿過營地，低聲對她說道。「妳白天還是會回巫醫窩幫忙吧？」

絲絨正要回答，卻被荊棘通道口的騷動聲打斷。罌粟霜、殼掌和蜂紋正從邊界巡邏回來，但回來的不只有他們，還有一隻陌生貓隨行。那是一隻孔武有力的大公貓，不過體格雖然魁梧，走進營地的他卻顯得很緊張。雷族貓不斷圍了上來，查看是誰來訪。

「是艾杰克斯！」絲絨喊道。「他跟我一樣是寵物貓，他跟他的主人就住在離我窩穴不遠的地方。」

她繞過去想跟她朋友打招呼。但還沒走到，松鼠飛就從旁邊衝出來，擋在新來的公貓前面。「出了什麼事？」她問道。

「我們在雷族領地裡找到這隻寵物貓。」罌粟霜回報。

「我們正要趕他走，」蜂紋接著說：「他卻說他是來找絲絨和絨毛球的。我們只好帶他回營地。」

「你為什麼要找他們？」棘星問道，同時緩步過來，站在副族長旁邊。

「我可不希望我們又得收容寵物貓了。」火花皮打岔道，同時很不友善地打量艾杰克斯。

「沒錯，」刺爪喵聲道。「我們這裡已經有夠多寵物貓了。」幾隻貓兒也都低聲附和。

松鼠飛霍地轉身，目光掃過他們。「不管棘星做出什麼決定，我們都要尊重和服從。」她不客氣地說道。

「可是我沒有想留下來啊，」艾杰克斯反駁道。「謝了，我比較喜歡跟我的主人住。我只是來找絲絨和絨毛球說幾句話。」

絲絨從貓群裡擠出來，站在他面前。赤楊心跟了上去，從巫醫窩裡匆匆跑出來的絨毛球也跟了過來。松鴉羽也出來了，臉上帶著好奇的神色。

「嗨，艾杰克斯。」絲絨喵聲道，同時朝他垂頭致意。

「嗨，」絨毛球也出聲招呼，還興奮地跳了一下。「真高興見到你，艾杰克斯。」

「還好我找到你們了，」艾杰克斯回答。「我還以為我得在這座詭異的森林裡遊蕩一整個晚上呢。我是來告訴你們，你們的主人回來了。他們已經把燒壞的窩穴修好。你們不回去嗎？那裡現在安全了。」

「哦，我們在這裡很好！」絨毛球大聲說道。「我跟這些野貓相處得很融洽。現在我也像他們一樣會狩獵和格鬥，而且我學到了好多藥草知識。」

赤楊心瞄見多隻貓兒眼露興味地互看彼此，對小公貓的自吹自擂覺得有點好笑。

「不過我真的很想念我的主人，」絨毛球繼續說道。「他們一定很高興再見到我。」他開心地眨眨眼睛，環顧四周貓群。「謝謝你們的友誼，尤其是你，松鴉羽。」

赤楊心意味深長地看了絲絨一眼。**我一定會想念她**，他心想。

「這真是好消息，你們可以回家了。」棘星語帶肯定地說道。「不過現在天快黑了，你們可以在這裡暫住一晚，明天早上再走。」他明快的語氣無疑是在表明這兩隻寵物貓別自以為可以再多留一陣子。

「我不確定欸，」艾杰克斯咕噥道，但這時絲絨和絨毛球已經帶他往見習生窩走去。「裡面好黑又好擠哦，」他隔著蕨葉叢窺看，部族貓的氣味令他皺起了鼻子。「我不想身上有跳蚤。」

「我們讓他在這裡過夜，他竟然還嫌有跳蚤。」火花皮對赤楊心低聲抱怨。「他以為我們是惡棍貓嗎？」

絨毛球跑到生鮮獵物堆那裡，叼了一隻大畫眉回來。「你看，」他對艾杰克斯說。「我幫你拿獵物來了。」

艾杰克斯瞪著鳥看，力持鎮定，不想無禮。「牠……有羽毛欸。」過了一會兒，他才有點語塞地說出來。

「對啊，這是一隻鳥啊，」絨毛球回答。「你不想吃嗎？」

「呃……不，謝了，我不吃。」艾杰克斯告訴他。「我剛剛吃得很飽，所以現在還不餓。」

「妳朋友有點……怪。」赤楊心對絲絨喵聲道，他拿來了一隻田鼠跟她一起吃。在漸暗的暮色裡與她並肩坐下來。

「我知道，」絲絨回答。「但他是我們的好朋友，還特地跑到這麼遠的地方來通知我們。我知道他向來不喜歡離他主人太遠。」

「妳想回去找妳的主人嗎？」赤楊心問她。

那當下絲絨沒有回答。赤楊心頓時燃起一線希望，以為她也許會留下。**我知道這不是一個好點子，可是……**

「想啊，」絲絨終於嘆了口氣回答。「可是部族裡的一些美好回憶，我想我永遠也忘不了。」

她一邊說，一邊靦腆地覷了赤楊心一眼。他知道她是在說他。但他不確定該如何回應，只好囫圇吞下田鼠肉。

那天晚上稍晚的時候，赤楊心睡不著，少了絲絨睡在他旁邊，總覺得窩穴空盪盪的。他在臥鋪裡翻來覆去，渾身躁熱，極不舒服。他擔心吵醒松鴉羽和玫瑰瓣，但他再也待不下去，於是爬了起來，偷偷摸摸地穿過荊棘簾幕，溜出去，站在外面的空地上，大口灌進沁涼的空氣，抬眼仰望遍灑夜空、閃閃發亮的銀毛星群。

赤楊心的鬍鬚微微顫抖，感覺到有貓兒站在他身邊，轉頭看見松鴉羽。

「你或許以為在巫醫窩外面會感覺舒服一點、輕鬆一點，」他的巫醫貓同伴說道。

「這話什麼意思？」赤楊心瞪大眼睛，一臉不解地問道。

「我知道你和絲絨彼此有好感，」松鴉羽的語氣不帶感情。「但我也知道結局會是什麼。」

「但其實不然。」

「可是我……」赤楊心正要開口說。

「我懂，」松鴉羽打斷道。「你們對彼此的感覺沒有錯，但行為上是錯的。巫醫貓這一輩子都不能有伴侶貓和小貓。你對部族負有責任，這意謂你必須像一位父親一樣公平對待所有族貓，他們需要你全神貫注地照顧他們。你知道葉池是我母親吧？你也應該聽說過她的故事?」

赤楊心點點頭,並試著再度開口,但松鴉羽又一次打斷他。

「葉池奮不顧身地陷入愛河,生下了小貓,」他繼續說道。「然後謊稱小貓是松鼠飛的。松鼠飛因為疼愛妹妹,答應配合。結果這個決定毀了我和我同胞手足的半生……尤其是我姊姊的一生,因為冬青葉為了守住祕密而殺害了灰毛。」

松鴉羽的盲眼盯著赤楊心,語氣嚴肅。「赤楊心,雷族需要你。你是一隻好巫醫貓。你為了族貓的健康,一直很努力地工作。你跟星族能夠交通。而且你還年輕:雷族的下一代得交由你來守護,就像你守護嫩枝掌一樣。如果雷族勢必得失去你,那將會是一個永遠無法癒合的傷口。」

赤楊心聽完這番話,受寵若驚到不知如何回答。**這真的是松鴉羽在跟我說話嗎?**

「我的確喜歡絲絨。」他終於開口。「她對我有一股莫名的吸引力。可是松鴉羽,你不用擔心,我不會離開雷族。我從來不懷疑這裡是我的家。只是……能有一隻貓兒單純地陪我聊天,而不是等著我治療……感覺很不錯。我會想念這段時光。」

「真的嗎?」松鴉羽語氣訝異,但如釋重負。「你剛剛不是在考慮要跟絲絨回去兩腳獸那裡?」

「不是,」赤楊心回答。「我只是在想怎麼跟她告別。」

松鴉羽尷尬地舔舔肩上的毛,顯然不知道如何回答。「謝囉,赤楊心,」他笨拙地點點頭。「聽你這麼說,我就放心多了。」他往後退一步,回去窩穴。

赤楊心目送他離開，感性地喵嗚輕笑起來。**我知道哪裡才是我的歸屬所在，**他心想，**是你……你這隻愛發牢騷、很難相處、但又全心奉獻的毛球……還有雷族。**

✦✦✦

黎明曙光將岩坑上方的天空染成粉嫩的玫瑰色，此刻赤楊心正在巫醫窩穴口徘徊。營地盡頭，絲絨和絨毛球正在跟幾隻貓兒道別，艾杰克斯不耐地等在荊棘通道口。

赤楊心有一部份的自己怯懦地只想躲在窩穴裡，直到絲絨離開後再出來，可是他看見她一直四下張望，鼻孔噴張，似乎在捕捉他的氣味。他知道如果他不現身，她一定會很受傷。

於是赤楊心最後鼓起勇氣從窩穴裡出來，緩步穿過營地。絲絨趕緊從貓群抽身，過來找他。

「以後營地裡再也看不到妳了，我一定會很想妳。」他喵聲道。

「我也是。」絲絨說道，聲音微微顫抖。「不過我知道我們不可能在一起。我們倆的生活圈完全不同。我不能留在這裡，而你又肩負著重責大任，不能離開你的部族。」

赤楊心點點頭。「謝謝妳的體諒。絲絨，我這輩子不會忘記妳的。」

絲絨伸長脖子，兩隻貓兒短暫地互觸鼻頭。「再會了，赤楊心。」她喵聲道。

「嘿，絲絨！」艾杰克斯刺耳的聲音從營地入口傳來。「我們難道要站在這裡一整天嗎？」

「我得走了。」絲絨對著赤楊心悲傷地眨眨眼睛，隨即轉身快步朝另外兩隻寵物貓走去。

「再會了。」赤楊心在她後面喊道。

絲絨的香甜氣味在空氣中久久不散，但她已經走了。

第十九章

嫩枝掌忐忑不安地離開營地，快步走進森林，火花皮則隨行在旁。

我知道我已經做好升格戰士的準備，她心想，**但萬一今天還是無法成為戰士，我恐怕會受不了。要是中間出了差錯怎麼辦？我沒辦法再這樣等下去了。**

她知道鰭掌也正在森林裡某處接受雲雀歌的評鑑考試，但此刻完全看不到他們的蹤影，只聞得到他們剛剛出來時留下來的些許氣味。

一開始，火花皮走的是一條舊的兩腳獸小徑，可通往那棟廢棄的窩穴。可是還沒抵達那裡，就又繞進矮木叢，最後停在荊棘叢旁邊。

「好了，」她喵聲道，「我要妳在日正當中前，抓越多獵物越好，妳不會看到我，但我會盯著妳。」

總算要開始了！嫩枝掌盡量讓自己的語氣冷靜下來。「沒問題，火花皮。」

她導師的嚴厲目光突然柔和。「不用緊張，」她語氣輕快地說道。「妳是很出色的狩獵者，一定會及格的，除非野豬會飛。」說完後，便轉身離開，消失在蕨葉叢裡。

嫩枝掌目送她離去。自從她回到雷族後，她便覺得火花皮對她不是很友善，不太想當她的導師。然而現在火花皮的讚美卻令她精神一振，她的信心又回來了，就像禿葉季的冰霜融解，活水再度湧現。

我一定辦得到！

她張開下顎，嗅聞空氣。聞到田鼠的氣味，發現牠躲在附近一株冬青底下。她馬上蹲下來，匍匐前進，等距離夠近，立刻一躍而上，當場咬斷牠的頸子，一命嗚呼。

「謝謝星族恩賜獵物。」她低聲說道。

才上場便手到擒來，嫩枝掌更是信心滿滿。她環顧森林，落葉季的陽光金黃乍紅，她精神百倍，彷若雨水源源注入凹地。

「這一定會很好玩！」她大聲說道。

✦✦✦

就快日正當中了，嫩枝掌正在等她的導師回來，此刻的她很是滿意自己的成績。她已經抓了好多獵物，正在挖土掩蓋牠們，等回營的時候一併取出。

這時嫩枝掌瞄見有隻黑鳥停在前方空地一株覆滿常春藤的樹墩上。她垂低尾巴，保持靜止，小心翼翼地潛行過去。

但黑鳥卻在最後一刻突然飛了起來，嫩枝掌想起火花皮曾教過她的捕鳥技巧，算準鳥飛起的高度，騰空一躍，從略高於飛鳥的位置半空將牠攔截，落地時，黑鳥已經被她叼在嘴上。

但是就在嫩枝掌帶著黑鳥轉身要離去時，突然聽見矮木叢裡有窸窣奔逃聲。她扔下獵物，聞到兔子的氣味，而且還不只有兔子。

還有別的，嫩枝掌深吸口氣，**也有鰭掌的氣味。**

沒過一會兒，兔子從蕨叢裡逃了出來，奔過空地，朝嫩枝掌衝過來。鰭掌追在後面。兔子驚恐尖叫，瞄見嫩枝掌擋在前方，急忙繞道，但嫩枝掌反應更快，倏地一躍，腳爪壓住牠的後腿，鰭掌順勢撲上牠的肩膀，咬住喉嚨，當場斃命。

「抓得好！」一個聲音從嫩枝掌後方響起。

她轉身看見雲雀歌從矮木叢裡走出來，火花皮尾隨其後。

「你們兩個都表現得很好。」雲雀歌說道。

火花皮點點頭。「我們對你們抓兔子的合作默契尤其刮目相看，」她喵聲道。「雲雀歌，你有沒有看到嫩枝掌抓那隻黑鳥的絕活兒？我自己恐怕都辦不到。」

嫩枝掌被她導師稱許的目光看得很不好意思。她很是自豪，尤其想起以前跟火花皮一開始的關係其實並不好。

火花皮現在終於肯定我了，這表示我的表現真的很好。

✦✦✦

嫩枝掌和她的導師扛著評鑑時所抓到的獵物回到營地，這時百合心和藤池竟都跑了過來。

「我們一直在等你們，」百合心喵聲道。「看來你們的成績不錯。」

「我們就知道你們一定會表現得很好。」藤池接著說。

嫩枝掌笑得好開心，連叼在嘴裡的獵物都掉到地上。能被曾養育她長大的百合心和曾受教的第一位導師藤池稱讚，這對她來說意義重大。**藤池將小貓留在窩裡，就為了等在這裡向她恭賀，真是太令她感動。**

「我來幫妳拿。」藤池接過她的獵物，拿到生鮮獵物堆那裡放好。百合心用尾巴圈住嫩枝掌的肩膀，帶她往巫醫窩那兒走去。

赤楊心正在等候她，這時嫩枝掌突然瞪大眼睛，原來她看見赤楊心旁邊還有另外兩隻貓，簡直不敢相信。

「鷹翅！紫羅蘭光！」她大聲喊道。「我沒有想到你們會來。」

「是赤楊心安排的。」鷹翅說道。

「是啊，我拜託棘星讓他們過來這裡。」赤楊心說道，顯然很得意自己的巧思。「我不希望他們錯過妳的戰士命名大典。」

「真的要升戰士了，等了好久。」紫羅蘭光喵嗚笑道，鼻口搓著嫩枝掌的肩膀。

「謝謝你，赤楊心。」嫩枝掌喵聲道，很是感激地對他眨眨眼睛。「這對我來說意義重大。」

急促的腳步聲傳來，原來鰭掌也回營了。他衝向鷹翅，用頭頂著他的腰側。

「嘿，別激動，」鷹翅打趣地抗議道。「放尊重一點好不好。」

嫩枝掌想起來鰭掌曾告訴她，他小時候沙鼻失蹤不見，都是鷹翅在幫忙照顧他。看見他們感情到現在還這麼好，讓她覺得很欣慰。

「我好高興看到你們來這裡參加我的戰士命名大典。」鰭掌大聲說道。「簡直就像我自己的親屬來參加一樣。對了，他們都好嗎？」他追問，聽起來有點緊張。

「他們很好。」鷹翅向他保證。

「他們不介意我加入雷族吧？」

「哦，他們有點介意，」鷹翅回答。「因為他們不想失去你，他們認為你應該留在天族，不過我想過一陣子就沒事了。你還是可以趁大集會時跟他們聊聊。」

「謝謝你，鷹翅。」鰭掌急切地說道。

「都是我的錯。」嫩枝掌喃喃說道，她一想到是她害鰭掌離開他的親屬和天族，就覺得過意不去，毛髮跟著豎了起來。

「才不是呢，妳這笨毛球，」鰭掌低聲回答。「不管怎麼樣，我就是要跟著妳。」

嫩枝掌的心漲得好滿，**過去這幾個月，我遇到好多挑戰，但我真的很幸運，能有鰭掌這個朋友始終陪著我。**

「來吧，」百合心對她說道，又走上前去。「我看森林裡的草屑和枯葉有一半都黏在妳身上了。」

「是啊，要當戰士了，怎麼可以看起來這麼邋遢。」紫羅蘭光附和道，同時從她毛髮上刮下一片枯葉。

嫩枝掌低身躲開。「不要碰我啦！」她抗議道。「我又不是小貓！」她甩甩身子，很快地舔舔胸前的毛。「這樣總可以了吧？」

「看上去還不錯。」鷹翅喵嗚道。

「請所有會自己狩獵的成年貓都到高聳岩下方集合，開部族會議！」

這一聲大吼嚇了嫩枝掌一跳。正在跟鷹翅和紫羅蘭光談話的她，沒有注意到族貓們早已經聚攏。這時她抬頭看見棘星離開高聳岩，從亂石堆上跳下營地。火花皮和雲雀歌緊跟在後。

「聽說我今天得冊封兩名戰士。」棘星喵聲道。

他緩步走到貓群中央，用尾巴示意嫩枝掌過來。

嫩枝掌上前與族長會合，興奮到腳爪微微刺癢。她發現自己有點喘不過氣。她已經旁觀過太多次戰士命名大典，聽過太多的宣誓內容了，但這一次，總算輪到她了。

「我，棘星，雷族族長，召喚我的戰士祖靈低頭俯看這位見習生。她接受過嚴格的訓練，已然明瞭戰士守則的真諦。我誠心推薦她升格為戰士。」

棘星的琥珀色目光落在嫩枝掌身上，她抬頭仰望他，眼睛眨也不眨。

「嫩枝掌，」雷族族長接著說道：「妳願保證完全奉行戰士守則，一心一意守護雷族，哪怕犧牲性命也在所不惜嗎？」

她由衷回答：「我願意。」

「那麼我代表星族，」棘星大聲宣布：「賜妳戰士封號，嫩枝掌，從此刻起，妳將更名為嫩枝杈。妳充滿活力，對自己的歸屬所在毫不馬虎，星族深感欽佩。妳已經一再證明妳對雷族的耿耿忠心。我尤其欣賞妳對所有部族的用心，妳是如此在乎部族之間的合作，妳的宏觀視野將使妳成為一名更強的戰士。」

棘星繼續說：「之所以賜予妳嫩枝杈的戰士封號，是因為初來雷族的妳是如此幼小脆弱，如今卻成了一名堅強的戰士，就像一根小嫩枝終會長成一根大枝杈。歡迎妳加入雷族的戰士行伍。」

棘星把鼻口抵在她額頭上，嫩枝杈開心到全身顫抖。她恭敬地舔舔他的肩膀，然後退了下去，站在她父親、妹妹和鰭掌的旁邊。

「嫩枝杈！嫩枝杈！」其他族貓為她吶喊，她環目四顧他們發亮的眼睛和不停揮動的尾巴，於是知道，她終於屬於這裡。

接著她全程參與鰭掌的戰士命名大典，聽見棘星稱讚他的勇氣和對新部族的無私奉獻時，也跟著點頭附和，最後無比喜悅地一起吶喊他的戰士封號鰭躍。

營地上還在歡聲雷動，這時一聲尖銳的喊叫聲突然從荊棘通道口擔任守衛的亮心那兒傳來。

「棘星！」

所有貓兒立刻朝營地入口轉頭。嫩枝杈立刻認出擅闖營地的草心和爆發石，全身頓時緊張。他們衝進雷族戰士群裡，眼神狂亂，毛髮倒豎。

亮心跟在他們後面跑了進來。「我攔不住他們！」她氣呼呼地說道。

棘星走到貓群前面，利爪伸了出來。肩毛倒豎。「這什麼意思？」他用著尾巴質問道。「你們跑來這裡做什麼？」

草心和爆發石在他前面剎住腳步。「對不起，棘星。」草心氣喘吁吁地解釋。「我們不是來攻擊你們的。只是失蹤的影族貓回來了……跟虎心一起回來。我們需要鷹翅立刻回去。」

正在集會的雷族貓驚愕聲連連。

「虎心！」

「他去哪裡了？」

「鴿翅跟他在一起嗎？」那是藤池問的，她從貓群裡擠了過來，藍色眼睛滿布焦慮地面對兩名闖入者。

闖入者似乎沒聽見四周貓兒此起彼落的提問。「鷹翅，你得馬上回去，」爆發石急迫地說道。「虎心死了。」

第二十章

紫羅蘭光跟在她父親和兩名影族戰士後面從荊棘通道裡鑽出來，赤楊心殿後。赤楊心在聽到爆發石所帶來的驚人消息之後，堅持要跟他們一起回去，看自己能否幫上忙，當然這是在棘星允許的情況下。

我不敢相信虎心死了，紫羅蘭光心想，**尤其花楸爪才剛喪命沒多久。**虎心向來強壯又活力十足。小時候的她在影族無所適從，思念她姊姊，虎心總是對她很照顧。

紫羅蘭光知道鷹翅和赤楊心跟虎心沒那麼熟，所以不像她這麼難過，不過她從另外兩隻影族貓的臉上看得出來他們跟她一樣驚恐害怕。

「我一直在想就那個預言來說，這代表的是什麼？」赤楊心喵聲道，同時追上紫羅蘭光，走在她旁邊。「難道虎心就是那個不能被驅散的黑影嗎？但他現在死了……」

他不解地搖搖頭，聲音越說越小。

紫羅蘭光也一樣不解。她甚至不知道他們到底要走到哪裡去，過了一會兒，赤楊心停下腳步。

「等一下，」他大聲喊道。「這不是去天族營地的路。我們為什麼要去風族？」

「我們沒有要去風族，」草心告訴他。「我們要去月池。陪在虎心身邊的那些貓兒們堅持把他的屍體扛去月池。」

「是水塘光和斑願陪著他。」爆發石接著說。

赤楊心難過地搖搖頭。「如果虎心真的死了，」他小聲說道，「我不認為星族能幫得上忙。」

紫羅蘭光跟著其他貓兒來到通往月池的陡坡，這時她的腿已經走到很痛。太陽開始下山，霞光遍布大小岩塊。

她看見等在山腳下的貓群，驚訝地張大嘴巴。她瞄到的第一隻貓是鴿翅，只見她的爪子不停縮張，焦慮地刮著腳下的岩面，旁邊挨擠著三隻小貓。

「鴿翅！」赤楊心大聲喊道，朝她衝過去。「妳在這裡……妳平安無事！哦，感謝星族老天！」

鴿翅傾身過去，與雷族巫醫貓很快地互觸一下鼻頭。「這不是我想要的回家場面，」她回答道。「但我必須為我的小貓堅強起來。」

「是妳和虎心的？」赤楊心喵聲道，同時低頭看著三隻小貓。「這隻暗棕色的小虎斑貓長得好像他。」

「他叫小光，」鴿翅告訴他。「灰色條紋公貓是小影、灰色母貓是小撲。」

赤楊心誇獎小貓，這時紫羅蘭光看見站在鴿翅旁邊的幾隻貓裡頭其中有四隻是影族戰士。

「莓心、麻雀尾、苜蓿足和板岩毛，」她呼了口氣，幾乎不敢相信眼前所見，「我們還以為你們死了。」

另外有三隻年紀更小的小貓擠在莓心旁邊。他們後面還有三隻紫羅蘭光從沒見過的貓：兩隻已經成年，其中一隻比較年輕，可能只是見習生。

「你們從哪裡回來的？」紫羅蘭光問道。

回答她的是鴿翅。「我跟虎心還有小貓住在一處很大的兩腳獸巢穴。我們在那裡認識了螞蟻、肉桂和熾焰。」她朝三隻陌生貓兒彈動尾巴。「但最後我們還是想回家，結果在回來的路上遇到莓心和其他貓兒。」

鴿翅突然沉默。紫羅蘭光覺察得到他們正緊張地屏息等待，而且還攙雜著恐懼與期待。**他們到底在等待什麼？還有希望可言嗎？虎心不是死了嗎?!**

岩間暗處出現動靜，她突然發現有更多貓兒過來守夜，他們全都惶惶不安。除了葉星和斑願之外，所有舊影族貓都來了。她走上前去，向她的族長垂頭致意。

葉星點頭回禮。「紫羅蘭光、鷹翅，這實在太奇怪了……這些貓兒以為會有什麼奇蹟嗎？」

沒有貓兒回答她。

褐皮就站在葉星後面，她垂著頭看著自己的腳，似乎悲痛到麻木了。

我真為她感到難過，紫羅蘭光心想，**先是曦皮，然後是花楸爪，現在又是虎心，褐皮實在很堅強……有誰能像她這樣一而再再而三地承受這麼多打擊？**

紫羅蘭光也好奇這對舊影族貓來說，代表了什麼意義？

她試圖甩掉心裡的焦慮和排山倒海來的怪異感覺，緩步走到剛回來的影族戰士旁。

「真高興又見到妳，」她對莓心說道。「妳失蹤了這麼久，我們還以為再也見不到妳了。」

「紫羅蘭掌，我也很高興再見到妳。」莓心回答。「小貓們，快來跟紫羅蘭掌打個招呼。」

「嗨，小貓們，」紫羅蘭光與每隻小貓互觸鼻頭。「不過我已經改名為紫羅蘭光了，我現在是戰士了。」

「這真是好消息。」莓心喵嗚道，「這是小穴、小尖和小太陽。也許有一天他們其中之一會當你的見習生哦。」

「我！」小太陽吱吱尖叫，跳上跳下。

「不，是我啦！」

「我！」

小貓們滑稽的動作暫時舒緩了她原本的痛心情緒。不過她知道莓心一定會很難接受她的小貓未來得在天族長大的事實……畢竟影族已經沒了。「這得由族長來決定，」她喵聲道。「所以妳之前去了哪裡？」她追問莓心。「你們都跑到哪兒去了？」

「我們很怕暗尾接管影族，」莓心解釋道。「所以我們就逃走了，在一座破敗不堪的兩腳獸窩穴裡定居下來。後來我們遇見正要回家的虎心和鴿翅。他們告訴我們暗尾死了，可以回來了。」她的表情黯了下來。「但就在回程的時候，小穴被貓頭鷹攻擊，」她把尾巴擱在那隻小貓的肩上，紫羅蘭光這才注意到小穴身上缺了好幾坨毛，其中一處肩膀有正在癒合的傷口。「虎心救了小穴，」莓心繼續說道，「可是貓頭鷹把他傷得太重，害他傷重不治。要是我們能及早趕回來找巫醫貓治療，也許他就不會死了……」

「可是他沒死啊，」一個拔高的聲音嚇了紫羅蘭光一跳。她轉身看見這聲音原來來自於鴿翅和虎心生的灰色小公貓小影。「我知道他沒有死！」

紫羅蘭光看著小貓正瞪大眼睛看著他們，悲痛猶如一隻爪子突然緊緊攫住她。她心想，**他年紀還太小，根本不懂死亡是什麼。**

「我做了夢，」小影繼續說道：「我夢見我跟我父親一起玩，就在離這裡不遠的一個地方，我知道那個夢是真的。」

紫羅蘭光用尾巴輕搓小貓的腰側，注意到他的暗色斑紋跟他父親如出一轍。「小東西，你為什麼這麼認為？」她問道。

「我就是這麼認為。我們在一個很大的坑地裡，最上面有大圓石和灌木叢，四周都是松樹，它們的枝椏垂得好低。在坑地底部有蕨葉叢和荊棘叢，我跟鴿翅還有小撲、小光住在一座窩裡。我們都在跟虎心玩青苔球。」

紫羅蘭光一臉不解地與莓心互看一眼。「聽起來很像是影族營地。」

「可是他從來沒去過啊！」莓心反駁道。

紫羅蘭光像舔到冰水似地渾身打起冷顫。「一定是虎心或鴿翅跟他提過。」她對莓心低聲道，但同時間，小影的這番話竟多少在她心裡點亮了一線希望。

這會不會是種異象？

時間像蝸牛一樣慢慢爬，最後連遠處影族領地上方的幾縷陽光也消失了。貓兒們挨擠在逐漸聚攏的黑暗裡，紫羅蘭光覺得她所懷抱的希望越來越渺茫。夜空出現第一批星族戰士，蒼白的月亮高掛在山丘頂端。

「不管怎麼樣，」苜蓿足過了一會兒低聲說道。「能回到影族營地，終究是件好事，我們終於回家了。」

「可是影族不住在以前的營地裡了，」紫羅蘭光難過地告訴她。「因為當時只剩下幾隻影族貓，他們沒有族長，只好全數加入天族，住在他們的營地裡。」

剛回來的那幾隻影族貓全都瞪著她看，眼裡滿布驚恐，貼平耳朵，肩毛豎了起來。

「你這話什麼意思？」麻雀尾追問道。「沒有族長？花楸星怎麼了？」

紫羅蘭光吞了吞口水，巴不得這可怕的消息不是由她來告知。「花楸星死了，」她回答。「可是在他死前，他……他把九條命還給了星族。他認為他不配當族長，因為他害影族被暗尾毀了。」

影族貓驚愕地瞪看彼此，紫羅蘭光看得出來他們不願相信她剛說的一切。

「我不知道……族長可以把命還回去？」莓心粗嘎地說道。

「我們也是遇到了才知道，」紫羅蘭光喵聲道。「從那時起，星族就一直沒再降下任何旨意告訴我們誰該取代花楸爪的位置。」

「所以所有影族貓都加入了天族？」苜蓿足的眼神像在央求，希望有貓兒告訴她這一切都不是真的。

紫羅蘭光點點頭。

「什麼狐狸屎啊！」板岩毛大聲罵道。「我才不想當天族貓！我從以前就是影族貓，以後也是。」

他刺耳的聲音引起了一兩條狐狸身之外的葉星和鷹翅的注意。紫羅蘭光注意到後兩者的表情不太高興。

大家都沒再說什麼，倒是葉星聽到了陡坡頂端傳來腳步聲，趕緊站起來，接著大夥兒就聽見有貓兒正窸窣穿過月池坑地的灌木圍籬。

水塘光走了出來，葉星於是又坐了回去。水塘光的表情一臉驚詫，眼睛瞪得斗大，毛髮豎直，呼吸急促短淺。

他終於放棄了虎心，紫羅蘭光絕望地想道，這時四周貓兒也傳出了悲慘的低語聲。但這時又出現了窸窣聲響，水塘光退到一旁，另一隻貓兒走了出來，結實的肌肉在棕色的虎斑毛髮下如波起伏，銀色月光下，他全身閃著微光，雙眼炯亮。

紫羅蘭光當下沒有立刻認出來，因為她從來沒想到會再見到他。

不可能吧……沒錯，他是虎心！

虎心動也不動地站在那兒好一會兒，接著往前一躍，跳下了岩塊，落地在影族貓的中間。

虎心的族貓們圍著他發出驚訝的嚎叫聲，全都急著追問他怎麼回事。鴿翅從貓群裡擠了過來，來到他身邊。

「你還活著！」她倒抽口氣。

紫羅蘭光退到貓群外圍，站在她父親和其他天族貓旁邊，不想打擾虎心和他伴侶貓、孩子及族貓的團圓。她瞠視著那隻身型魁梧，體格健壯的公貓，只隱約聽見他們的寥寥數語。「會不會……他根本沒死。」她結結巴巴地對莓心說。

「不，他真的死了。」莓心回答。「我又不是沒見過死掉的貓。」

紫羅蘭光相信她說的話。就算水塘光讓虎心死而復生，虎心也應該是大病初癒的虛弱樣子，怎麼會一臉神清氣爽地站在那兒，像是隨時可以跳下山坡，繞著湖邊跑上一圈的樣子。

影族貓一開始的驚喜心情正漸漸消退，紫羅蘭光甚至從他們眼裡看到了不安，彷彿他們也在反問自己同樣的問題。虎心看上去顯得更魁梧了，他的目光橫掃影族貓。

「我曾離開你們，」他平靜地說道。「但我現在回來了。我也帶回了未來會使我們部族變得更強大的夥伴們。請接納他們就如同我接納你們一樣。請信任他們就如同我信任你們一樣。我已經做好領導影族的準備。」

領導影族？紫羅蘭光不敢相信她耳裡所聞。

一時之間，影族貓們陷入沉默。這時刺柏爪的聲音突然在星空下大聲響起。「虎星！」

「虎星！虎星！」其他影族貓紛紛加入，吶喊聲迴盪岩間。

等到歡呼聲漸歇，褐皮穿過貓群，來到她兒子身邊，緊緊抵住他，喵嗚出聲，情緒彷彿就要潰堤。「虎星，告訴我們這是怎麼回事？」最後她央求道。

結果是水塘光開口回答。「是星族帶他回來，賜給他九條命。他現在是新任的影族族長。」

「是的，這太……神奇了。」虎星的聲音充滿驚奇。「我發現自己站在一處草坡上，陽光璀燦，山腳下有小河環繞。我想我是到了星族……那裡的確是星族，只是我沒料到接下來會發生的事。」

「快說下去……」有某隻貓兒倒抽口氣地小聲問道。

「我被轉換到另一個場景，」虎星開口道。「那是在夜空下的岩堆上，花楸爪和曦皮出現了，後來……又出現更多隻貓。祂們的毛髮閃閃發亮到我幾乎無法直視。花楸爪告訴我，我必須回去擔任影族族長。於是祂們賜給我九條命。」

站在葉星和斑願旁邊的紫羅蘭光總覺得天族巫醫貓的表情看起來心事重重。這時葉星瞇起眼睛，對影族貓發言。

「我並不打算違逆星族的旨意，」她大聲宣布，「但我也已經厭倦了影族貓老是把天族營地當成臨時窩穴的這種心態。河族貓已經回去自己的營地，你們的舊營地空出來了，正在等著你們。從現在起，你們永遠不准再踏入天族營地，你們不受歡迎……我們也會隨時巡邏我們的邊界。」

虎星出於禮貌地向天族族長垂頭致謝，只是態度冷淡。「葉星，妳說得沒錯，」他喵聲道。「是該讓影族貓回家了……回到影族的營地。」

他抬起尾巴示意，步下陡峭的高地，族貓們魚貫跟在後面。褐皮經過紫羅蘭光身邊時，特地停下腳步。

「妳要跟我們一起回去嗎？」她問道。「要是妳能回來，我相信虎星一定很高興。」

「不，我現在是天族貓了，」紫羅蘭光回答道，同時看了她父親一眼。「我想留在鷹翅身邊，不過還是謝謝妳的詢問。」

她目送影族貓走遠，心裡不免難過。她還小時，虎星曾對她很好。而且她對褐皮也非常欽佩，褐皮是一隻堅強的母貓，哪怕遭遇這麼多苦難，她還是對影族忠心耿耿。畢竟影族貓也曾經是紫羅蘭光的族貓。這是紫羅蘭光首度多少體會到嫩枝杈當初在兩個部族之間左右為難的心情。

但這時她又突然想到影族的未來，心裡不免忐忑。**虎星是很出色沒錯，但之前曾發生了這麼多可怕的事……**

紫羅蘭光看見鴿翅也要離開，她正用尾巴掃著小貓們，帶著他們步下坡地。

「嘿，鴿翅！」赤楊心大聲喚她，語氣帶著驚詫。「妳不回雷族嗎？」

鴿翅停下腳步，轉頭看他，隨即搖搖頭。她眼神悲傷，但語氣堅定。「不，虎星是我的歸宿所在。我選擇了伴侶貓和我的小貓，而不是雷族。我很抱歉。」

赤楊心驚詫地眨著眼睛。紫羅蘭光看見他的爪子伸了出來，不停刮著岩地。「我們原本以為妳死了。」他試圖勸說她，「藤池一直很想再見到妳。她現在也有自己的小貓了。」

鴿翅當下猶豫了一會兒，眼神顯得優柔寡斷。然後她突然離開小貓，跳下坡地，追上虎星。只見他們商量了一會兒，鴿翅又隨後跑回來找赤楊心。

「我去影族之前，先回雷族看看好了。」她有點猶豫地說道。「你覺得他們會很高興見到我回來嗎？我真的好想念他們。來吧，孩子們。」

她和赤楊心並肩步下山坡，一邊幫忙小貓爬過凹凸不平的地面。

「妳呢？紫羅蘭光？」葉星走過來站在她旁邊，語帶挑釁。「妳確定要跟我們回去嗎？妳絕不能像嫩枝杈或其他影族貓那樣隨便地來來去去。要是妳不想一輩子當天族戰士，現在就得離開。」

紫羅蘭光很自豪地挺直身子。「葉星，我從來沒有想過要離開，」她回答道，「我是天族貓。」

第二十一章

黎明寒冽的冷風掃過森林，等到赤楊心帶著鴿翅和她的小貓們抵達雷族營地時，星族戰士已經一個接一個地消失夜空。他筋疲力竭到幾乎沒有力氣再邁出步伐，只是剛剛的奇蹟到現在都還讓他的腦袋暈頭轉向。

我簡直不敢相信虎星可以死而復生，他心想，**這表示他一定是一隻很特別的貓。**

赤楊心想現在又有五個部族了，如釋重負的感覺就像被一陣沁涼的風拂過。**我相信我們本來正被推向災難的邊緣，但現在……感謝星族保佑……一切都會否極泰來。**

從月池回來的路上，鴿翅曾問過赤楊心自從離開後雷族所發生的大小事情。她很是熱切地聽著他說藤池和煤心都生了小貓，但一聽聞到薔光死了，神情立刻黯然。

「她是一隻很了不起的貓，」鴿翅喵聲道。「我有時候覺得她的勇氣簡直是所有族貓勇氣的加總。我永遠忘不了她。我真希望我能有機會跟她道別。」

一路上，三隻小貓在母親腳邊跑來跳去，不斷在問部族的事和他們的親屬有誰。

「我們以後會當戰士嗎？」小撲問道。

「不是馬上就當，」鴿翅告訴他們。「你們得先當見習生，但現在年紀還太小。」

這番話引得小貓們抗議連連，但很快又互相追逐了起來，還不時伸出小爪子，蓬起毛絨絨的毛髮。

「我是戰士！快滾出我們的領地！」

「不對，你才要滾出我們的領地，癩皮貓！」

「我真不懂他們的精神怎麼那麼好？」鴿翅嘆口氣。
營地入口映入眼簾，她停下腳步，看著赤楊心。雖然月光隱晦，但他還是看得出來她的近鄉情怯。

「你覺得雷族會原諒我嗎？」她問道。「我不告而別，現在又要去加入別的部族。他們一定會認為我是背叛者。」

赤楊心也很是忐忑，覺得她也許說得沒錯，但仍試著安慰她。「大家都很擔心妳，」他喵聲道。「他們看到妳就放心了，也許能體諒妳的決定。」

鴿翅看起來並沒有被他說服，但她也沒再說什麼，跟著赤楊心穿過荊棘通道，進入營地。

岩坑裡的雷族似乎還沒甦醒。一開始赤楊心以為窩穴外一隻貓兒也沒有。但這時有兩個身影朝他逼近……是正在守夜的新任戰士嫩枝杈和鰭躍。

嫩枝杈只是在赤楊心進來時跟他點個頭，可是當她看到鴿翅和跟在後面的小貓時，竟不由得興奮地尖叫起來，完全忘了守夜必須保持靜肅的規定。

「鴿翅！」

她的叫聲在營地迴盪了一會兒才歸於寂靜，結果引得貓兒成群地從戰士窩裡出來，他們穿過營地，將鴿翅和小貓們團團圍住。灰紋和蜜妮從榛木叢底下的臥鋪裡跳出來，松鴉羽和葉池也眨著眼睛，現身在巫醫貓的入口。

原來葉池從河族那裡回來了，赤楊心心想，很高興能再見到她。

藤池一馬當先地從育兒室奔出來，在她姊姊旁邊剎住腳步，緊挨著她，大口嗅聞她的氣味。她高興到幾乎無法開口，只是喵嗚喵嗚地笑。

「妳去哪裡了？」鴿翅的父親樺落從貓群裡鑽出來，她的母親白翅緊跟在後。「我們都以為妳死了。」

「能再見到妳，真是奇蹟！」白翅大聲說道。

鴿翅起初看起來不知所措，試圖回答每個問題，這時連藤池的小貓們也蠕動身子，從貓群裡鑽進來，滿臉疑惑地嗅聞新來的貓。

「藤池，這些是妳的小貓嗎？」鴿翅問道。「他們好可愛。」

「是啊，是我和蕨歌的。」藤池很驕傲地回答。「這是小鬃、這是小竹，還有這是小翻。」

「他們好小哦。」小光評論道，有點緊張地上前輕觸小鬃的鼻子。「不像我們！」

「他們才幾天大而已，」藤池解釋道。「今天早上才剛睜開眼睛。」

「他們好漂亮。」鴿翅也介紹了她的小貓，還跟他們解釋，「這些小貓都是你們的表親，因為他們的母親是我的妹妹，叫藤池……還記得我跟你們提過她嗎？」

兩邊的小貓都瞪大眼睛看著彼此。「有表親真好。」小撲很是得意地喵聲道。

曾與鴿翅短暫結為伴侶貓的蜂紋走了過來，冷冷地對她垂頭致意。「很高興妳平安無事。」他告訴她。

赤楊心聽得出來他是真的為她高興，但還是覺察得到蜂紋受傷的語氣。**這對他來說並不容易，她竟然捨他而選擇別族的貓。**

「還有件事要告訴大家。」赤楊心說道。「虎星還活著。」

他的消息引起族貓們一陣愕然，他們之前都只顧著招呼剛回來的鴿翅。

「是的，他們是虎星的小貓。」鴿翅接著說。「他現在是我的伴侶貓。我當時必須離開的原因，是因為我懷了他的小貓，我擔心我在這裡不會受到歡迎。」

一時之間，大家都尷尬地說不出話來。雷族貓疑慮地互看著彼此。赤楊心知道在他們得知小貓的父親是虎星後，若還要他們歡喜慶賀，未免過份了點。

「最近部族之間起了不少的變化，」松鼠飛最後說道。「不管怎麼樣，我們都很高興妳回來了。」

「我當初離開其實還有另一個原因，」鴿翅繼續說道。「我老是做可怕的惡夢，夢見我們的育兒室被毀，我的小貓都死了。」

貓群同情聲此起彼落。

「妳應該早點告訴我，」黛西喵聲道，同時用尾尖搓搓鴿翅的肩膀。「那我就會告訴妳幾乎所有母貓在生小貓之前，都會做這種奇怪的夢。」

鴿翅彈動尾巴，一臉懊惱。「我當時只是做了我自認最好的選擇。」

赤楊心不確定貓后們生小貓前是不是真的常做這類怪夢。他記得育兒室曾在暴風雨裡受損嚴重，不過當時煤心和花落的小貓已先被安置在長老窩裡。但要是當時鴿翅的小貓也在裡面，天知道可能發生什麼事。「等一下，」全程旁聽的棘星，一直若有所思，不發一語，但這時竟上前一步。「我剛聽到妳說虎星？月池那裡到底發生了什麼事？」

赤楊心趕緊向他們解釋星族是如何救回虎星，讓他起死回生，擔任影族的族長。棘星又追問了幾個問題，他目不轉睛，尾尖不停抖動。赤楊心感覺得出來好像有什麼事正困擾著他。

「我就是覺得怪，」赤楊心一說完，棘星便就這樣說道。「影族又被一個叫虎星的族長在領導，感覺不太妙。」

赤楊心這才驚覺影族以前也有一個虎星，那個虎星惡名昭彰，曾試圖主宰整座森林，差點毀了所有部族。

那位虎星正是棘星的父親，而現在新的虎星也跟他有血緣關係。難怪棘星有所顧慮。

「是啊，我還記得以前那段日子。」灰紋突然插話，渾身打起冷顫。「我們都不想再回到從前。只是影族現在要何去何從呢？」

「老實說，你們大可不必擔心，」鴿翅惱火地抽動鬍鬚。「虎星還是跟你們以前認識的他一樣是一位仁慈又富有正義感的戰士。是星族選中他，讓他起死回生，重振影族。他命中注定必須肩負起這樣的重責大任。」

她談到她的伴侶貓時，雙眼炯亮。赤楊心可以理解她何以如此急切地想向她以前的族貓做出保證。但他也看得出來她已經發現到雷族貓不再像她剛回來時那般喜悅了。

「好吧，孩子們，」鴿翅喵聲道，同時用尾巴一掃，把他們聚攏。「該回去了，我們得回去你們父親和影族那裡了。」

雷族貓瞬間陷入沉默。赤楊心發現原來他們以為鴿翅回來就不會走了，心裡忐忑到揪成一團。

「妳要回影族？」火花皮大聲問道。「妳這個叛徒！」

藤池不發一語，轉身背對她姊姊，把自己的小貓帶離鴿翅身邊。

「我會再回來看你們。」鴿翅語氣央求。「這是我的決定。我必須在我的部族和我的至愛之間作出選擇。」

雷族貓群散發出強烈的憤怒氣味，她的這番話並無法澆熄它。就連正注視著她的白翅和樺落都露出失望的神情。

最後棘星走上前來。「回去的路上，這些小貓會需要有貓兒保護，」他喵聲道，「我派幾位戰士護送你們回影族邊界吧。」

「我們來好了。」樺落自告奮勇，上前一步，站在他女兒旁邊。

棘星點點頭。「那好，蕨歌，你也去。等你們把鴿翅平安送到影族領地，也順便巡邏一下邊界。」然後他朝鴿翅轉身，接著說：「希望在下次大集會上能見到妳。不過妳已經不是雷族貓了，所以不能再想回來就回來。」

鴿翅當下看起來有點吃驚，彷彿現在才明白她的選擇所帶來的後果。但她還是垂頭接受了這件事實。她看了藤池最後一眼，但後者仍然拒絕看她，她只好集合好自己的小貓，在樺落、白翅和蕨歌的護送下，往營地外面走去。

曙光漸強，松鼠飛開始指派其他支隊伍，有些貓兒則走到僅剩幾隻獵物的生鮮獵物堆那裡。

赤楊心累到自己的腳像是變成了石頭。他拖著沉重的腳步走回巫醫窩，低聲跟葉池和松鴉羽打過招呼後，便癱倒在自己的臥鋪裡。

此刻的他心情低落，原本對虎星歸來的驚嘆情緒，如今已然消失。**我還以為一切都會否極泰來，畢竟我們沒有忽視星族的警告，而且失蹤的影族貓也都回來了。**可是事情並未就此落幕。他沒有因為風暴過了便如釋重負，反而發現部族之間甚或雷族內部都存在著一股緊繃的張力。

求求祢，星族，請告訴我未來的路，他在禱告的同時竟昏昏沉沉地陷入了夢鄉。

陽光滲過荊棘簾幕，喚醒了赤楊心，他才知道快中午了。葉池和松鴉羽都不在窩裡。赤楊心從臥鋪裡爬出來，甩掉身上的碎屑，很快地舔洗自己，隨後鑽出荊棘簾幕，進到營地。

坑地上方的天空無比蔚藍，連一絲雲彩都沒有。空氣裡有強烈的結霜氣味，但陽光很是燦爛。赤楊心昨夜的擔心，此刻似乎變得遙遠，不再那麼急迫。現在的他神清氣爽，充滿活力。

也許這個美好的天氣是星族給的預兆，代表一切都會否極泰來，畢竟現在又有五個部族了。

赤楊心漫無目的在營地四處閒逛，盡情享受陽光，最後來到見習生窩，這裡是絲絨回家之前曾短暫住過的地方。他瞄見窩穴外蕨叢底下的地面上有一個他起初以為是死老鼠的東西。可是當他用腳爪勾它出來時，才發現原來是絲絨從兩腳獸那裡帶來的那一小塊軟毛。

這是她最喜歡的玩具，他心想，**她是故意忘記帶走，還是離開時不小心掉在這裡？**

不遠處，就在育兒室外面，藤池正在追問蕨歌護送鴿翅回影族邊界時曾說了什麼。

「她有沒有要你帶話給我？離開雷族這件事，她有沒有再說什麼？」

蕨歌不安地蠕動著腳，顯然難以招架他伴侶貓的連番追問。

在營地的另一頭，也就是亂石堆底下，棘星和松鼠飛正緊張地交頭接耳。

突然之間，赤楊心覺得自己很不想再面對營地裡無處不在的壓力，他想留住他剛醒來時那種滿懷希望的情緒，於是叼起那塊軟毛，走出營地，心想雷族應該可以讓他告個假，出去散散心吧。

把玩具拿去還給絲絨，再去看看她……應該沒什麼關係吧。

✦✦✦

赤楊心知道怎麼去兩腳獸巢穴，方向大概是在雷族邊界之外那處未知的領地上。後來沒過多久，他就找到了前一天晚上從那裡回來的雷族貓所留下的氣味。

可是等他抵達兩腳獸巢穴時，才發現它比他想像來得大和吵鬧。毛髮豎得筆直的他沿著兩排兩腳獸窩穴中間一條狹窄的轟雷路偷偷摸摸地前進，胸口的心臟撲通撲通跳得厲害。他聽得到附近某處有小兩腳獸的叫聲和隆隆腳步聲，更遠處有一隻狗正在吠叫。

有幾棟兩腳獸窩穴的正前方都睡著怪獸。赤楊心很怕吵醒牠們，於是鬼鬼祟祟地從旁邊經過，盡量遠離牠們的視線範圍和那圓形的黑色腳掌。他不知道他可以在哪裡找到絲絨。他嗅聞空氣，試圖聞出她的氣味，結果反而有各種怪異的味道迎面撲來，完全毫無頭緒。

也許我應該回去了，他停在一處地方猶豫不決，這裡有另一條轟雷路橫過他剛剛走的那一條。

這時候赤楊心突然聽見一個聲音。「跟野貓住在一起很酷哦！我成了很厲害的狩獵者，而且學會了所有藥草知識！」

絨毛球！

赤楊心循著聲音跳上一棟兩腳獸窩穴前面的籬笆，籬笆另一頭有平坦草地綿延到窩穴那裡，草地邊緣的灌木叢開滿不知名的鮮豔花朵。

絨毛球就站在草地正中央，正在跟另一隻貓說話……是一隻白色公貓。赤楊心突然驚訝地瞪大眼睛，他認得對方！

那是漣漪尾！是其中一隻失蹤的影族貓！

「漣漪尾！」赤楊心喊道，同時從圍籬跳下來，進入花園。

漣漪尾霍地轉身，驚愕地看了赤楊心一眼，立刻一溜煙地穿過草地，從窩穴門口下方的一處小缺口鑽進兩腳獸窩裡，尾巴一甩，不見了。

「嘿，漣漪尾！」赤楊心丟下絲絨的玩具，在他後面大喊。「是我，我是雷族的赤楊心。」

漣漪尾沒有再出現。

絨毛球快步朝赤楊心走來，與他互觸鼻頭。「嗨，赤楊心，」他喵聲道。「真高興見到你。你剛叫那隻貓什麼？」

「漣漪尾，」赤楊心回答。「他是影族戰士。」

絨毛球一臉疑惑。「不對哦，我想你認錯了。那隻貓的名字叫巴斯特。我剛剛還在跟他說部族裡的生活是怎麼回事咧，」他繼續說道。「如果他很清楚，他早就會說了啊。」

「他在這裡住了很久？」赤楊心問道，很確定自己沒有搞錯。

「有一陣子了吧，」絨毛球聳聳肩。「他跟他的兩腳獸好像過得很幸福快樂。」

赤楊心不確定該怎麼辦。**如果漣漪尾過得很快樂，也許我應該別打擾他。**

「絨毛球，你下次再見到他的時候，可不可以幫我帶話給他？」他最後說道。

「當然可以，帶什麼話？」

「你告訴巴斯特，影族又重生了，」赤楊心一邊說，一邊想要怎麼說才比較清楚，「暗尾死了，惡棍貓都走了，漣漪尾的同胞足手苜蓿足和莓心也都回來了。絨毛球，你記得住嗎？」

小公貓看起來一臉沒把握。「我試試看，你看對不對……『告訴巴斯特，影族又生了……』」

赤楊心很想嘆氣。「你再跟著我說一遍好了。」

他們練習了好幾遍，絨毛球才終於全部說對，赤楊心這才放下心來。

「好啦，我會告訴他，」絨毛球保證道。「可是就算他是你說的那位戰士，我也不覺得他會想回去。」

赤楊心覺得他說得也對，因為從漣漪尾剛剛逃跑的樣子就可以看得出來他其實不想回去。「好吧，就由他自己決定吧，」他大聲說道。「那你可不可以告訴我絲絨住在哪裡？」

絨毛球的眼睛一亮。「見到你，她一定很高興，她很想你。」

赤楊心拾回絲絨的那一小塊軟毛，跟著絨毛球穿過兩腳獸圍籬的缺口，再沿著另一條狹窄的轟雷路走，直到來到第二棟兩腳獸窩穴的前面。這一棟的花園很大，四周環繞著用方形石頭築起來的紅色圍牆，花園的花叢裡頭交錯著多條小徑。

「這是絲絨的窩穴，」絨毛球告訴赤楊心。「我得回去了，如果我離開太久，我主人的小孩會哭的。」他對赤楊心彈彈尾巴，就沿著轟雷路快步離開，到了街角又停下來，回頭大喊：「幫我跟松鴉羽說聲嗨。也歡迎你隨時回來找我玩哦。」

赤楊心跳上圍牆頂查看窩穴。就在這時，他看見絲絨正在窩穴牆面的缺口處，隔著那種透明但很堅硬的東西向外張望。

「絲絨！」他大喊道。

絲絨抬頭看見他，但令赤楊心失望的是，她竟然立刻消失不見了。

我今天怎麼這麼倒楣？赤楊心納悶，**先是漣漪尾一看到我就逃，現在連絲絨也這樣對我。**他的心裡好像凹了一大塊。**她不想見我嗎？**

這時赤楊心看見一頭兩腳獸把窩穴的門打開，絲絨鑽了出來，跑進花園。他趕緊從圍牆上跳下來，跑過去，終於在花叢旁邊與她重逢。

「對不起，花了好久時間才出來，」絲絨喵聲道，同時伸長身子與赤楊心互觸鼻頭。「我得先叫我的主人幫我開門讓我出來。老實說，牠們什麼都聽不懂。剛出生的小貓都比牠們有知識多了。」

「沒關係，」但赤楊心私底下挺震驚的。**幸好我沒跟她回來，我才不要兩腳獸來幫我決定什麼時候我可以出門，什麼時候得回來。**「妳看，妳不是來了嗎？」他接著說道，同時用腳把她的那塊軟毛推到她面前。「我幫妳帶來了。」

「我的玩具！」絲絨開心地瞪大眼睛。「哦，謝謝你，赤楊心！離開營地那天，我都忘了帶走了。」她開心地喵嗚出聲，然後又繼續說道：「住在部族裡的時候，我發現我並沒有像當初想像得那麼需要它，我想是因為那裡的生活很不一樣。」

赤楊心悲傷地點點頭。**是啊，我們兩邊的生活真的太不一樣了……**

「看見你我好開心哦，」絲絨溫柔地說道：「要不要我帶你參觀一下這裡的環境？」

多逗留一會兒，應該沒什麼關係吧？赤楊心暗自說服自己。「好啊，」他回答。「我也很想看看。」

✦✦✦

等到絲絨帶著赤楊心又回到她的窩穴前時，太陽已經快下山了。「我想你應該要回去了。」她懊惱地說道。

「是啊，我得走了。」赤楊心回答。「再會了，絲絨。」

「再會了，」絲絨很快地舔了舔赤楊心的耳朵。「我很高興你來看我，」她繼續說道。「我很想你。可是我不確定我們能不能當朋友。因為你選擇的生活跟我選擇的不一樣。」

她的琥珀色眼睛充滿哀傷，但也充滿了智慧。赤楊心知道她說得沒錯。他其實很清楚……而且打從心底知道，這會是他最後一次見到她。

「我一直很感激雷族當時收留了我和絨毛球，」絲絨告訴他。「我要送你一樣東西，代表我對你的感激。你跟我來。」

絲絨帶著赤楊心繞到兩腳獸窩穴的後面。這裡的花園不太一樣，沒有太多花，反而有整齊的成排綠色植物。

「在這裡。」絲絨喵聲道，她帶赤楊心到一個角落裡看幾株小灌木。

赤楊心檢查它的木質莖梗，嗅聞那葉尖很尖、葉面很寬的葉子。「這是百里香嗎？」他問道。「它看起來有點像，可是又跟林子裡的百里香不太一樣。」

「是啊，它是不同品種的百里香，」絲絨解釋道。「是兩腳獸種的，我想它比你在林子裡看的那種百里香藥效來得強。它可以用來治咳嗽、感冒和消化不良。」她開始扒土，直到把其中一小株的根挖了出來。「我想把它送給雷族。」

「謝謝妳，」赤楊心回答，同時對絲絨的貼心很是感動。「我會把它種起來，好好照顧它。」

絲絨靠著他肩膀，他最後一次地嗅聞她身上甜美的氣味。「再會了，絲絨，」他低聲道。「我永遠不會忘記妳。」

「再會了，赤楊心。」絲絨注視著他良久，充滿愛意地眨眨眼睛，隨即轉身離開，繞到兩腳獸窩穴的側邊去了。

赤楊心目送著她好一會兒，試圖想像自己若是住在這裡，會過著什麼樣的生活，吃著寵物貓的食物，睡在兩腳獸的臥鋪裡，在門口等兩腳獸幫他開門進來或出去。

不行，我辦不到。松鴉羽說得沒錯，我是巫醫貓，而且是一隻好巫醫貓。但他也無法否認他的心痛，畢竟他忘不了絲絨那雙美麗的眼睛和那一身柔軟的灰色毛髮，更忘不了她的溫柔與體貼。**但我絕不能再對她念念不忘。**

赤楊心拾起百里香，跳上花園的圍牆。他看見前方天際線有淺白的半輪月亮正要緩緩升起。

他突然驚慌失措起來，**完了……我最好快一點，不然就趕不上巫醫貓在月池的半月集會了。**

✦✦✦

夜色降臨，等到赤楊心趕到月池時，夜色已經高掛起半輪明月。他沒有先回雷族營地，就直接從兩腳獸巢穴衝來這裡。等他攀上最後一道岩坡時，已經緊張到整條脊椎都微微刺痛

松鴉羽一定會數落我！

山澗沿著岩石傾洩而下，注入月池，乍看之下彷若水漾星光，銀色月光反照池面。這幅美景多少鎮定了赤楊心的心緒，讓他覺得相較於其它地方，月池才是他真正的歸屬所在。

赤楊心穿過灌木叢，循著蜿蜒小徑往下走到月池，這時他看到其他巫醫貓都已在水邊等候。他看見蛾翅和柳光也來了，心裡很是高興，自暗尾襲擊河族以來，這還是河族巫醫貓首度回來與其他巫醫貓開會。

「蛾翅、柳光，好久不見。」他一走到小徑盡頭，便喵聲說道。「看到你們回來，真是太好了。」

兩隻河族巫醫貓垂頭回禮。

「別再招呼了，」松鴉羽不客氣地說道。「你去哪兒了？害我們浪費好多時間等你。」

「是啊，我們都在擔心你。」葉池接著說。

「對不起，」赤楊心解釋道。「我去兩腳獸巢穴那裡探望絲絨和絨毛球，想知道他們過得好不好。」

松鴉羽用他那雙藍色的盲眼惡狠狠地瞪他。

「他們過得很好，」赤楊心繼續說道，平靜地迎接他的目光。「所以我以後不用再去看他們了。而且你們看……」他把絲絨給他的百里香放下來。

松鴉羽湊近嗅聞。「這是百里香。」

「是啊，不過它的品種不太一樣，」赤楊心喵聲道。「絲絨說這是她的兩腳獸種的，藥效比森林裡的野生品種來得強。現在只有這麼小一株，不夠平分給所有部族，」他接著說：「所以我會先種，等它長大了，如果你們有需要，我再分給你們。」

松鴉羽嘴裡嘟囔，顯然不願承認他很樂見其成。「我想應該可以試試看吧。」

「對了，還有另一件事，」赤楊心決定全盤托出。他其實有點難過，因為影族公貓漣漪尾顯然想留在兩腳獸那裡，但他自覺沒法守住這祕密。「我看見漣漪尾了，他在兩腳獸巢穴那裡當寵物貓。我有喊他，可是他立刻逃進兩腳獸窩穴裡，不肯出來。」

其他貓兒驚愕地看著彼此。

「至少我們知道他過得還不錯，」水塘光最後說道。「我會轉告虎星和褐皮，再由他們來決定是不是要派隻貓兒過去找他談一談。」

一提到虎星，就讓赤楊心不免想到前晚的事件，虎星回歸部族的方法堪稱奇蹟，他感覺得到其他巫醫貓也跟他一樣覺得不可思議。

「那天到底發生了什麼事？」隼翔忍不住問道，眼裡滿是好奇。

「星族現身，」水塘光說道，「祂們讓虎星起死回生，賜給他九條命。」

這有講跟沒講一樣，赤楊心心想，**不過九命授封大典的細節，本來就被禁止談論。**

斑願惱怒地哼了一聲。「星族當然有權可以給影族重生的機會，」她喵聲道，「但你們可別指望你們讓給天族的領地可以再要回去。我們一定會常常巡邏邊界，這一點你們不用懷疑。」

水塘光被天族巫醫貓的尖刻語氣給嚇了一跳。不過赤楊心可以體諒斑願的不安。顯然她是在反映葉星的真正想法……那些先是加入天族，隨後又離開的影族貓根本是在利用天族。

「當然，」水塘光隨後說道。「我相信所有影族貓都會珍惜與天族的友誼。」

「拜託我們現在可以開始了嗎？」松鴉羽不耐地抽動尾尖。「我們今天晚上到底要不要跟星族碰面啊？」

聽到他這麼說，所有巫醫貓趕緊在水邊就定位，伸長脖子，用鼻頭輕觸月池水面。已然熟悉的幽黑與冰涼的感覺當頭罩下，赤楊心睜開眼睛，發現自己坐在斑駁的陽光下，鼻腔充斥著萬物生長的清新氣味。他聽到枝頭的鳥叫聲，再遠一點的地方，有潺潺流水聲。

赤楊心站了起來，環目四顧。起初他一隻貓兒也沒瞧見，納悶星族為什麼要他來這種地方。這時他發現附近有一排蕨叢的蕨葉搖來晃去，一隻灰色母貓隨後走了出來。她有一雙清澈的深藍色眼睛，全身毛髮和腳邊都布滿耀眼的星光。

赤楊心直覺沒見過她，不過看起來有點眼熟。她一接近，他便趕緊垂頭，以示最深的敬意。

「你好，赤楊心，」母貓喵聲道。「我是煤皮。」

赤楊心這才恍然大悟。**難怪眼熟，她長得好像煤心哦！**他想起他剛當見習生時，葉池說過的故事：煤皮是為保衛雷族才犧牲了自己，星族曾讓她的魂魄暫時回到世間，進駐煤心的體內。**她真是一隻很特別的貓！**

「我曾是火星的見習生，」煤皮繼續說道。「可是我在轟雷路上受了傷，再也不能當戰士。於是我成了雷族的巫醫貓。」祂的尾巴輕輕撫過赤楊心的腰側，嘴裡發出溫暖的喵嗚聲。赤楊心在她的撫摸下不禁渾身顫抖。

「我愛上了火星，」煤皮說道，前世記憶在祂的藍色眼睛裡盤旋。「但最後我選擇成為巫醫貓，不再妄想他來愛我。這是正確的選擇。赤楊心，雷族需要你，就像它當初需要我一樣。若想未來都能保持清明的頭腦，巫醫貓就必須捨棄其他欲望，全心專注在工作上。」

「我懂，」赤楊心喃喃說道。「只是好難哦。」

「是啊，不過這一切是值得的。」煤皮向他保證，然後又以輕快的語氣繼續對他說道：「現在五個部族終於再度聚首，未來將有新的挑戰。天空總算轉晴，但部族之間必須齊心協力，才能茁壯這座森林。」

她的聲音消失在最後幾個字裡，陽光璀燦，照得赤楊心眼花撩亂。他眼裡的最後一幅影像是煤皮那雙帶著稱許的溫柔目光，然後他就在月池旁邊醒來，看見他的同伴們也紛紛從異象裡甦醒過來。

赤楊心站起身子，準備打道回府，全身上下溢滿喜樂，但心緒仍久久無法平息。**我好奇煤皮話裡的含意，**他反問自己，**現在起五個部族得開始學習共同生活，但我們又將面臨到什麼樣的挑戰呢？**

WARRIORS

貓戰士 外傳

本傳之外的精采故事！

聚焦貓兒的成長、本傳事件未竟的始末、部族之間的恩怨情仇。

哪位貓兒讓你念念不忘，你又對哪位貓兒心生好奇？

讀過外傳，相信你將無法自拔地為他們動容！

以下每本定價：399 元

火星的追尋

星族祖靈對火星隱瞞一個天大的祕密，火星必須展開一場危險的追尋，找出久被遺忘的真理，即便這將是他戰士之路的終點。

曲星的承諾

戰士曲顎只因年幼時一個無知的承諾，歷盡掙扎苦痛。在背叛與守信之間，該如何保護他所愛的一切——關於河族族長曲星的一生。

虎心的陰影

影族陷入滅族危機之際，副族長虎心卻失蹤了，同時失去蹤影的還有雷族戰士鴿翅，他們是否背棄自己的部族，以及堅守的戰士守則？

松鼠飛的希望

神祕貓族是敵是友？松鼠飛與棘星間的矛盾浮出水面，在職責與心中的正義之間，該如何取捨？

WARRIORS

貓戰士 外傳

說不完的故事

關於這些貓戰士一生中不被聲張的祕密插曲。
貓戰士們在生命的分叉點上徬徨、掙扎與思索，
最終選擇了屬於他們自己的道路。

以下每本定價：250 元

說不完的故事 1

誰能確定鼓起勇氣做的抉擇是一條正確的戰士之路？
〈雲星的旅程〉〈冬青葉的故事〉〈霧星的預言〉

說不完的故事 2

不能同時踏行兩條路，貓戰士時時在分叉點上徬徨思索。
〈虎爪的憤怒〉〈葉池的願望〉〈鴿翅的沉默〉

說不完的故事 3

這些貓兒將走上的道路，都是來自他們內心的吶喊與渴望。
〈楓影的復仇〉〈鵝羽的詛咒〉〈烏掌的告別〉

說不完的故事 4

揭開三位雷族貓的神祕面紗，一探富有傳奇色彩的歷程。
〈斑葉的心聲〉〈松星的抉擇〉〈雷星的感念〉

國家圖書館出版品預編目資料

貓戰士幽暗異象六部曲．五，烈焰焚河 / 艾琳・杭特（Erin Hunter）著；高子梅譯．-- 初版．-- 臺中市；晨星，2019.01
面；　公分．--（貓戰士；50）

譯自：River of fire

ISBN 978-986-443-566-1（平裝）

874.59　　　　　107020653

貓戰士六部曲幽暗異象之V

烈焰焚河 *River of Fire*

作者	艾琳・杭特（Erin Hunter）
譯者	高子梅
責任編輯	陳品蓉
校對	許仁豪、陳品蓉、蔡雅莉
美術編輯	張蘊方
封面繪圖	萬伯
封面設計	陳嘉吟
創辦人	陳銘民
發行所	晨星出版有限公司 407台中市西屯區工業30路1號1樓 TEL：04-23595820　FAX：04-23550581 行政院新聞局局版台業字第2500號
法律顧問	陳思成律師
初版	西元2019年01月01日
再版	西元2023年09月15日（五刷）
讀者訂購專線	TEL：（02）23672044 /（04）23595819#212
讀者傳真專線	FAX：（02）23635741 /（04）23595493
讀者專用信箱	service@morningstar.com.tw
網路書店	http://www.morningstar.com.tw
郵政劃撥	15060393（知己圖書股份有限公司）
印刷	上好印刷股份有限公司

定價250元

（缺頁或破損的書，請寄回更換）

ISBN 978-986-443-566-1

☐ 我已經是會員，卡號 ______________

☐ 我不是會員，我要加入貓戰士會員

姓　名：__________ 性 別：________ 生 日：__________

e-mail：______________________________

地　址：☐☐☐______縣／市______鄉／鎮／市／區______路／街

______段______巷______弄______號______樓／室

電　話：______________________________

☐ 我要收到貓戰士最新消息

貓戰士鐵製鉛筆盒抽獎活動

將兩個貓爪和一顆蘋果一起貼在本回函並寄回，就可以獲得晨星出版獨家設計「貓戰士鐵製鉛筆盒」乙個！

貓爪在貓戰士書籍的書腰上，本書也有喔！蘋果則是在晨星出版蘋果文庫的書籍書腰上！

哪些書有蘋果？科學怪人、簡愛、法布爾昆蟲記、成語四格漫畫...更多請洽少年晨星官方Line ID：@api6044d

點數黏貼處

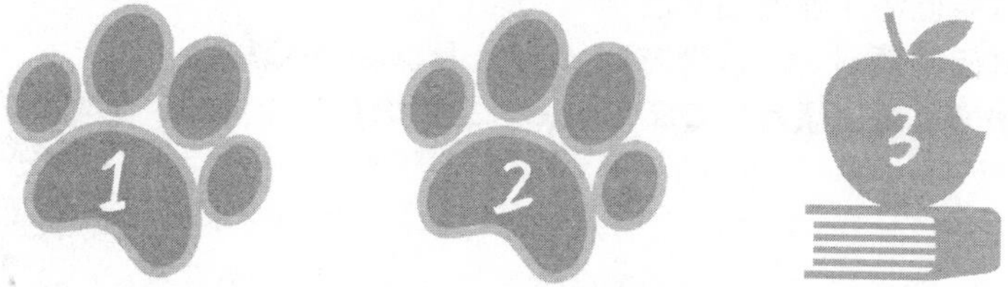

請填妥後對折裝訂，再貼妥郵票寄出

請黏貼
8 元郵票

407

台中市工業區30路1號

晨星出版有限公司

TEL：（04）23595820　FAX：（04）23550581
e-mail：service@morningstar.com.tw
http://www.morningstar.com.tw

請沿虛線摺下裝訂，謝謝！

加入貓戰士俱樂部

【貓戰士會員優惠】

憑卡號在晨星出版社購書可享優惠、擁有限定商品、還能獲得最新消息等會員福利。

【三方法擇一，加入貓戰士會員】

1. 填妥本張回函，並寄回此回函。
2. 拍照本回函資料，加入官方Line@，再以Line傳送。
3. 掃描後方「線上填寫」QR Code，立即填寫會員資料。

Line ID：
api6044d

「線上填寫」
QR Code

★寄回回函後，因郵寄與處理時間，需2～3週。